Joanna Bolouri

CHRISTMAS ACTUALLY

Traduit de l'anglais (Grande-Bretagne) par Pauline Buscail

Hauteville

Hauteville est un label des éditions Bragelonne

Titre original : *All I Want for Christmas*

Originellement publié en Grande-Bretagne par Quercus en 2020.

ISBN : 978-2-38122-188-5

Bragelonne – Hauteville
60-62, rue d'Hauteville – 75010 Paris

E-mail : info@editions-hauteville.fr
Site Internet : www.editions-hauteville.fr

À mon adorable famille.

Prologue

— Il y a déjà une sacrée file d'attente, Nick. Bougez-vous un peu ; les gamins deviennent vite ingérables. Je ne vous paie pas pour vous pomponner. Et que ça saute !

C'est mon tout premier jour au centre commercial *Southview* et je déteste déjà ma supérieure, Géraldine, dont la mine renfrognée s'est glissée par la porte et semble la maintenir ouverte par le seul poids de son arrogance. Elle ne doit pas avoir plus de quarante ans, mais a pourtant le regard vitreux de quelqu'un qui se réincarne au même poste de responsable-magasin depuis des lustres. Plus elle reste plantée là, plus je prends conscience du léger bourdonnement provenant du centre commercial derrière elle, qui envahit la salle de pause silencieuse jusqu'ici. Ça a l'air aussi bondé qu'elle le sous-entend.

— J'arrive de suite ! m'exclamé-je sur un ton qui se veut enthousiaste, alors qu'en réalité, la mort m'apparaît comme une douce délivrance à cet instant.

Tout, mais pas ça.

Toujours aussi grincheuse, Géraldine s'éloigne lentement, le claquement de ses talons s'évanouissant peu à peu lorsqu'elle passe les doubles portes au bout du couloir.

Tandis que j'enfile mes bottes noires trop grandes et que je serre ma ceinture, je sens une petite goutte de sueur couler lentement le long de mon visage et venir se fondre dans ma barbe. Putain, il fait chaud. Pourquoi les centres commerciaux règlent-ils toujours leur température sur « désert saharien » ? D'ici à 17 heures, je serai réduit à l'état de flaque humaine, si l'humiliation ne me tue pas avant.

Je m'éponge le front à l'aide de ma manche et réajuste mon bonnet, me jetant un dernier coup d'œil dans le miroir de la salle de pause. Je peine à me reconnaître, ce qui est un peu le but, et je m'en félicite. Me faire repérer n'est pas le genre de chose que pourrait encaisser mon ego déjà mal en point. Je soupire lourdement tout en plaquant ma veste contre mon ventre rebondi.

Bienvenue dans le moment le plus pathétique de ton existence, tocard. Réjouis-toi que Noël n'arrive qu'une fois par an.

En inspirant un bon coup, je sors à contrecœur de la salle et me dirige vers les mêmes doubles portes que les sabots fendus de Géraldine ont franchies quelques minutes plus tôt. Quand j'apparais dans le centre commercial inondé de lumière, on dirait que tous les habitants de Londres s'arrêtent net pour braquer les yeux sur moi. Je n'arrive pas à croire que j'ai accepté de faire ça. Mes joues virent au rouge écarlate, achevant ma transformation.

— MAMAN ! REGARDE ! C'EST LE PÈRE NOËL !

Et merde. Nous y voilà.

Chapitre premier

Quatre semaines plus tôt

— Oh, allez ! Tu te fous de moi. C'est juste pas possible.

Je regarde fixement mon téléphone, espérant que les chiffres de mon relevé de compte en ligne se réagenceront comme par magie en un montant qui ne me soulèvera pas l'estomac. Je clique sur mes dernières opérations, croisant les doigts pour être victime d'une usurpation d'identité et qu'un étranger soit responsable du fait que je n'ai quasiment plus un rond.

En survolant mes achats, mon estomac quitte ma gorge et dégringole jusqu'à mes pieds. Pas la moindre erreur. Tout est de mon fait : les mêmes endroits, les mêmes montants, les mêmes jours de la semaine. Non seulement je suis fauché, mais je suis prévisible. Je ne sais pas lequel des deux est le pire.

Je jette un coup d'œil dans le coin du salon, où mon dernier achat sur Amazon encore intact me méprise d'avoir eu la bêtise de gaspiller de l'argent pour un abonnement inutilisé dans une salle de sport, en commandant simultanément des poids pour m'entraîner à la maison. Je suis un crétin. Un crétin aux bras maigrichons. Je devrais les renvoyer et récupérer mes quarante balles, même si je ne pense pas que ça comblerait le trou dont je vais devoir m'extirper. Enfin, ce serait toujours ça de pris.

Je verrouille mon téléphone et le balance sur le canapé en grommelant, tout en arpentant le sol du grand appartement dont je ne pourrai bientôt plus payer le loyer.

C'est juste une mauvaise passe, me rassuré-je. *Tu vas te remettre à flot. Peut-être revoir les dépenses à la baisse… Établir un budget!*

« Budget. » Putain, je déteste ce mot. Certes, en tant que personne techniquement sans emploi, je devrais sans doute être un peu plus économe, mais je suis certain qu'Angela n'est pas disposée à rester tous les soirs à la maison avec son rapiat de petit ami. C'est une fille qui aime qu'on la remarque. C'était tendu quand elle a appris mon renvoi.

— Mais bébé, tu devais m'emmener à Marbella, m'a-t-elle rappelé, comme si je n'avais pas déjà tenté de récupérer la caution en douce.

Je l'observais tandis qu'elle faisait défiler son Instagram, sans jamais lever la tête pour me regarder.

— Que devient Marbella ?

— Je sais, chérie, seulement…

— Que devient Marbella, bébé ? a-t-elle répété, sur un ton presque chantant. Je ne me suis pas fait faire une lipo sans chirurgie et un traitement à la kératine pour traîner à Londres…

— J'en ai conscience, mais il se peut que Marbella doive att…

— QUE. DEVIENT. MARBELLA ?

C'est marrant ; tu sors avec une ancienne star de télé-réalité, et la réalité est le cadet de ses soucis. Angela est belle, indépendante, sexy, et sûrement la personne la plus carriériste que j'ai jamais rencontrée (et pourtant j'ai travaillé avec un type qui a manqué la naissance de son fils pour dîner avec un client). J'ai toujours bossé dur pour avoir ce que je veux, et Angela ne fait pas exception à la règle. Trois mille livres et un téton cramé au soleil plus tard, j'avais toujours une petite amie, et elle avait deux photos de son derrière bronzé dans le *Sun*.

J'ai bêtement cru que je ne resterais pas assez longtemps au chômage pour manquer d'argent, mais durant les quatre mois écoulés depuis mon renvoi de la Kensington Fox LLP, j'ai enchaîné vingt-trois entretiens, suivis de vingt-trois lettres de refus strictement identiques.

« Merci de votre intérêt. Nous vous souhaitons beaucoup de succès dans votre future carrière. »

Je ne suis même pas sûr d'avoir une future carrière. Il est clair que les portes se ferment dès qu'on entend parler de mon licenciement. Comment j'ai pu me planter à ce point ?

Angela me trouve trop beau gosse pour être au chômage, ce qui est mignon de sa part, mais elle croit aussi que les poneys sont les bébés des chevaux, donc je ne me base pas sur son seul jugement ces temps-ci.

Je décide de me rendre utile en commençant à débarrasser les boîtes de pizza et les bouteilles de bière qui traînent sur la table basse. Ce sont toutes les miennes, bien sûr, personne d'autre ne commande chez *Domino's* pour s'automédicamenter dans le coin. L'argent diminuant, mon besoin de traîner dans l'appartement en m'apitoyant sur mon sort a nettement augmenté. Mon colocataire et ancien collègue, Matt, fait de son mieux pour me soutenir, mais j'ai bien conscience que ça ne doit pas être évident de se mobiliser pour quelqu'un qui s'est découvert une passion pour la Stella Artois à 8 heures du mat'.

— Reprends-toi, Nick, m'a-t-il ordonné la semaine dernière. Remets-toi sur les rails. Tu as fait une erreur…

— Deux ! ai-je rectifié aussitôt. J'en ai fait deux.

Confortablement installé dans le canapé, j'ai regardé Matt ébouriffer ses cheveux blonds et graisseux devant le miroir dans l'entrée, pas dupe un seul instant de son subtil regard exaspéré en entendant ma réponse. Il est parti à grands pas dans la cuisine, attrapant de ses doigts englués de brillantine son portefeuille resté sur le plan de travail.

— Soit, tu as fait *deux* erreurs mais…

— En fait, trois, mais ils ne se sont pas aperçus de la dernière, donc ça ne compte pas. Tu ne connaîtrais pas un endroit où ils servent des kebabs au petit déjeuner ? Ça se fait, d'ailleurs ?

— Écoute, a repris Matt en soupirant, tout ce que je dis, c'est que c'est pas la fin du monde, mec. Tu vas trouver quelque chose. J'arrêterais de boire le matin, par contre.

— Techniquement, j'ai commencé à boire hier donc c'est toujours la même journée… euh, tournée. Enfin bref, tu vois ce que je veux dire.

— Tout ce que je dis, c'est que c'est un terrain glissant…

— C'est tes cheveux, le terrain glissant, ai-je marmonné en réponse.

Mais Matt n'écoutait pas. Il était trop occupé à avoir un emploi.

— Si tu le dis, a-t-il rétorqué en se dirigeant vers la porte d'entrée. Bon, j'y vais. Prends une douche, mon pote.

Je mentirais si je prétendais que je n'envie pas Matt. En dépit de son usage excessif de lotions capillaires,

Matt Buckley est un homme futé avec un compte en banque bien rempli, un plan d'épargne et deux riches parents vers qui se tourner. Mais surtout, j'envie Matt de toujours travailler pour la Kensington Fox. L'argent me manque, mais le travail encore plus. J'adorais ce boulot : le bruit de fond du bureau, les réunions, les verres après le travail, le réseautage, la camaraderie... mais je me retrouve désormais à la porte, tentant désespérément de rentrer quelque part, n'importe où, et échouant lamentablement.

J'ai dilapidé la majeure partie de mes économies, sans parler des cent balles que Matt garde pour les cas d'urgence dans le pot au-dessus du frigo. C'est l'impression que j'ai à cet instant précis : ma vie est un cas d'urgence. Être fauché n'est pas tout à fait un terrain inconnu. Grandir dans un lotissement avec un seul parent n'était pas le meilleur des départs dans la vie, mais au moins, j'ai vite appris à bosser dur. J'ai commencé à travailler à mi-temps quand j'étais à l'école pour aider ma mère, consacrant la moindre seconde entre les cours et le travail à étudier, ce qui m'a permis de décrocher une bourse à la fac, durant laquelle je travaillais le soir dans le supermarché ouvert 24 heures sur 24, pendant que mes amis se bourraient la gueule à une soirée-mousse ou une soirée déguisée organisée par l'union étudiante.

Ce qui m'ennuie le plus, ce n'est pas de m'être fait virer pour avoir dépassé un délai crucial (ce qui n'était pas entièrement ma faute), ni d'avoir malencontreusement vomi sur la femme d'un client important ce même soir, mais plutôt de m'être défoncé pour en arriver où j'en suis et d'être à deux doigts de tout perdre.

Chapitre 2

Déjà trois semaines d'un mois d'octobre particulièrement frais, et il ne doit pas y avoir une seule personne à Londres qui n'a pas eu mon CV entre les mains. Même Ahmet, qui dirige la *Maison du Kebab*, me garde sous le coude pour tout poste à pourvoir à l'avenir. Je pourrais faire des livraisons ou devenir chauffeur pour Uber, mais pour ça, il me faudrait une voiture et je n'ai pas de quoi m'en offrir une, même pourrie.

Apparemment, je suis trop qualifié pour *McDonald's* mais pas assez pour le salon de toilettage *Chez Debbie*, parce qu'il semble qu'« une faculté de droit vaut que dalle face à un chien anxieux qui refuse qu'on lui coupe les griffes, Nick ». Même si je trouve que Debbie a été un peu dure, ça me fait prendre conscience du peu de qualifications que je possède en réalité. Certes, je peux réussir des fusions-acquisitions et négocier des contrats de plusieurs millions de livres, mais j'ignore totalement comment tenir une caisse, préparer un cocktail, ou faire apparaître un café d'une de ces machines énormes qui font aussi de la mousse. Je suis presque à court d'options. Avec un peu de chance, ça ira mieux aujourd'hui… *Pitié, faites que ça aille mieux.*

Accélérant le pas, je resserre ma veste trop légère autour de moi alors que je traverse Covent Garden en direction de l'agence GL Recruitment, possédée par Greta Lang, une femme qui m'a plaqué il y a cinq ans. Nous étions sortis ensemble pendant trois mois ; j'avais passé tout ce temps à essayer de me rappeler comment elle aimait son thé, et elle avait consacré ce même temps à décréter que nous n'avions pas d'avenir et m'avait déclaré bon pour la casse. Quand j'y repense, elle avait raison sur un point : je ne pourrais jamais vraiment m'engager avec quelqu'un qui boit du déca. Même si je n'étais pas « le bon » pour elle, nous sommes restés bons amis, et, en appuyant sur la sonnette à l'entrée, j'espère qu'elle sera la lumière au bout de mon tunnel de désespoir actuel.

Le bureau de Greta est petit, élégant et plein de vie, ce qui reflète sa personne à la perfection.

— Assieds-toi, Nick. Je peux t'offrir quelque chose ?

Elle époussette son chemisier, semant des miettes de pain à ses pieds. De toute évidence, je l'ai interrompue en plein déjeuner.

Je prends la chaise en face de son bureau et secoue la tête.

— En dehors d'un boulot ? Non, c'est bon.

Elle sourit et s'assied derrière son bureau, calant ses lunettes au sommet de sa tête. Elle a oublié une miette qui est maintenant nichée dans ses cheveux bruns. À l'époque où on sortait ensemble, Greta était blonde, comme Angela, mais je la préfère largement en brune. Ça fait ressortir ses yeux verts. *Et merde.* Je crois bien que je n'avais jamais remarqué qu'elle avait les yeux verts ; elle a eu raison de me plaquer.

Greta pianote sur son ordinateur et se racle la gorge. Je reconnais ce son. C'est le même que celui qu'elle a fait avant de rompre avec moi, avant de m'expliquer avec une grande délicatesse que c'était fini entre nous. C'est le son qu'on fait avant d'annoncer une mauvaise nouvelle.

— Je vais être franche, Nick ; je n'ai pas de très bonnes nouvelles à t'annoncer.

Je le savais.

— C'est juste que nous n'avons pas beaucoup de postes à pourvoir en droit des sociétés à cette époque de l'année. Y en a que pour les postes saisonniers pour Noël, qui sont déjà pourvus par des étudiants depuis des mois. Après la période des fêtes, tu as plus de chances de…

— D'être toujours aussi inemployable ?

Avoir un ami qui travaille dans une agence de recrutement n'est utile que si les compagnies embauchent.

Mais plus je resterai au chômage, plus ça fera tache sur mon CV. Le sourire apitoyé de Greta n'est vraiment pas ce dont j'ai besoin à cet instant, mais elle me l'offre néanmoins.

— Des avocats se font virer et engager tout le temps, répond-elle, même si l'expression de son visage dit le contraire. Je te trouverai quelque chose. Seulement, il faut peut-être que tu revoies tes attentes à la baisse entre-temps.

— Je n'ai aucune attente. Tu savais qu'il fallait être qualifié, formé et avoir un portfolio pour laver un chien ?

— Quoi ? Je n'aurais pas cru… Attends une minute, tu n'aimes même pas les chiens.

— Je sais, mais…

Elle se met à farfouiller dans ses papiers.

— Qu'est-ce que tu penses des lapins ? J'ai peut-être un truc en rapport avec des lapins juste ici…

— Je pensais plutôt à du travail de bureau temporaire, l'interromps-je. De la saisie informatique, peut-être ?

La seule idée de taper sans réfléchir sur un clavier ou de faire de l'archivage pendant huit heures par jour me noue l'estomac, mais c'est toujours mieux que rien.

— Si j'avais ce genre de poste, je te donnerais un coup de pouce, Nick. Je suis désolée. J'essaie. Mais j'ai joué pratiquement toutes mes cartes. J'ai cherché dans la vente, dans les centrales d'appels, sans parler de l'informatique... Cette période de l'année est tout simplement difficile.

—Je sais, concédé-je en me frottant le front, sentant pointer une migraine. À l'heure actuelle, je serais prêt à faire n'importe quoi.

—Je suis certaine que quelque chose va se présenter, m'assure-t-elle sur un ton peu optimiste.

La miette dans ses cheveux finit par tomber sur son bureau.

—De nouvelles offres paraissent tous les jours, ajoute-t-elle.

Je hoche la tête et fais de mon mieux pour paraître rassuré, mais je pense qu'elle n'y croit pas une seconde.

—Haut les cœurs, Nick, poursuit-elle, bien décidée à terminer notre entrevue sur une note positive. Je te verrai à la fête demain soir ? Ça pourrait te faire du bien, tu sais... de te changer les idées ? Quoique je ne sois pas sûre qu'on ait reçu confirmation de ta venue...

—Ouais, il me tarde d'y être ! dis-je en forçant les coins de mes lèvres à se redresser. J'ai donné mon coupon de réponse à Matt ; il a dû oublier de le poster. Tu sais comment il est !

Encore un mensonge. J'avais complètement oublié la fête de fiançailles. L'invitation aux couleurs argent et blanc fait actuellement office de dessous de verre sur ma table basse.

— Génial, on se voit demain alors ! Et Matt aussi !

Greta affiche un sourire radieux, comme si elle venait de trouver la solution à tous mes problèmes. Elle a aussi le sourire d'une femme qui s'attend à recevoir un cadeau. Est-ce qu'elle a fait une liste ? Si je n'ai déjà pas les moyens d'acheter de vrais dessous de verre, par quel miracle pourrais-je lui offrir un cadeau de fiançailles digne de ce nom ?

Bien décidé à y accoler mon nom, quel que soit le cadeau que Matt a acheté pour l'heureux couple, je remercie Greta et quitte rapidement son bureau, marmonnant quelque chose sur le fait d'arriver à la banque avant la fermeture. En ressortant dans l'air froid, je m'arrête pour respirer un bon coup, ce qui agresse le nœud de plus en plus gros au fond de ma gorge. Je n'ai pas d'argent, pas de perspective d'emploi, une veste inadaptée au temps qu'il fait et, demain, il va falloir que j'affronte une pièce remplie de gens couronnés de succès avec une vie bien rangée, en train d'acquiescer poliment pendant que je prétendrai faire une pause avec la Kensington Fox pour explorer de nouvelles pistes, comme mon rêve d'enfance de prendre soin de chiens… ou de lapins, si Greta y met son grain de sel.

Je sors mon téléphone et envoie un message à Angela pour lui proposer de m'accompagner à cette fête, puis à Matt, pour lui annoncer qu'il est responsable de mon absence de réponse, avant de me diriger vers Charing Cross pour retourner à London Bridge. C'est Matt qui répond en premier :

Pas de souci. Content que tu te sois levé du canapé.

Rapidement suivi d'Angela :

Désolée bébé, j'ai des projets. Je t'appelle plus tard, bisous bisous !

Je réponds « Pas grave », mais en réalité, ça me perturbe un peu. Angela ne manque jamais une fête, donc le truc qu'elle a prévu doit être au moins autant amusant. Un truc mieux. Un truc auquel elle ne m'a pas convié. Elle m'invite toujours. Est-ce qu'elle a honte d'être vue avec moi maintenant ? Ma paranoïa montante continue à me travailler pendant tout le trajet du retour.

Matt rentre à l'appartement juste après 19 heures et me trouve en train de vider le contenu de mon armoire sur mon lit. Ma chambre si bien rangée d'ordinaire ressemble maintenant à un capharnaüm.

— T'as perdu quelque chose ? demande-t-il, l'air légèrement amusé.

— Je n'arrive pas à mettre la main sur ma chemise Paul Smith, expliqué-je. Je comptais la porter demain.

— Nom de Dieu, une vraie gonzesse… Tu n'as qu'à mettre autre chose.

— Mais je l'aime bien, celle-là. Elle met mes nibards en valeur.

J'affiche un sourire rayonnant et fais semblant de balancer mes cheveux en arrière.

Matt éclate de rire et m'aide à chercher.

— C'est celle en jean ? Je suis presque sûr que tu as renversé du curry dessus.

— Non, c'est la jaune.

Matt s'arrête net.

— Tu veux dire celle que ta copine déteste ?

— Exactement ! Je ne l'ai pas vue depuis qu'on a…

J'arrête de fouiller et rive les yeux sur Matt qui fronce les sourcils.

— Elle n'oserait pas… si ?

— Ben, elle a quand même bien fait savoir ce qu'elle pensait de cette chemise à tous les gens présents dans le bar ce soir-là…, observe-t-il en haussant les épaules.

« Ce n'est pas du jaune, Nick, c'est du moutarde. Du moutarde couleur vomi, et ce n'est pas ta couleur. Cette couleur ne va à personne ! Qu'est-ce qui t'est passé par la tête ? »

Je fais « non » de la tête, refusant de croire qu'elle balancerait une chemise Paul Smith, mais au fond, j'en suis presque convaincu. Un jour, elle a jeté à la poubelle un flacon entier de parfum Jo Malone que je lui avais offert pour son anniversaire, parce qu'elle n'aimait pas le flacon en édition limitée autant que le flacon habituel.

— Pose-lui la question, suggère Matt. Je suis presque sûr qu'elle l'avouera, si elle l'a fait. Elle n'est pas du genre à avoir froid aux yeux.

Matt n'aime pas Angela. Il ne l'a jamais dit directement, mais je vois bien qu'il est tendu chaque fois qu'elle est là. Il s'en méfie, et je n'ai jamais compris pourquoi, si on regarde certaines des femmes qu'il a ramenées à l'appart'. Putain, à une époque, il est brièvement sorti avec une Américaine qui l'appelait « Papounet » d'une voix enfantine, sans considération de qui se trouvait à portée de voix. Angela est peut-être un poil superficielle parfois, mais elle a bon fond.

— Je ne compte pas demander à ma petite amie si elle a jeté ma chemise, insisté-je. Je vais passer pour un dingue.

— Exact, glousse-t-il, et si elle avoue, il faudra que tu assumes le fait que c'est *toi* qui sors avec une psychopathe. Qu'est-ce qui est le pire ?

— Je vais m'acheter une putain de chemise neuve, marmonné-je, en commençant à ramasser mes vêtements sur le sol de ma chambre. Il me semble que j'ai un avoir chez John Lewis.

— Tu pourrais prendre une bouteille de champagne pour Greta et Will tant que tu y es, propose

Matt en entrant dans le salon. Hors de question qu'on fasse un cadeau commun comme si on était en couple, mec. C'est juste flippant.

— Aucun problème, « Papounet ».

— Va te faire voir, Jean-Michel Torse-Nu.

Je ramasse le reste de mes vêtements et les fourre dans mon armoire, tout en me promettant de les trier plus tard. Pour le moment, il faut que je trouve un moyen d'acheter une chemise et une bouteille de champagne décent avec cinquante livres.

Chapitre 3

— Les garçons ! Trop contente que vous ayez pu venir !

En tout cas, il me semble que c'est ce que dit Greta au moment où nous entrons dans le *Bar Black*, mais le bar est tellement bruyant que je n'en suis pas sûr. Elle me prend dans ses bras – froissant ma chemise bleue flambant neuve, qui est peut-être un peu trop serrée vu qu'un des boutons s'est fait la malle pendant le trajet mais qui était aussi à moins soixante-dix pour cent – avant de me remercier pour mon cadeau. J'espère sincèrement qu'elle aime le rosé pétillant de 2018. Matt lui tend une boîte contenant deux flûtes à champagne gravées en cristal Swarovski. Je hais ce type.

— Nous sommes dans l'espace VIP, hurle-t-elle en indiquant l'escalier au fond du pub. Will est en haut, allez vous chercher un verre ! J'arrive tout de suite.

Nous nous frayons un chemin dans la foule et montons l'escalier menant à la «salle» de réception, une zone délimitée par un cordon qui donne sur le bar principal. Jusqu'à maintenant, je n'avais jamais remarqué à quel point cet endroit était devenu prétentieux. Les premiers temps où on venait ici, le *Bar Black* s'appelait le *Libertines* et était nettement moins classe et aseptisé. Une partie de moi regrette les vieux canapés en patchwork et le juke-box rétro, qui ont été remplacés par des hymnes de clubs merdiques et des tabourets de bar casse-gueule. Il y a plein d'autres bars à Londres, mais cet endroit est un peu le nôtre, même avec ce perchoir de bar curieusement conçu qui me rentre dans le derrière.

C'est bondé pour un mardi, la plupart des gens prenant un verre entre collègues après le travail, tous embaumant un mélange de stress et de Tom Ford. Toujours les mêmes têtes, semaine après semaine. Ce sont mes contemporains; en pleine ascension sociale, débrouillards, créatifs, et, à cet instant précis, j'ai du mal à me sentir à ma place. Je commence à voir mon monde sous un jour très différent.

—Ça doit te faire un peu bizarre, lance Matt, détournant mon regard d'une femme qui essaie de vapoter discrètement dans son sac à main.

Il m'indique le fiancé de Greta, Will, qui discute avec Harriet, notre amie en commun.

—Après tout, tu sortais avec Greta et voilà qu'elle épouse ce type.

« Ce type » est le docteur William Howard, le chirurgien de quarante-trois ans et conducteur de Ferrari que Greta a commencé à fréquenter après moi. Je l'ai vu au moins une dizaine de fois, mais je ne suis même pas sûr qu'il connaisse mon nom.

— Pourquoi ce serait bizarre ? rétorqué-je. Enfin, oui, on est sortis ensemble mais je suis très heureux qu'elle ait rencontré quelqu'un. Je n'en pince pas secrètement pour Greta, mec.

— Non, je sais. C'est juste que, eh bien…

— Quoi ? Juste qu'il possède une maison à Notting Hill, une clinique privée sur Harley Street, un front qui refuse de se dégarnir, et que je ne suis qu'un pauvre con sans boulot qui se fait potentiellement piquer ses fringues par sa copine ?

— C'est à peu près ça, plaisante Matt en me donnant un petit coup de coude. Ça va aller, mon pote. Essaie de passer une bonne soirée.

— Oh, j'y compte bien, assuré-je en prenant une coupe de champagne sur la table. Je suis ravi pour Greta, tu le sais bien. Elle mérite d'être heureuse.

— Franchement, moi aussi je serais prêt à l'épouser rien que pour essayer sa voiture, rétorque Matt en saluant Will de la main. Le prends pas mal, mon pote, mais faut bien que tu l'admettes : notre Greta a fait fort sur ce coup-là.

Matt a raison, bien sûr, mais je n'avais pas besoin qu'on me rappelle le minable que je suis en comparaison.

En plus, c'est Matt qui m'a présenté à Greta, donc, en définitive, tout est sa faute. Je vide ma flûte de champagne et en prends une autre, tandis que Will se dirige vers nous.

— Salut, les gars, quel plaisir de vous voir ! s'exclame Will en nous serrant chaleureusement la main. Je dois juste faire un saut au petit coin, je reviens tout de suite.

« Au petit coin » ? Qui dit un truc pareil ? Mon estime personnelle remonte de trois pour cent. Nous nous asseyons sur une petite banquette à côté de Harriet, une femme frêle et délicate qui était à la fac avec Matt et Greta. Elle a fait des études de lettres et écrit maintenant des romans policiers à succès. Je me suis aventuré dans leur petit cercle au deuxième semestre de ma première année de droit, et je ne l'ai jamais plus quitté. Elle est ici avec son mari, Noël, un homme qui semble détenir des secrets ancestraux enfouis dans son énorme barbe. Ce sont des gens bien.

— Tu te souviens de Brian Wilson ? demande Harriet à Matt tandis qu'il enlève son manteau.

— Des Beach Boys ? réplique-t-il, l'air incrédule.

Elle éclate de rire.

— Mais non, le type qui vivait dans l'appartement au-dessus du nôtre à Brixton. Le maigrichon. Il avait un chat avec une oreille bizarre. Toi, tu te rappelles, Nick ?

Je hoche la tête.

— Son chat ne s'appelait pas Phil Wilson ?

— Exactement ! Je racontais à Greta que je l'ai rencontré par hasard au *Costa* la semaine dernière ! Il était rentré rendre visite à des proches. Il vit en France maintenant. Quatre gosses. Il fait son propre vin ou un truc dans le genre. Il s'en est tellement bien tiré !

« En France », hein ? Peut-être que je devrais aller en France, moi aussi ? me dis-je en sifflant ma troisième coupe de champagne. Ma triste réputation n'a probablement pas traversé la Manche. Il faudrait que j'apprenne le français, cela dit.

— Tu conduis ? demande Matt à Harriet, en indiquant la bouteille d'eau pétillante devant elle.

C'était une question logique, sachant que Harriet est connue pour être la première bourrée mais la dernière debout. Harriet recule sa chaise pour nous montrer pourquoi.

— Douze semaines, annonce-t-elle de son fort accent gallois, tout en frottant son ventre inexistant. On commence à peine à en parler autour de nous. Pas de picole, pas de clopes, pas de sushis, pas de mayo. En plus, je suis malade comme un chien. C'est vraiment pas une partie de plaisir.

Noël s'assied au même moment en souriant fièrement.

— Mais ça arrive au bon moment. Je viens d'avoir une promotion, donc nous pouvons nous permettre de déménager pour plus grand.

— Chef de projet digital, fanfaronne Harriet à la place de Noël. Ces dernières semaines ont été dingues à tous les niveaux.

Pendant que nous les félicitons, je m'efforce tant bien que mal d'ignorer la petite voix dans ma tête, mais elle semble bien déterminée à semer le trouble.

TU VOIS ? Voilà ce que font les adultes, trou du cul. Remets ta vie sur les rails.

Quarante minutes et un shot de tequila plus tard, je regarde Greta et Docteur-Mieux-Que-Moi faire un court discours de remerciement devant la pièce noire de monde. Je reconnais quelques visages familiers, mais la plupart semblent être des « amis du couple » qui devront choisir un camp après le divorce. S'il y a bien un truc dont je suis convaincu, c'est qu'aucun d'entre eux n'a jamais mis un pied chez *Lidl*, tandis que Greg le caissier et moi nous appelons par nos prénoms.

— Nous sommes tellement heureux que vous soyez venus ! s'enthousiasme Greta. Ça signifie tellement pour nous.

Will hoche la tête et enroule son bras autour de la taille de Greta.

— Il y a quatre ans, cette femme splendide a accepté de dîner avec moi, et il y a quatre semaines, elle a accepté de devenir mon épouse. Je suis l'homme le plus chanceux au monde. Elle est magique.

Putain, même les femmes au bar s'extasient. Enfin, Greta est super et tout le tintouin, mais « magique » ?

Elle lui fait des tours de passe-passe quand ils sont seuls ou quoi ?

— En tout cas, le mariage aura lieu mi-mars, vous allez tous recevoir vos faire-part d'ici peu. Maintenant, faites-moi le plaisir de manger, de boire et de vous réjouir autant que nous ! Santé !

Alors que nous levons nos verres en leur adressant tous nos vœux de bonheur, je m'efforce de rester positif, mais être entouré de gens impressionnants qui célèbrent des fiançailles, des bébés, des promotions et de voisins de Brixton devenus vignerons me met sur les nerfs. Je fais de mon mieux pour ne pas prendre la réussite d'autrui comme un affront personnel, mais il s'avère que je suis plutôt égocentrique. Je m'excuse et me dirige vers les toilettes. Avec la chance que j'ai, je vais me retrouver à pisser à côté d'un prix Nobel.

Heureusement, je suis seul, en dehors du cabinet qui semble occupé par quelqu'un avec un curieux trouble respiratoire. En me lavant les mains, je m'observe dans le miroir, espérant que la petite voix dans ma tête me donnera quelques paroles d'encouragement… Voire qu'elle proclamera ma valeur dans ce monde. Qu'elle me dira que je suis destiné à accomplir de grandes choses !

Ta coupe de cheveux est naze.

Et merde. Abattu, je retourne dans le couloir, prêt à finir ridiculement ivre, mais je suis coupé dans mon élan par Greta et une femme plus âgée qui est habillée comme si elle se présentait aux élections.

— Nick ! Pile poil l'homme que je cherchais ! Voici Alice, j'ai pensé qu'il fallait que je vous présente !

Pourquoi ça ? C'est une pauvre conne, elle aussi ?

— Formidable ! m'exclamé-je en serrant la main d'Alice. Enchanté de vous rencontrer. Super fête, Greta, je passe un merveilleux moment.

Tout excitée, Greta me fait un sourire radieux, tandis qu'Alice ne dit pas un mot. Qui est cette femme ? Et merde, Greta essaierait-elle de me brancher avec elle ? Je sais qu'Angela n'est pas là, mais j'ai toujours une petite amie. En prime, Alice n'est vraiment pas mon genre, vu qu'elle approche les soixante piges. Je n'ai rien contre les femmes plus âgées, mais deux fois mon âge, ça fait un peu beaucoup.

— Comment vous êtes-vous rencontrées ? m'enquiers-je.

— Alice est ma voisine, mais dirige aussi le centre commercial *Southview*. Tu sais, celui qui est près de chez toi ?

— Euh, oui, bien sûr… Justement, je viens d'y acheter cette chemise. John Lewis fait des prix très corrects, ajouté-je en pointant ma chemise du doigt, tout en me demandant pourquoi j'ai sorti un truc pareil alors qu'un malheureux « oui » aurait suffi.

Maintenant Alice a les yeux rivés sur mon torse, et j'ai envie de me sauver en courant.

— Oh, génial, poursuit Greta, parce que Alice me parlait justement à l'instant d'un poste qu'elle a à pourvoir. C'est le destin !

Conversation de boulot ! Dieu soit loué. On se détend. Alice peut bien avoir la tête qu'elle veut.

— C'est un poste saisonnier, mais ce serait l'idéal pour toi.

— OK, parfait, de quoi…

— Pas de frais de transport, pas de stress, tes antécédents ont déjà été vérifiés donc…

— Mes « antécédents ont été vérifiés » ? Pourquoi…

— Et bien sûr, tu es très aimable. Les enfants t'adorent !

— Greta, mais qu'est-ce que tu racontes ? C'est quoi ce poste ?

— Père Noël, répond-elle avec un grand sourire. Je trouve que tu serais parfait en Père Noël.

Chapitre 4

Aujourd'hui

LA CAVERNE DU PÈRE NOËL DU CENTRE commercial *Southview* ressemble moins à une tanière douillette remplie de cadeaux qu'à un espace ouvert agrémenté d'un immense sapin de Noël étonnamment bien décoré, de fausse neige et, bien sûr, d'un gigantesque trône pour accueillir papa Noël. Un tapis rouge recouvre le sol, du trône jusqu'à l'entrée, où patiente déjà une file d'attente qui s'étend jusqu'au bar à jus d'à côté.

Tu peux y arriver, Nick, me rassuré-je, en saluant les enfants impatients. *Tu as du boulot et tu répands l'esprit de Noël, où est le problème là-dedans ?*

— *Vamos !* T'es en retard !

Surpris, je me retourne et vois une femme dans la trentaine d'à peine un mètre cinquante déguisée en elfe et visiblement aussi ravie que moi d'être ici.

— C'est toi, Nick ?

— Oui.

— Izzy.

— Ravi de faire ta co…

— Écoute, je porte ce costume, mais je ne suis pas ton sous-fifre, c'est clair ? m'informe-t-elle. Ne me demande pas de t'assister. L'an dernier, j'ai dû m'occuper de Machin qui fait un caprice et Machine qui pleure, et c'est pas mon boulot, compris ?

Si seulement elle était aussi charmante que son accent espagnol.

— Euh, bien sûr. Compris.

— Tu gères *los niños*, je récupère l'argent, d'accord ?

Elle me brandit son petit appareil à carte de crédit sous le nez, tandis que j'acquiesce pour manifester mon accord. J'ai l'impression de monter un casse.

Je m'installe sur mon trône ridicule, tout en me répétant nerveusement que ça va être du gâteau, pendant qu'Izzy autorise le premier enfant et sa mère à approcher.

Tu as déjà été dans une salle de conférence avec Deborah Meaden, bon sang. Ce ne sont que des gamins. Ressaisis-toi.

Je souris et fais signe à la petite fille d'avancer. Elle recule d'un pas et s'agrippe à la jambe de sa mère. *Excellent début, Nick.*

« Moins d'une minute par enfant, m'a indiqué Géraldine pendant mon intégration. Nom, âge, ce qu'ils veulent comme cadeau, laisser les parents prendre une photo, leur donner un paquet de la hotte, et au suivant. J'ai besoin que vous soyez souriant mais expéditif. Des questions ? »

« Il y a des cadeaux différents pour les filles et les garçons ? »

« Non, a-t-elle grogné en réponse. Unisexes. Nouvelles directives. Ah, et c'est aux parents de décider s'ils s'assoient sur vos genoux ou pas, mais les plus petits aiment bien ça. »

La petite fille qui tente actuellement de fuir mes genoux me laisse penser le contraire.

— Polly, c'est rien, ma chérie, regarde par ici ! Fais un sourire à maman !

Polly ne croit pas un mot de ces conneries. Je baisse les yeux sur la petite, qui s'égosille et gigote sous son bonnet bleu en fourrure, et je compatis. Elle s'agrippe à un Milky Way à moitié entamé. Elle a encore moins envie d'être là que moi.

À travers ses lunettes à monture épaisse, sa mère me supplie, m'ordonnant par télépathie de remédier à la situation, mais j'ignore comment m'y prendre. Polly est le premier enfant de la journée, et, vu la mine de ma supérieure, il se pourrait que ce soit la dernière.

— Oh, voyons, voyons ! m'exclamé-je d'une voix qui me surprend moi-même.

On dirait un croisement entre le Père Noël et Hannibal Lecter. Je refais un essai sur un ton qui rappelle un peu moins celui d'un tueur en série.

— Inutile de pleurer, petite. Dis à papa Noël ce que tu voudrais pour No…

— MAaaaAAmannn !

C'est atroce. Une photo inévitablement floue est prise tandis que je tends à Polly une boîte de chocolats assortis empaquetée, avant que sa pauvre mère la remette dans sa poussette, se confondant en excuses et lui promettant une glace pour la calmer. Le dernier truc qu'il faut à cette gamine, c'est bien du sucre.

J'ai à peine le temps de reprendre mon souffle que le petit chéri suivant s'est déjà rué sur mes genoux. Au moins, cet enfant-là est enthousiaste.

— Comment tu t'appelles ? lui demandé-je, les yeux rivés sur la bulle de morve qui s'est formée dans sa narine gauche.

Putain, c'est déprimant. Je vois Géraldine s'éloigner vers l'espace restauration et je me détends aussitôt.

— David, répond-il en jaugeant du regard ma barbe en nylon qui gratte.

Elle me rend déjà dingue, sachant qu'en dessous, ma vraie barbe de trois jours me démange.

— Et quel âge as-tu, David ?

— Six ans ! répond-il avec tellement d'excitation que je ne peux m'empêcher de sourire.

La plupart des adultes donnent leur âge comme s'ils avouaient un secret honteux, mais David n'a pas ce problème.

— Et qu'est-ce que tu voudrais pour Noël ?

— Un trampoline ! Comme celui de Robbie. Avec un filet pour qu'on puisse faire des sauts périlleux et des culbutes et bondir dans tous les sens !

Je jette un coup d'œil à ses parents qui secouent frénétiquement la tête derrière leur enfant surexcité, m'informant que cet énorme et coûteux trampoline d'extérieur n'est pas près d'arriver de sitôt. Son père mime le fait d'être sur un vélo, et je hoche la tête.

— Hmm, les elfes ont eu un problème avec les trampolines cette année, expliqué-je.

David arrête de sautiller, l'excitation sur son visage s'estompant aussitôt.

— Mais ils ont fait des vélos géniaux ! N'est-ce pas, Izzy ?

La tête d'Izzy semble se retourner indépendamment de son corps pour me faire les gros yeux, m'indiquant qu'elle n'hésitera pas à me tuer si je la prends encore à témoin avec *los niños.* Je me retourne vers David.

— Que dirais-tu d'un nouveau vélo ? Ce ne serait pas super ? Avec un joli casque tout neuf en prime ?

David ne dit rien. Il descend de mes genoux et croise les bras, assassinant tour à tour ses parents du regard, puis moi. C'est abominable. Combien d'enfants vais-je devoir décevoir aujourd'hui ? Il faut que je le persuade qu'un vélo est mieux qu'un trampoline.

— Ils sont tellement cool, David ! Sincèrement ! Les vélos les plus cool que tu as jamais…

— NON ! JE VEUX UN TRAMPOLINNNNEEEEE.

Le hurlement qui me perfore le tympan me fait presque oublier la douleur violente dans mon tibia – seulement « presque ». Je pousse un cri de douleur tandis que David et son petit mais puissant pied droit sont retenus par son père avant de m'infliger plus de dégâts.

— Putain ! Inutile de…

Je vois une petite fille au début de la file d'attente pousser un gémissement, ainsi qu'au moins une dizaine de visages sidérés, tandis que les parents embarrassés éloignent David.

— Maman ! Papa Noël a dit un gros mot.

Et merde.

— C'est scandaleux ! s'écrie une mamie aux cheveux gris, tout en traînant par le bras sa petite-fille amusée. Viens, Rosie, ne restons pas ici.

— Je suis d… désolé, bégayé-je tandis que plusieurs parents et enfants se dispersent, me cataloguant comme le pire Père Noël de l'histoire.

Le bout de la file ne semble pas s'être aperçu de quoi que ce soit, mais je n'ai aucune illusion quant au fait que quelqu'un est déjà en train de demander à parler au manager. Dès que Géraldine l'apprendra, je serai renvoyé.

Le reste de ma journée ne se passe guère mieux. Je n'ai jamais vu autant de morveux pourris-gâtés en baskets lumineuses réclamer des iPad, des PlayStation et un truc appelé « Ricky le petit chien très coquin », qui est apparemment un chien en peluche mais porte le nom d'un gigolo.

À 17 heures, je vois Izzy accrocher une corde derrière le dernier enfant, informant tout le monde que la caverne du Père Noël est fermée. Après cette journée, je comprends mieux pourquoi Izzy semble aussi agacée. De toute évidence, travailler avec des enfants est un vrai métier, pas une vocation saisonnière.

— Et comment t'appelles-tu ? demandé-je à la petite fille blonde aux joues roses qui essaie déjà de tirer sur ma barbe.

Je suis tellement content que ce soit la dernière.

— Jennifer, répond-elle. J'ai trois ans !

— Et qu'est-ce que tu voudrais pour Noël ?

— Une maison de Barbie avec le… ATCHOUUUM !

Un truc visqueux gicle de son nez et atterrit directement sur ma main, me donnant un haut-le-cœur. Horrifié, j'essaie de m'en débarrasser pendant que son père se contente de rire comme si c'était adorable. Ce n'est pas adorable ; c'est juste vert.

— Maison de Barbie, c'est noté, assuré-je en lui tendant un paquet. Joyeux Noël.

Je ne souris même pas quand son père prend la photo. J'ai chaud, je suis en sueur, couvert de bleus et de morve, et je décide de me casser. Géraldine peut se fourrer son boulot là où je pense.

En secouant la tête, je me lève de mon trône, déjà prêt à arracher cette barbe stupide de mon visage. Mais même si la caverne est fermée, il y a toujours une foule de gens en train d'admirer les décorations de Noël, donc me découvrir le visage tout de suite me paraît une très mauvaise idée. Je n'ai qu'une seule envie : rentrer chez moi, me doucher et passer une soirée tranquille avec Angela pour célébrer mon nouveau boulot.

Alors que je me prépare à partir, je vois un petit garçon d'environ cinq ans se glisser sous la corde.

— Mon garçon, nous sommes fermés, l'informe Izzy.

Mais il la contourne et fonce droit sur moi.

— Papa Noël, je...

— Reviens demain, lui dis-je. Papa Noël rentre chez lui.

— Mais je ne serai pas là demain, objecte-t-il. Et je ne t'ai pas dit ce que je veux pour Noël !

— Désolé, petit.

Je plonge une main dans ma hotte et en sors un paquet.

— Prends ça. Du chocolat, c'est mieux que rien.

Alors qu'il prend le paquet, je vois ses grands yeux marron s'emplir de larmes.

— Mais si je ne te dis pas mon souhait pour Noël, il ne s'exaucera pas ! S'il te plaît, papa Noël.

— Je suis désolé, mais…

— Père Noël ! beugle Izzy. Vous pouvez bien en faire un de plus.

Je hoche la tête. En partie parce que Izzy me fout la trouille, mais aussi parce que je ne peux pas porter la responsabilité de faire encore pleurer un enfant aujourd'hui. En plus, je crois qu'il a réussi à attendrir Izzy. Ça mérite une récompense.

— Comment t'appelles-tu, mon bonhomme ?

— Alfie, répond-il en me suivant sur mon trône. Alfie O'Brien.

Je m'assieds tandis qu'il se plante devant moi.

— Alfie. C'est un super nom. Et quel âge as-tu ?

— J'ai quatre ans.

— Et qu'est-ce que tu voudrais pour Noël ?

Alfie reprend son souffle et répond doucement :

— Je veux que ma maman soit de nouveau heureuse.

Ouh là. Je ne sais plus où me mettre. Je suis encore moins doué avec les enfants malheureux qu'avec les égoïstes pourris-gâtés. L'expression sincère de son visage me transperce le cœur.

— Je suis certain qu'elle est très heureuse ! assuré-je sur un ton enjoué. Elle t'a toi, pas vrai ?

Il baisse les yeux.

— Elle fait semblant de l'être, mais elle ne l'est pas depuis que mon papa est mort. Je l'entends pleurer parfois.

— Oh, je suis désolé, mon grand.

Il hausse les épaules.

— S'il te plaît, fais qu'elle soit heureuse, papa Noël. C'est la seule chose que je veux.

Maintenant c'est moi qui ai les larmes aux yeux. Ce gentil petit bonhomme pense que je peux agir sur la peine de sa mère, et je ne sais pas du tout quoi lui répondre.

— Hum… Eh bien, tu vois…

— ALFIE ! Oh, Dieu merci, tu es là, je t'ai cherché partout !

Je me retourne et vois accourir vers nous une femme portant un tablier bleu vif du coffee shop en face de la caverne.

Non, Dieu merci, vous *êtes là*, me dis-je. J'étais complètement dépassé, là.

— C'est ma maman, me souffle Alfie en lui faisant un signe de la main.

Elle prend Alfie dans ses bras et l'embrasse sur la joue à plusieurs reprises.

— J'ai failli faire un arrêt cardiaque ! gronde-t-elle. Tu ne peux pas t'enfuir comme ça ! J'étais sur le point d'appeler la police… Et les Avengers… Et Spiderman…

— Spiderman fait partie des Avengers, rectifie Alfie en gloussant. Désolé, maman, il fallait que je voie le Père Noël.

Alors que la mère d'Alfie me lance un regard désolé, je sens soudain ma poitrine se serrer et des petits picotements le long de ma colonne vertébrale.

Mince alors, elle est vraiment charmante. Je vois de qui Alfie tient ses grands yeux. On dirait deux petits lagons sombres… *C'est complètement inapproprié, Nick. Espèce de crétin, c'est une veuve en plein deuil. Tiens-toi un peu, putain.*

— Je suis tellement navrée, balbutie-t-elle. Une minute il était avec moi, la suivante…

— Tout va bien ! assuré-je, plus conscient que jamais d'à quel point ma voix de Père Noël est nulle.

Je me racle la gorge.

— C'est un très gentil petit garçon.

Bordel de merde, voilà que j'ai l'accent russe.

Elle sourit et ébouriffe les cheveux d'Alfie, tandis que j'évite à tout prix de croiser son regard. *Punaise, elle sent tellement bon.*

— Nous allons manquer le bus ; allons-y, Alfie. Dis au revoir au Père Noël.

Elle prend Alfie par la main et commence à l'entraîner vers la sortie.

— Mais papa Noël ne m'a pas dit s'il m'apportera ce que je veux pour Noël ! s'exclame-t-il en me regardant. Il faut qu'il le dise !

Oh bon sang, qu'est-ce que je fais ? Des gens regardent !

— Papa Noël, PITIÉ !

— D'accord, d'accord, tu as gagné ! déclaré-je en levant même mon pouce en l'air pour en rajouter une couche.

Son petit visage s'illumine, et il me rend mon geste. Quelques secondes plus tard, Alfie et sa mère sont partis.

— Imbécile ! me crie Izzy. En lui mentant, tu viens juste de foutre en l'air son Noël.

— Qu'est-ce que j'étais censé faire ? Lui dire non ? Tu as vu à quel point il était mignon et désespéré.

— Eh bien, maintenant il va détester le Père Noël.

— Et alors, toi aussi tu le détestes, vous n'avez qu'à fonder un club.

Elle lève les yeux au ciel et part en trombe avec le terminal carte bleue, tandis que je retourne au vestiaire, avec la sensation d'être un minable. Est-ce que je viens de gâcher le Noël de cet enfant ? Impatient de me tirer d'ici, je prends mes vêtements dans mon casier, les fourre dans mon sac à dos et commence à rentrer chez moi – avec le gros ventre, la barbe, et tout le toutim. J'ai besoin d'un verre.

Vingt minutes plus tard, j'arrive à la maison et vois Angela devant mon immeuble.

— Hé, chérie ! Tu es en avance !

J'ouvre la porte d'entrée et la lui tiens ouverte. Angela me regarde d'un air perplexe avant de percuter enfin. Elle avance timidement vers moi.

— Nick ? C'est toi ?

— Ouais ! m'esclaffé-je tandis qu'elle arrache brusquement la barbe de mes oreilles. Fais gaffe avec ce truc, ma patronne me forcera à la remplacer si je l'abîme.

— Ta « patronne » ? Tu as trouvé du travail ?

— Oui… C'est ça, mon nouveau travail ! Qu'est-ce que t'en dis ?

Sans ajouter un mot, Angela me passe devant et monte les deux étages jusqu'à ma porte. J'entre en premier, aussitôt suivi du bruit de ses talons et de la porte qui claque violemment.

— Waouh, ne fais pas sauter la porte de ses gonds, chér…

— NICK, C'EST QUOI CE BORDEL ?

Je commence à penser qu'Angela n'est pas tellement impressionnée par mon nouveau boulot.

Chapitre 5

En ouvrant ma cinquième bière, je me dis que je n'avais encore jamais vu Angela aussi folle de rage que tout à l'heure. Je pense aussi que « pas tellement impressionnée » était un euphémisme.

—Je n'arrive pas à le croire… Tu es le Père Noël, a-t-elle inlassablement répété. Le Père Noël ! Mon petit ami est le Père Noël.

—Angie, je ne suis pas le vrai Père Noël. Je ne descends pas par les cheminées. Détends-toi.

Elle s'est levée du canapé de façon dramatique, comme si elle s'apprêtait à faire objection dans un tribunal.

—Ce n'est pas le moment de plaisanter, Nicholas.

Parfois, quand Angela est en colère, elle appelle les gens par leur prénom entier sur un ton sévère, comme un parent qui exprimerait sa désapprobation. Le gros problème là-dedans, c'est qu'on m'a baptisé Nick.

Je n'ai jamais été un Nicholas. Elle le sait, mais ça ne l'arrange pas pour l'instant.

— Pourquoi ça te contrarie autant ? ai-je demandé. C'est un boulot. J'avais besoin d'un boulot, désespérément, et maintenant j'en ai un !

— Parce que tu peux faire mieux, a-t-elle répliqué. Bon sang, Nick, mes amies font leurs courses là-bas. *Je* fais mes courses là-bas ! C'est tellement embarrassant.

— C'est un contrat de six semaines, Angela. Tu exagères. D'accord, c'est pas l'idéal, mais c'est pas la mer à boire non plus.

— Attends une seconde, tu fais ça pour une association caritative ? a-t-elle demandé avec une pointe d'espoir dans la voix. Genre lever des fonds pour une bonne cause – des enfants malades, des chiens ou autres ? Je peux faire avec.

— Non, ai-je expliqué. Des enfants normaux. Qui paient pour la prestation.

— Beurk, quelle horreur. Je ne peux pas accepter ça.

En la regardant pester sur un ton acerbe, les mains sur les hanches, j'ai compris que ce n'était pas moi qu'elle visait en parlant de pouvoir faire mieux. C'était elle. Je mentirais si je disais que je n'étais pas un peu mortifié que ce boulot soit mon dernier recours, mais je croyais sincèrement qu'elle trouverait ça marrant. C'était le cas de Matt. Il a tellement ri que j'ai cru que son cerveau allait lâcher.

« Arrête maintenant, l'ai-je supplié en le regardant se tordre de rire. Au moins, je peux payer le loyer ce mois-ci. »

« Saint Nick! s'est-il exclamé. C'est parfait! Oh putain, je peux m'asseoir sur tes genoux? Il va y avoir des elfes? S'il te plaît, dis-moi qu'il y aura des elfes. »

« Va te faire voir. »

Il a continué à rire même quand il s'est pris mon coussin en plein visage, mais contrairement à Angela, il était heureux pour moi. Que son pote soit le Père Noël n'était pas une source d'embarras, seulement de franche rigolade.

Angela a fini par se rasseoir, mais vu la façon dont elle farfouillait dans son sac à main à ses pieds, je voyais bien qu'elle n'avait aucune intention de rester.

— Je pense qu'on devrait faire une pause, Nick. Nous suivons des chemins différents pour le moment. Peut-être que passer du temps séparés nous fer…

— Arrête! C'est seulement tempor…

— Désolée, bébé, j'ai besoin d'espace.

Bouche bée, je l'ai regardée caler son sac dans le creux de son bras et sortir en trombe.

C'était il y a trois heures. Je passe maintenant ce qu'il reste de mon vendredi soir à me goinfrer de nourriture chinoise et de mauvais films de Noël.

Vers 1 heure du matin, j'entends le claquement familier de la porte d'entrée, suivi d'un gloussement inhabituel.

— Matt, mon pote, lancé-je. C'est toi ?

La porte du salon s'ouvre et Matt entre accompagné d'une grande blonde qui porte ses chaussures dans sa main gauche. Elle pousse un petit cri en voyant le Père Noël assis dans le noir, en train de faire blobloter un plat de nouilles sur son ventre.

— Nom de Dieu, Nick, s'exclame Matt en allumant la lumière du salon. On dirait qu'une bombe a explosé ici.

— C'est le cas, répliqué-je, grimaçant face à la lumière vive qui m'agresse les yeux. Une énorme bombe en forme d'Angela. Elle est embarrassée par ma personne ; t'arrives à le croire ? Elle est méchante. Pourquoi tu ne m'as pas dit qu'elle était méchante ?

Je vois Matt survoler du regard la pièce en désordre, puis la table jonchée d'emballages de plats à emporter et de canettes de bière vides empilées. Il se tourne vers la femme à côté de lui, qui affiche la même expression perplexe et écœurée qu'Angela tout à l'heure.

— Leanne, bébé, ma chambre est la deuxième à gauche. Laisse-moi une petite minute, d'accord ?

Elle acquiesce et retourne dans le couloir, tandis que Matt s'assied à côté de moi. Il sent l'air frais et la bière blonde.

— Tu es censé rapporter ton costume de Père Noël à la maison ? demande-t-il doucement en prenant une nouille sur l'accoutrement en fourrure.

— Qu'est-ce que j'en sais ? Pour être franc, j'ai oublié que je l'avais sur moi. Il y a une barbe qui traîne dans le coin, si tu veux te faire ton idée.

— Oserais-je te demander comment s'est passée ta journée ? Tu es en train de regarder *Maman, j'ai raté l'avion !...*

— Ouais. Marathon de films de Noël sur la chaîne cinéma. Aucune idée d'où se trouve la télécommande. Ma journée était absolument ignoble ; et encore, c'est peu dire. Je me suis fait éternuer dessus, engueuler par une elfe espagnole, hurler dessus, et pour finir, Angela m'a plaqué.

Matt affiche une mine désolée.

— Eh ben... Désolé, Nick.

— ET, continué-je, j'ai menti à un petit garçon. Un gentil petit bonhomme avec un papa mort et une maman triste. J'ai gâché son Noël.

Je jette un coup d'œil à la télévision, juste à temps pour voir Kevin retrouver ses imbéciles de parents. Je balance un nem contre l'écran. D'accord, Kevin est un sale gosse, mais il mérite mieux.

— Tout ça, c'est des conneries ! m'écrié-je. Dans la vraie vie, on aurait appelé les services sociaux. La maman sexy d'Alfie n'aura jamais droit à ses retrouvailles. Ça n'existe pas, les happy ends !

— Putain, mais c'est qui Alfie ?

Je brandis mon dernier nem, mais Matt l'intercepte et éloigne le récipient en polystyrène avant que je ne m'en prenne à quoi que ce soit d'autre.

— Je suis désolé que tu traverses une mauvaise passe, mec, dit-il en me donnant un coup de coude. Va te reposer ; on discutera demain matin.

Il se dirige vers la porte et éteint la lumière.

— Je suis là pour toi, mon pote, mais il faut que tu t'accroches. La télécommande est au-dessus de la télé.

Matt ferme la porte et rejoint son rencard, tandis que je continue à siffler ma bière. Je souris en voyant que *Fantômes en fête* est diffusé juste après. Enfin un film auquel je peux m'identifier.

Chapitre 6

— Beurk. Comment on peut vivre comme ça ? Il a encore de la nourriture partout sur le visage !

Tandis que j'ouvre péniblement les yeux, j'entends Matt marmonner que je suis dans une mauvaise passe, puis le bruit de la porte qui claque. Putain, mais quelle heure est-il ? Je ne suis pas dans mon assiette.

— Elle a l'air sympa, fais-je remarquer quand Matt me rejoint dans le salon. J'adore l'odeur du mépris de bon matin.

— Je t'ai fait un café, rétorque-t-il. Décale-toi.

Matt s'affale à côté de moi, posant sur la table un café presque goudronneux tellement il est fort. J'ai dû m'endormir la télévision allumée, vu que *Miracle sur la 34e rue* est presque terminé.

Matt reste silencieux pendant que je reprends mes esprits. Il a une indubitable envie de me botter les fesses pour avoir effrayé son rencard, mais il sait pertinemment que, pour l'instant, ça ne servirait à rien. Je suis une ruine ; ma vie en est une. En regardant la petite fille partir dans une envolée lyrique sur la magie de Noël, je pense à Alfie et à sa mère. Je n'aurais pas dû donner de faux espoirs au petit. Qu'est-ce que je suis censé faire ? Claquer des doigts et ramener son père ? Faire apparaître un nouveau prince charmant comme par magie ?

« Je crois… Je crois… Il est stupide, mais je crois… »

Je me redresse d'un coup sur le canapé, alors que la petite fille énonce ses souhaits pour Noël. Il y a peut-être un truc que je peux faire.

— Matt, tu t'es pas mal amusé, non ?

Il arrête de siroter son café et fronce les sourcils.

— Je ne vois pas du tout de quoi tu parles.

— Je veux dire, tu as plus ou moins couché avec toutes les blondes surdiplômées de moins de cinquante ans de Londres, pas vrai ?

— Comment oses-tu ! s'offusque-t-il en boudant légèrement. Mais ouais, c'est pas faux.

— Alors que dirais-tu d'avoir un rencard avec quelqu'un qui a un peu de profondeur ? Une vraie femme. Quelqu'un qui ne se peinturlure pas les yeux et…

— Nick, qu'est-ce que tu racontes ?

Tout excité, je me tourne d'un bond vers lui.

— Cette femme que j'ai rencontrée hier. Une vraie bombe. Et elle est sympa. Genre hyper sympa. Attentionnée et drôle… Elle fait même des blagues sur les Avengers.

Je suis peut-être en train de survendre la mère d'Alfie, vu que notre interaction d'hier n'a duré que quelques secondes, mais son fils est tellement adorable qu'il y a de fortes chances qu'elle ne soit pas bien méchante.

Matt réfléchit un moment avant de froncer les sourcils.

— Si elle est tellement géniale, pourquoi tu ne l'invites pas à sortir ? Tu es célibataire maintenant, à ce qu'il paraît.

Je fais « non » de la tête.

— Angie a dit qu'elle voulait de l'espace ; ça lui passera. En plus, regarde-moi. Cette femme mérite mieux qu'une putain d'épave.

— Je ne sais pas, mec… peut-être. Comment elle s'appelle ?

— Aucune idée.

— Comment ça ? Tu ne connais même pas son prénom ?

— Écoute, je ne peux pas t'expliquer mais j'ai un très bon feeling à propos de cette histoire. Contente-toi de dire oui ; je me charge du reste. Je te ramènerai un prénom, un numéro de téléphone, etc. S'il te plaît. Regarde-moi. J'ai besoin de faire ça.

Matt éclate de rire et pose sa tasse.

— D'accord. Je ne pense pas que Leanne reviendra de toute manière, après avoir vu l'état dans lequel tu étais hier soir. Ça n'a pas eu l'air de lui plaire non plus quand j'ai ramassé un soutien-gorge par terre, vu qu'elle portait déjà le sien.

— Donc tu vas le faire ?

— Oui, mais je le fais pour toi, espèce de barjo.

— Super ! m'exclamé-je en brandissant mon poing en l'air. Tu ne le regretteras pas… Un détail, cela dit. Ne fais pas ton Casanova habituel… tu vois ce que je veux dire. Respecte-la.

— C'est d'accord, Oprah.

— Génial ! Bon, faut que j'aille au travail. Ça va être tellement génial.

— Mec, tu devrais peut-être te doucher et asperger ce costume de Père Noël de Febreze. Le prends pas mal, mais tu schlingues.

Il a raison, bien sûr, je pue, mais je ne suis pas vexé. Ce que je suis, c'est un génie. Un véritable génie qui accomplit des miracles pour Noël.

J'arrive au travail une demi-heure en avance, tout propre, et portant à la main mon costume de Père Noël qui embaume maintenant « Fraîcheur éveil printanier ». J'espère que la mère d'Alfie travaille aujourd'hui, et si ce n'est pas le cas, j'obtiendrai au moins son nom d'un de ses collègues. Je prendrai un autre café au passage. Matt est incapable de préparer un café décent.

J'entre dans le coffee shop *Belle Blend* et me dirige vers le comptoir, en m'efforçant d'avoir l'air aussi détendu que possible.

— Un *americano* avec du lait froid, s'il vous plaît, commandé-je en balayant la pièce du regard.

— Sur place ou à emporter ?

— À emporter, merci.

Je la repère alors. Troisième table au fond. Elle a les cheveux tirés en arrière aujourd'hui, mais c'est bien elle. Je me balance d'un pied sur l'autre dans l'espoir que la barista se dépêchera, mais on dirait bien qu'il y a deux autres commandes avant la mienne.

Fais comme si de rien n'était, Nick. Tu es peut-être sur le point de transformer la vie de cette femme, mais ne lui fous pas la trouille. Tu étais cool à une époque. Retrouve l'esprit de tes vingt ans.

Elle commence à essuyer la table à ma gauche mais me surprend à l'observer. Flûte. Je suis nul à ce jeu-là.

— Puis-je vous aider ? demande-t-elle d'un air perplexe.

— Je me disais bien que c'était vous ! m'exclamé-je joyeusement. Alfie ne vous fait pas courir dans tous les sens aujourd'hui ?

Elle sourit poliment.

— On se connaît ?

— Mince, désolé, oui ! J'étais un peu différent hier, ajouté-je en indiquant la caverne. Barbe blanche. Huit rennes. Dangereusement en surpoids.

Elle éclate de rire.

— Bien sûr ! Désolée, c'est votre voix qui m'a induite en erreur. Votre voix de Père Noël est nettement plus grave et, euh… quelque peu douteuse.

— Oui, je cherche encore la bonne tonalité, avoué-je en rougissant. Elle est si catastrophique que ça ?

— Ça m'a rappelé un film dans lequel le meurtrier demande à la baby-sitter si elle est allée voir les enfants. Je préfère largement votre vraie voix.

— C'est noté.

— *Americano* avec supplément lait !

— Oh, c'est pour moi, attendez deux secondes.

Je prends mon café et retourne tranquillement à sa table, comme si je n'étais pas en train de me brûler la main. Moi aussi, je veux sauver les forêts tropicales et les bébés singes, mais je regrette vraiment les porte-gobelets.

— Enfin bref, merci beaucoup pour hier, poursuit-elle. Vous devez me prendre pour la pire mère de l'année. Ma baby-sitter l'a déposé ici, et il était censé rester assis sagement à peine quelques minutes, mais…

— Ne soyez pas ridicule, je suis sûr que ça arrive tout le temps. Je m'appelle Nick, au fait.

Elle s'essuie la main sur son tablier et me la tend.

— Sarah. Honnêtement, merci encore. Il était tellement heureux sur le trajet du retour, il n'a pas arrêté de parler de vous ! Vous avez illuminé sa journée !

Mon sursaut de fierté initial se voit rapidement rabrouer par une pointe de culpabilité. Elle serait horrifiée si elle savait que je me suis contenté de faire une promesse impossible à tenir à son fils.

— Ce n'était rien, assuré-je. Ça fait partie de la fiche de poste.

— J'espère qu'il vous a demandé une Nintendo Switch, réplique-t-elle en faisant un geste à un de ses collègues, qui cherche à attirer son attention. Je me suis défoncée en heures supplémentaires pour la lui offrir.

— Oui, dis-je en mentant. C'est exactement ce qu'il a demandé.

Bordel de merde, Nick, arrête de mentir à cette famille, sale connard.

Elle débarrasse quelques tasses vides et une pâtisserie entamée.

— Désolée, Nick, il faut que j'y aille. C'est la folie ici, le matin. Mais ravie de vous avoir revu !

Et merde. J'étais tellement occupé à bavarder que j'en ai oublié pourquoi je suis réellement venu, et je commence dans cinq minutes.

— Un rendez-vous ! m'écrié-je. Que diriez-vous d'un rendez-vous ?

Elle s'interrompt un instant et commence à rougir. Putain, elle est tellement jolie.

— Un rendez-vous ? Genre un *vrai* rendez-vous ? Je ne sais pas trop si…

— Un dîner, c'est tout, peut-être quelques verres. Je vous jure que vous passerez un super moment ! Dites oui !

— Euh… d'accord. C'est oui. Pourquoi pas. Ça me ferait du bien une soirée de repos.

— Génial ! m'exclamé-je, aux anges, tout en sortant mon téléphone. Laissez-moi prendre votre numéro.

Un large sourire aux lèvres, elle commence à entrer son numéro dans mon téléphone. À cet instant, je suis tellement heureux que je pourrais l'embrasser. J'ai envie d'appeler Alfie pour lui annoncer que la phase un du plan est en cours.

— Envoyez-moi un message ou…

— Je dirai à Matt de vous appeler ! l'interromps-je. Vous ne le regretterez pas !

— Attendez une seconde… Matt ? Qui est…

— Flûte, il faut que je file…

Je lui fais un câlin un peu (très) gênant et me rue vers la sortie avant qu'elle n'ait l'occasion de changer d'avis. J'ai déjà parcouru la moitié du chemin jusqu'à la caverne, sautillant presque en traversant le centre commercial pour me rendre en salle de pause, quand j'entends :

— Tu es encore en retard.

Je tends ma tasse de café à Izzy en réponse, chuchotant un « désolé » et ignorant son « tsss » de désapprobation lorsqu'elle passe près de moi dans son costume d'elfe. Ça vaut le coup d'avoir quelques minutes de retard. Tout se déroule comme prévu, et, pour la première fois depuis des mois, je commence à me sentir de nouveau moi-même. En enlevant mon pull, je sens un effluve du parfum de Sarah sur le col et souris. Matt est un veinard.

Chapitre 7

—Bon sang, mec… Tu as la banane ! Je présume que ça s'est bien passé ?

Matt est rentré de son rendez-vous avec Sarah depuis environ sept minutes, et son sourire satisfait n'a pas quitté son visage une seconde. Je le regarde prendre des restes de poulet dans le réfrigérateur avant de me rejoindre sur le canapé. J'ai l'impression d'être sa mère, restée éveillée un samedi soir pour savoir comment s'est passé son tout premier rendez-vous. Au moins, il n'a pas bu au point de ramener Sarah à la maison avec lui. Je suis tellement fier.

—Ouais… c'était bien, répond-il en examinant une aile de poulet archisèche. Cela dit, je l'ai emmenée manger des tapas, donc j'ai encore faim. C'est dans le frigo depuis combien de temps ?

—Aucune idée, dis-je avec indifférence, espérant qu'il restera concentré sur le sujet. Alors c'était juste

« bien » ? Vraiment ? Pas génial ? Ton expression indique que c'était au moins super.

Un peu gêné, il se masse la nuque.

— C'était plutôt génial, en fait, vraiment très chouette. Pour être franc, elle ne correspondait pas du tout à ce que j'attendais.

Là, je ne suis pas peu fier. Je *savais* qu'elle lui plairait. Comment ne pas l'aimer ? Elle est délicieuse.

— Tu crois sincèrement que je t'arrangerais le coup avec un troll ? Homme de peu de foi !

Il lève un sourcil.

— Et Bethany Andrews alors ?

— En dehors d'elle… et d'abord, tout le monde pisse sous la douche.

— Soit, mais en général, l'eau coule pendant ce temps.

— Je te l'accorde.

Il enlève ses chaussures et étend ses jambes. Pour quelqu'un d'un mètre quatre-vingt-dix, elles semblent étonnamment courtes. Je me redresse un peu pour tenter de déterminer s'il a un torse anormalement long.

— C'est bizarre. Je ne m'attendais pas à ce que Sarah soit si…

— Adorable ?

— Exactement, répond-il, s'attaquant finalement à l'aile de poulet. Elle est à couper le souffle. Elle a vraiment la tête sur les épaules en plus… tout en étant intelligente et drôle. Elle a proposé de payer l'addition… Ça fait un bail qu'une personne avec qui je sors n'a pas proposé de payer quoi que ce soit.

— Seulement parce que tu ne sors pas avec les bonnes, répliqué-je tandis que Matt continue de me raconter son rencard, me rendant compte aussitôt du parallèle entre nos vies.

Je ne suis pas plus doué que lui pour les relations amoureuses. La seule chose qu'Angela ait jamais payée dans notre relation a été son trajet retour en Uber après y avoir mis fin. Sarah semble être une de ces femmes qui ne comptent sur personne pour prendre soin d'elles. Ma mère était comme ça… Peut-être que c'est un truc de parent isolé.

Il hoche la tête.

— Tu as eu raison de me présenter une personne différente. Je n'ai jamais rencontré quelqu'un comme elle. Je m'avance peut-être un peu, mais je pense qu'elle pourrait être… enfin, tu sais…

— Digne d'un second rendez-vous ?

— C'est bien possible, mec, annonce-t-il en jetant l'os de poulet dans l'assiette. Je sais que ça a l'air dingue, mais elle a un truc. Son sourire, peut-être… Il reste de la sauce pimentée ? Ce poulet n'a aucun goût.

Tandis qu'il part nonchalamment chercher des condiments dans la cuisine, je revois Sarah me sourire dans la caverne et éprouve un léger pincement au cœur. C'est tellement étrange – je connais à peine cette femme, mais d'une manière ou d'une autre, la rendre heureuse est devenu mon objectif dans la vie. Je fais quelque chose de bien, là.

Je ne suis peut-être qu'un vulgaire Père Noël de supermarché, mais moi, saint Nick, je m'apprête à transformer la vie de deux personnes et demie. Je devrais sans doute me concentrer sur la mienne, vu la pagaille que c'est, mais j'entre en communion avec mon Père Noël intérieur, l'esprit de Noël et toutes ces conneries. Qui sait, le rêve d'Alfie pourrait bien finir par se réaliser.

Heureusement, le mardi à la caverne est nettement plus calme que le week-end scandaleusement chargé qu'Izzy et moi avons enduré. Rien que le samedi, nous avons eu trois incidents de vomi, dix-neuf crises de larmes et un nombre incalculable de caprices, tant des parents que des enfants. Je n'avais jamais entendu un elfe menacer de mort quelqu'un en espagnol, mais il s'avère que c'est plutôt mignon. Ces derniers jours, notre relation de travail est devenue nettement plus harmonieuse, tant que je lui apporte des donuts et qu'elle ne met pas le feu à ma barbe.

Je fais signe d'approcher à l'enfant suivant et le regarde courir vers moi, suivi d'un adolescent couvert de piercings.

— Bonjour. Joyeux Noël ! m'exclamé-je en l'aidant à grimper sur mon genou. Comment tu t'appelles ?

— Ryan, répond-il timidement.

Il est mignon ; ce n'est pas Alfie non plus, mais il est mignon quand même.

— Et que voudrais-tu que papa Noël t'apporte cette année ?

— Un circuit Scalextric ! Avec les voitures de rallye.

— Excellent choix ! commenté-je. Je le dirai aux elfes.

J'entends l'adolescent hargneux soupirer lourdement, comme si la vie l'ennuyait à mourir, alors qu'on attend juste de lui qu'il tolère l'infime désagrément de devoir emmener son frère voir le Père Noël.

— Il a dit que tu n'existais pas, annonce Ryan avec colère. Qu'il n'y a que les bébés qui croient au Père Noël.

Hargneux grommelle derrière son frère, puis se replonge dans son téléphone.

— Tu sais quoi ? dis-je, faisant de mon mieux pour ne pas m'étouffer avec mes salades. Je me souviens de ton frère à ton âge.

— Gary ? s'exclame-t-il.

Dérouté, Gary cesse de faire claquer son piercing à la langue contre ses dents.

— Mmh mmh, confirmé-je. Je me rappelle que Gary m'a demandé un petit frère qui l'aimerait et l'admirerait. Un frère exactement comme toi.

— Moi ?

Je hoche la tête.

— Oui, toi.

Alors que Ryan lance un sourire radieux à son frère, je vois Gary commencer à rougir lorsqu'il prend lentement conscience de s'être comporté comme un con.

— Euh, ouais, reprend un Gary tout penaud. J'avais dû oublier. Merci, Père Noël.

— Excellent, poursuis-je en me penchant vers les cadeaux. Je pense que vous méritez tous les deux quelque chose.

Je tends son paquet à Ryan en premier. Il me remercie et descend de mon genou, déchirant le papier d'emballage avec enthousiasme.

— Je présume que même les nihilistes aiment le chocolat ? demandé-je en tendant un paquet à Gary.

Il paraît gêné mais il me remercie, puis détale pour aller panser les blessures de son ego. Je vois Izzy claquer brièvement des mains en signe d'approbation, avant de laisser passer l'enfant suivant.

À 16 h 45, Géraldine apparaît, un trousseau de clés à la main, à la manière d'un gardien de prison sorti du film *Les Évadés.* Aussitôt, je vois Izzy se crisper. Elle non plus n'est pas très friande de Géraldine.

— J'ai deux mots à vous dire, Père Noël, insiste-t-elle en passant devant le dernier enfant déconfit qui voulait un MacBook.

Même moi, je n'ai pas de MacBook ; qu'il aille bien se faire voir.

— Tout va bien ?

Elle acquiesce.

— Je me suis occupée des plaintes déposées le premier jour. Je pense que vous avez pris le rythme maintenant. Toutefois, j'ai remarqué qu'il y avait plus de cadeaux distribués que de tickets vendus. Y a-t-il une raison à cela ?

Je secoue la tête, m'efforçant de ne pas jeter un coup d'œil à Izzy, ma complice des larcins de boîtes de chocolats. En plus d'en avoir donné davantage, nous avons aussi piqué régulièrement dans la hotte du Père Noël. Aucun d'entre nous n'aura besoin d'acheter de chocolat pendant l'année à venir.

— Désolé, Géraldine, m'excusé-je. Nous les avons laissés dans la salle de pause après la journée d'hier. Peut-être le personnel de nuit ?

Elle fronce les sourcils et émet un « Hmm » peu convaincu, avant de tourner les talons et de repartir vers le service client. Elle sait pertinemment que c'est nous, mais les chances de nous faire avouer sont aussi minces que les siennes d'engager un autre Père Noël sans dépendance à l'alcool ni casier judiciaire.

— Je ne l'aime pas, annonce Izzy en redressant le petit pingouin qui est tombé pour la quinzième fois aujourd'hui. Ne jamais faire confiance à une femme avec une frange, souviens-toi bien de ça.

Je ne sais pas trop ce que ça veut dire, mais j'acquiesce quand même. Vu que plus personne ne fait la queue, je m'assieds pour les deux dernières minutes de ma journée à régner sur la caverne, tandis qu'Izzy commence à transporter les pingouins et les ours polaires en salle de pause.

— Les habitants du pôle Nord boivent-ils des *latte* au pain d'épice ?

Je me retourne et vois Sarah sur ma gauche, tenant une boisson à emporter à la main. Elle ne le voit pas derrière ma barbe, mais je souris.

— Tout le temps, assuré-je en descendant de mon trône. Même si les rennes se moquent de nous.

— Les rennes sont des trous du cul.

— Je suis bien d'accord. Comment allez-vous ?

— Bien. Très bien, même. Je voulais seulement vous remercier de m'avoir présenté Matt, dit-elle en me tendant ma boisson. J'ai passé une soirée géniale ; nous allons nous revoir bientôt. Il est très gentil. Et très grand.

— Oui, je me suis laissé dire que ça s'était bien passé, confirmé-je, soudain conscient de mesurer à peine un mètre quatre-vingts. On aurait dit une princesse Disney quand il est rentré à la maison.

Elle éclate de rire.

— Parfait. Dans ce cas, je m'assurerai de lui apporter une pantoufle de verre la prochaine fois. Au fait, vous avez fait forte impression sur Alfie. Il n'arrête toujours pas de parler de vous.

— J'ai cet effet-là sur les gens. Les enfants et les elfes, en particulier.

Nous regardons Izzy, en train de perdre patience avec une famille qui essaie d'acheter des tickets après la fermeture. Elle tourne la tête comme si elle m'avait entendu faire mention des elfes.

— Enfin, la plupart d'entre eux.

Sarah arbore un grand sourire.

— Je devrais retourner travailler ; je suis de service jusqu'à 20 heures ce soir. Savourez bien le café !

— Pas de souci, acquiescé-je. Je saluerai les rennes de votre part.

Elle se mord la lèvre inférieure en souriant, retournant lentement vers le café tandis que je prends une gorgée du premier *latte* au pain d'épice de ma vie. Putain, il y a vraiment des gens qui boivent cette saleté ?

Une fois la caverne fermée, Izzy retire son bonnet et se passe une main dans les cheveux. Je me retrouve fasciné par le volume impressionnant de sa chevelure bouclée. Comment arrive-t-elle à planquer tout ça sous son bonnet ?

— Ta petite amie, là-bas, grommelle-t-elle. Elle est au courant que tu mates les autres femmes ? Qu'est-ce qui ne va pas chez toi ?

Je cesse de la regarder et ne peux m'empêcher de rougir sous le coup de la surprise.

— Quoi ? Non, c'est seulement que je n'avais jamais vu tes cheveux avant ! Ils sont jolis, c'est tout.

Elle s'interrompt et hausse les épaules.

— D'accord, excuse acceptée.

— Et ce n'est pas ma petite amie.

— Ah… Pourtant, elle te regarde comme si elle l'était, rétorque Izzy tout en continuant d'ébouriffer sa frange.

Elle s'interrompt soudain, un sourire se dessinant sur son visage.

— D'ailleurs, toi aussi.

— Quoi… c'est ridicule. Tu devrais te faire vérifier la vue.

— C'est la mère du petit garçon, hein ? Tu as intérêt à être gentil avec elle.

Izzy fait un geste dédaigneux de la main puis s'éloigne avec le terminal carte bancaire et une petite boîte de chocolats cachée dans son bonnet. Ce foutu bonnet est magique.

Chapitre 8

— Tu devrais sortir ce soir, Nick. Franchement, je sais que tu ne roules pas sur l'or, mais je te dépannerai de quelques billets. Flûte, j'ai plus d'après-rasage, je peux t'en emprunter ?

Matt fait vraiment un effort pour son troisième rendez-vous. Il s'est même taillé les poils du nez. J'acquiesce et lui indique ma chambre.

— Vas-y… et merci pour la proposition, mais j'ai déjà affronté une fois ces gamins avec la gueule de bois. Plus jamais ça.

— Pas besoin de te bourrer la gueule. Juste de relâcher un peu la pression – ou encore mieux, de laisser une femme sexy la relâcher pour toi.

— Tes jeux de mots sont nazes, mon pote.

Avant qu'il n'ait le temps de protester, son téléphone se met à sonner dans sa chambre, et je remets la télévision en sourdine. Il a sans doute raison, je ne me suis pas envoyé en l'air depuis que j'ai perdu mon boulot il y a des mois – selon Angela, le chômage n'est tout simplement pas excitant –, mais il y a un marathon *Die Hard* sur Sky tout à l'heure, et j'ai un bon de réduction chez *Domino's*.

Quelques instants plus tard, Matt revient dans le salon et allume le plafonnier.

—Changement de programme, mec. On range l'appart.

—Quoi ? Pourquoi ?

—La baby-sitter de Sarah a annulé à la dernière minute, donc elle vient ici avec le petit, répond-il en déplaçant toutes nos merdes d'un côté à l'autre de la pièce. On va commander des pizzas.

Je commence à l'aider à contrecœur.

—Comment ça ? Un dîner romantique rien que tous les trois ? C'est du sérieux...

—Ça l'est, confirme-t-il en enlevant ses chaussettes mouillées du radiateur. C'est pour ça que tu vas dîner avec nous.

—Hum, je ne suis pas certain que...

—S'il te plaît, Nick, pour moi ? J'aime vraiment bien cette fille, mais je ne sais absolument pas comment me comporter avec Alfie. Tu l'as déjà rencontré, il te connaît !

—En tant que Père Noël ! Il ne *me* connaît ni d'Ève ni d'Adam !

—Eh bien, Sarah te connaît, elle, et c'était son idée que tu te joignes à nous. On va se débrouiller. Elle sera là dans une demi-heure. Je me changerais si j'étais toi... Ce pantalon de jogging pue les haricots à la tomate.

Je me retranche dans ma chambre pour enfiler un tee-shirt et un jean, tandis que Matt lance l'aspirateur automatique et met la vaisselle dans l'évier. Je n'arrive même pas à me souvenir de la dernière fois où il a fait entrer une femme sobre ici, sans parler d'un enfant. Elle doit vraiment lui plaire.

— Nick ! Assure-toi que la salle de bains ne soit pas dégueulasse, d'accord ? Les femmes remarquent ces conneries-là.

— Tu n'es pas ma mère !

— Je te demande pardon, mec ?

Je soupire et me dirige péniblement vers la salle de bains, insultant Matt dans ma barbe. Lui, il a la fille, et moi, les tâches ménagères ? Mais pourquoi j'ai accepté ça ?

Sarah arrive à 19 heures, armée d'une bouteille de vin et d'un soda pour Alfie. Matt les invite à entrer, embrassant Sarah sur la joue et ébouriffant gauchement les cheveux d'Alfie, comme si c'était la première fois qu'il était en présence d'un enfant. Je leur fais un signe de la main depuis le salon.

— Quel plaisir de vous revoir, entrez donc !

Alfie est le premier à s'avancer, visiblement indifférent à la situation.

— On va manger de la pizza ? s'enquiert-il en s'affalant immédiatement dans le canapé. J'aime bien la pizza.

— Alfie, voici l'ami de Matt, Nick. Dis bonjour.

— Waouh, ta télé est gigantesque, réplique-t-il, n'ayant strictement rien à carrer des présentations. C'est une PS4 ? Maman, ils ont une PS4 !

— Votre appartement est vraiment super, fait remarquer Sarah tandis que Matt lui prend son manteau. Merci beaucoup de nous accueillir. J'espère vraiment que nous ne perturbons pas votre soirée, Nick.

Matt éclate d'un rire un poil trop méprisant.

— Il peut regarder *Piège de cristal* n'importe quand. Quant à la pizza, ça faisait déjà partie du programme.

Sarah affiche un grand sourire.

— Ah, mon film de Noël préféré.

— Ton rencard a du goût, dis-je à Matt. Pourquoi tu ne fais pas faire le tour du propriétaire à Sarah ? Commence peut-être par la salle de bains… Alfie et moi avons des pizzas à commander.

Impressionné par ma subtile transition pour laisser à Matt et Sarah un moment d'intimité tout en divertissant son fils, je rejoins Alfie sur le canapé et lance l'application *Domino's* sur mon téléphone.

— Qu'est-ce qu'on commande ? demandé-je en entrant mon code postal. J'ai le sentiment que tu es plutôt du genre *pepperoni*…

— Maman a appelé son amie Meghan pour lui dire où on était, au cas où on disparaîtrait.

J'arrête de regarder les pizzas.

— Oh, vraiment ?

— Je l'ai entendue, acquiesce-t-il. Elle disait que le Père Noël était une céréale killer ou un truc comme ça. Pourquoi le Père Noël serait une céréale ?

Je fais de mon mieux pour ne pas rire.

— Aucune idée, mon pote, mais c'est bien que quelqu'un sache où tu es. De toute évidence, ta maman est très intelligente.

Il hoche la tête.

— Ananas.

— Pardon ?

— Sur ma pizza. J'aime bien l'ananas.

Une fois les pizzas commandées, j'allume la PS4 pour Alfie et lance *Sonic*, pour son plus grand plaisir. Matt et Sarah sont dans la cuisine en train de servir le vin. Ils forment un joli couple. Matt a raison ; il faut que je tourne la page Angie maintenant que notre pause semble être devenue une rupture. Cela ne fait que deux semaines qu'elle a « besoin d'espace », mais mes messages restent sans réponse, et son compte Instagram laisse penser qu'elle s'est vraiment bien amusée à son deuxième rencard avec Pete de *Love Island*.

Quand le dîner arrive, nous nous rassemblons autour de la table de la cuisine, nous disputant le pain à l'ail et regrettant de ne pas avoir commandé plus de sauce. Le seul aspect bizarre de la situation est à quel point elle paraît normale. Tout est tellement facile. On dirait que Sarah et Alfie font partie de nos vies depuis des années, et non quelques semaines.

— Alfie, pourquoi tu n'emportes pas ces cookies dans le salon pour coller une raclée à Nick à la console, pendant que ta maman et moi faisons la vaisselle ?

Je vois le regard de Sarah se poser sur Alfie, puis sur moi, comme si elle attendait un signe d'approbation. Je lui fais un clin d'œil et prends les cookies.

— Le dernier arrivé sur le canapé est une banane velue !

Alfie glousse et se propulse loin de la table, rapidement suivi par moi, tandis que Sarah et Matt commencent à débarrasser.

Notre espace de vie ouvert permet de voir facilement la cuisine de l'endroit où je suis sur le canapé et, j'ai beau essayer de toutes mes forces, je n'arrive pas à m'empêcher de jeter des coups d'œil de temps en temps pour voir ce qui se passe. Alfie n'est pas dupe de leur manège non plus.

— Ils vont s'embrasser, pas vrai ?

Je hoche la tête et tire sur sa voiture qui est bien loin devant la mienne.

— Probablement. C'est dégoûtant, hein ?

Il éclate de rire et riposte tandis que, du coin de l'œil, je vois Matt se pencher et Sarah se mettre sur la pointe des pieds. Je regarde ailleurs et continue de laisser Alfie me coller une branlée à *Sonic.*

Une heure plus tard, Alfie bâille à s'en décrocher la mâchoire, et Matt part chercher leurs manteaux dans sa chambre.

— Super soirée ! s'exclame Sarah. Tu sais vraiment t'y prendre avec Alfie, Nick. Merci de l'avoir diverti toute la soirée.

— Inutile de me remercier, répliqué-je. Ça aide que ce soit un enfant aussi génial. Matt déteste jouer à la PlayStation ; c'était sympa d'avoir quelqu'un pour me battre de façon aussi humiliante.

— Je pourrai revenir jouer à *Sonic*, maman ? demande un Alfie somnolent. S'il te plaaîît ??

Sarah sourit.

— Chéri, je pense que Nick n'a probablement…

— Rien de mieux à faire, intercédé-je. Sérieusement. Si tu as besoin d'un baby-sitter, je suis là. Ça ne te coûtera qu'un *americano*, ajouté-je à voix basse en me penchant vers elle. À moins que tu ne me prennes toujours pour un *serial killer* ?

— Il m'a entendue, hein ?

— Oui. Et maintenant nous n'avons plus de secrets l'un pour l'autre.

Matt arrive alors que nous éclatons de rire.

— Qu'est-ce que j'ai manqué ? demande-t-il en aidant Sarah à mettre son manteau.

— Nick a proposé de garder Alfie, répond-elle. Il se pourrait que j'en profite avant qu'il ne change d'avis.

Elle me sourit avant de s'accroupir devant Alfie.

— Viens mettre ton manteau, mon cœur, notre taxi est arrivé.

— À bientôt, dis-je tandis qu'Alfie me prend dans ses bras pour me dire au revoir. La prochaine fois, tu pourras m'apprendre à jouer à *Fortnite*.

— Au revoir, Alfie, lance Matt en se penchant pour le serrer maladroitement contre lui. Merci d'être venu.

C'est un gentil garçon, mais qu'est-ce qu'il peut être empoté.

— Merci pour la pizza, répond poliment Alfie en lui rendant son câlin, avant de s'interrompre un moment.

— Tu sens comme le Père Noël.

Sarah éclate de rire et le prend par la main, nous laissant perplexes, Matt et moi, jusqu'à ce qu'on percute qu'il porte mon après-rasage.

— Du baby-sitting, hein ? dit Matt en fermant la porte derrière Sarah. Mais qu'est-ce qui t'a pris ?

— Je te file seulement un coup de main, mon pote, assuré-je. Je me donne à fond pour l'équipe. Tu pourras la voir plus souvent si elle n'a pas à s'inquiéter de faire garder son enfant.

Il me donne une tape dans le dos en riant.

— J'apprécie le geste, même si je ne sais pas trop à quoi tu viens de t'engager.

Une fois au lit, je pense à Matt et Sarah. Je les envie presque. Je ne suis pas du genre jaloux, mais ça me manque d'être en couple. J'aime être avec quelqu'un, même si ce quelqu'un vient de me plaquer parce que je me déguise en figure mythique de Noël. Je me penche pour attraper mon téléphone.

Angie, on peut parler ? Tu me manques. Bisous.

Chapitre 9

Soit tous les enfants se ressemblent, soit les mêmes clients reviennent à la caverne dans l'espoir de glaner des cadeaux de Noël en rab. Il y a la petite fille aux boucles rousses qui se contente de rester assise en me regardant fixement, sans dire un mot. Le garçon de soi-disant neuf ans mais qui a plus de poils sur le visage que Matt, qui réclame des figurines de dessins animés ; ou encore les jumeaux qui semblent plus captivés par Izzy que par moi. J'ai aussi repéré les nounous des quatre coins de l'Europe qui viennent presque tous les jours, pour distraire les enfants tout en se retrouvant autour d'un café.

Cela dit, un enfant en particulier est venu au moins trois fois, exigeant chaque fois une amélioration à sa précédente requête. D'abord, c'était une Xbox One, à laquelle il a ajouté un pack de jeux. Aujourd'hui, le voilà de retour avec de nouvelles demandes.

— Daniel, c'est bien ça ?

— Je veux une Xbox One avec *Lego Star Wars.*

— Eh bien, je crois que nous avons déjà…

— Et un nouveau casque. Un bon.

— Entendu. Autre chose ? Une Tesla ? Un voyage sur Mars ? Le diamant Hope ?

— Ma boîte de chocolats.

Je regarde sa mère pour voir si elle a l'intention d'intervenir, mais elle est trop plongée dans son téléphone pour s'en soucier. Je prends un paquet dans la hotte et le lui tends, en lui disant d'être un bon garçon sinon Izzy, la chef des elfes, lui rendra visite. L'expression paniquée sur son visage m'indique que ce pourrait bien être la dernière fois qu'il vient.

J'aperçois Sarah qui prend son service à l'heure du déjeuner, me faisant un signe de la main en passant. Elle travaille tout près de la caverne, mais je me demande si je l'aurais rencontrée si Alfie n'avait pas décidé de venir me trouver. Probablement pas.

Géraldine surgit toujours de nulle part, me flanquant une trouille bleue chaque fois. Je le jure ; si je vois émerger sa tête de derrière un truc une fois de plus, je vais perdre la boule.

— J'ai deux mots à vous dire, Nick. J'ai reçu des plaintes, comme quoi *quelqu'un* utilise un déodorant en aérosol dans la salle de pause, en dépit des panneaux stipulant clairement que c'est interdit pour ne pas déclencher nos détecteurs de fumée. Ça vous dit quelque chose ?

— Euh, non. Peut-être que le personnel féminin…

— Lynx. Africa.

— Pardon ?

— La marque du déodorant était Lynx Africa. Après enquête, il a été retrouvé dans la poubelle. Nous pouvons donc écarter les membres féminins du personnel.

J'ai follement envie de lui demander si elle a fait boucler la pièce et relever des empreintes digitales, mais je tiens aussi à garder mon boulot.

— « Lynx Africa » ? Je pense que vous recherchez un coupable plus jeune, suggéré-je. Peut-être parmi les employés de la restauration ?

Alors qu'elle se penche un peu en avant, je remarque que ses narines palpitent à toute vitesse. Elle me renifle. Elle est vraiment en train de me renifler !

— Waouh, ce n'est pas moi, Géraldine. J'utilise un stick.

— Bon à savoir, dit-elle, me jaugeant toujours d'un œil suspicieux. Je n'accuse personne… je pose seulement la question. Enfin bref, ma fille Carrie vient ici après l'école. Je ne peux la laisser seule dans mon bureau, donc elle vous aidera pendant une heure, le temps de ma réunion.

— Aider à quoi ?

— Vers 16 heures… pour information.

Elle repart et je reste planté là, me demandant si ma journée peut devenir encore plus surréaliste. J'ignorais que Géraldine avait une fille, encore moins une qui est baptisée d'après un film d'horreur. Qu'est-ce qu'elle va bien pouvoir foutre avec moi pendant une heure ?

— Hors de question que je porte un fichu bonnet. Je vais rester assiste sur le banc, juste là, et m'occuper sur mon téléphone ou autre. C'est tellement de la merde.

Carrie est un cauchemar incarné de quinze ans. Un cauchemar lunatique à la mine boudeuse qui ressemble à Géraldine. À quinze ans, la logique voudrait probablement qu'elle flâne toute seule pendant une heure, mais je commence à comprendre pourquoi sa mère tient à ce qu'on la garde à l'œil.

— J'ai bien peur que ta mère voie les choses autrement, objecté-je. Et c'est ma patronne, donc mets un bonnet et contente-toi de veiller à ce que personne ne pique les peluches ou autre chose.

— Pourquoi c'est pas elle qui le fait ? demande Carrie en pointant Izzy du doigt. Elle fout rien, de toute manière.

— Parce qu'*elle* a déjà un rôle à jouer et qu'*elle* t'arracherait probablement la tête si tu t'avisais de la regarder. Fais-moi confiance.

— Je m'en fiche de ce que dit ma mère. JE LE FERAI PAS. C'est ta patronne – pas la mienne.

— C'est ton dernier mot ?

Carrie balaie nerveusement les environs du regard pour s'assurer que personne ne l'ait entendue.

— Écoute, ne me crée pas d'ennuis et t'auras un joli billet de cinq, proposé-je. Qu'est-ce que t'en dis ?

— Vingt.

— Cinq.

— Quinze, et je ne porte pas le bonnet.

— Dix… tu portes le bonnet et tu dis à ta mère à quel point je suis génial. Sinon, c'est zéro, et il faudra que tu affrontes la fureur de Géraldine toute la soirée.

— Entendu.

Carrie m'arrache le bonnet des mains et se dirige vers l'entrée de la caverne, tandis que je me remets à sourire pour les enfants un peu plus reconnaissants. Je n'arrive pas à croire que je viens d'acheter une lettre de recommandation à quelqu'un qui porte des bottes en moumoute.

Alors que l'heure de la fermeture approche, Géraldine retrouve Carrie enrichie de dix livres, et je décide d'aller prendre un café avant de rentrer à l'appartement. Je suis aussi impatient de prendre mon téléphone dans mon casier pour voir si Angela m'a répondu. Je sais que cela ne fait que deux jours depuis que je lui ai envoyé un message, mais je dois bien lui manquer, ne serait-ce qu'un peu. J'ai besoin de croire que notre relation signifiait plus à ses yeux que ma situation professionnelle.

Izzy et moi partons en nous félicitant mutuellement d'avoir survécu à une autre journée. Une fois en salle de pause, je vérifie rapidement mon téléphone, espérant voir un « bisous bisous » ou un émoticône agaçant de la part d'Angela.

Rien. Pas même un GIF pourri. Elle adorait m'envoyer des GIF.

Je suis tenté de lui réécrire, mais me regarder dans le miroir me rappelle pourquoi il y a peu de chances qu'elle me réponde un jour. Une partie de moi est scandalisée qu'elle soit aussi superficielle, mais une plus grande partie encore comprend que je suis loin d'être une belle prise en ce moment. Ici, c'est Londres, pas une île perdue avec six femmes pour un seul homme – et quand bien même, elles refuseraient probablement de s'envoyer le Père Noël.

Je me change et entre dans le café avec une folle envie de voir un visage familier. J'aperçois Sarah derrière le comptoir, en train de remettre en place des sandwichs préemballés.

Elle lève les yeux de derrière la vitrine et sourit.

—Nick ! Ça me fait plaisir de te voir. Tu as fini ta journée ?

—Ouais, ma joie de Noël a été diffusée avec succès. Comment ça va ?

Elle se rapproche du panneau vitré.

—Bien, merci. Cela dit, Alfie joue un mouton dans la crèche, donc j'ai passé la nuit entière à coller des boules de coton sur son pull. Un *latte* ?

—Les rennes m'ont demandé d'opter pour quelque chose de plus viril. Ils ont estimé que le pain d'épice faisait un peu gonzesse.

— Très bien, monsieur, quel breuvage masculin puis-je vous concocter, dans ce cas ?

J'affiche un grand sourire.

— Un *americano* avec du lait.

— Souhaitez-vous essayer notre nouveau mélange péruvien pour cinquante centimes de plus ?

— Devrais-je le souhaiter ?

— J'ai des objectifs à remplir. Tu devrais.

Elle prend une tasse, la remplit d'eau chaude et commence à moudre les grains.

— Quelle est la différence avec votre mélange habituel ? m'enquiers-je, tandis que Sarah appuie sur des boutons et tire des leviers sur la machine à café. Qu'est-ce que je paie exactement avec mes cinquante centimes supplémentaires ?

— En gros, les grains sont plus chers. Une seule origine. Au niveau du goût, c'est un peu plus intense.

— Hmm... Ça paraît crédible, fais-je remarquer, mais en réalité, tu pourrais me raconter n'importe quoi. Tu pourrais prétendre que les grains ont été léchés un par un par des chatons, je te croirais.

Elle éclate de rire.

— En fait, il existe une variété de café extraite du caca du chat musqué. J'aurais pu dire ça, mais primo, c'est dégoûtant, et deuxio, nous n'en servons pas ici.

— Je déteste l'idée d'avoir à taper ça sur Google. Je vais finir sur une liste de surveillance.

Sarah jette un coup d'œil à sa montre.

— À vrai dire, j'espérais te parler. J'ai droit à une pause ; tu as deux minutes ?

Je ne suis pas pressé de rentrer à la maison. Matt travaille tard et je suis toujours un peu remué qu'Angela n'ait pas répondu à mon message.

— Bien sûr, pourquoi pas ?

— Super. Laisse-moi juste me faire un thé ; j'arrive.

Sarah finit par se joindre à moi avec deux parts de *carrot cake.*

— L'avantage d'être cogérante, m'informe-t-elle. La version officielle, c'est que ces gâteaux sont tombés et donc bons pour la poubelle.

— Les gâteaux bons pour la poubelle sont les meilleurs, assuré-je. Ce n'est pas moi qui irai m'en plaindre.

Elle me tend une fourchette et nous commençons à manger.

— Il paraît que Matt et toi allez ressortir ensemble ? dis-je en prenant un bout de gâteau. C'est bon signe.

Elle sourit.

— Je sors un peu de ma zone de confort. Ne te méprends pas ; Matt est super gentil, mais ça fait un moment que je n'ai fréquenté personne… J'ai eu du mal à trouver le temps ; Alfie est tellement jeune. Je me sens complètement hors circuit en ce moment. Je ne pense pas que je me sentirais à l'aise sur un site, de toute façon, donc cette rencontre a été une aubaine.

— Oh, c'est facile, expliqué-je. Tout ce dont tu as besoin, c'est d'un filtre Instagram et d'une citation inspirante. Les hommes swipent pour moins que ça.

— Tu parles d'expérience ? Matt a mentionné que tu venais de rompre avec quelqu'un.

Je ne sais plus où me mettre.

— Il a vraiment fait ça ? Qu'est-ce qu'il a dit d'autre ?

— Rien du tout ! Désolée, ce ne sont pas mes…

— Ne t'inquiète pas, dis-je. Elle a rompu avec moi, mais je ne suis pas encore tout à fait prêt à « vivre d'amour et d'eau fraîche » avec quelqu'un d'autre.

Maintenant c'est elle qui grimace.

— Putain, j'ai horreur de toutes ces niaiseries. Les platitudes me donnent la migraine.

Je hoche la tête avec enthousiasme.

— Mon ex, Angela, les adore, même si un jour, elle en a posté une sur Instagram sans se rendre compte qu'elle était tirée d'*Attila le Hun*.

Sarah manque de s'étouffer avec son thé.

— Oh mon Dieu, excuse-moi de rire. Je suis sûre qu'elle est charmante mais…

— C'est rien. J'ai eu à peu près la même réaction.

Je partage quelques anecdotes atroces d'applications de rencontres que j'ai collectées auprès d'amis – par « amis », j'entends le moi d'avant Angela – et Sarah rit à gorge déployée, poussant même un grognement inattendu qui la fait rire de plus belle. C'est plutôt mignon.

— Booon, Nick, reprend-elle, s'interrompant brièvement pour tenter de se calmer en massacrant son gâteau avec sa fourchette. Je suis contente que tu sois passé aujourd'hui. J'ai réfléchi à ce que tu as dit l'autre soir.

— Tu vas devoir préciser. Je dis pas mal de conneries.

— À propos du baby-sitting.

— Ah, ça !

— Voilà, ma sœur n'est pas très disponible pendant les fêtes, et Matt m'a proposé d'essayer ce nouveau resto italien demain et…

— Bien sûr, je m'occuperai d'Alfie ! Matt n'aura qu'à me déposer chez vous quand il passera te prendre.

Elle semble mal à l'aise.

— Comment dire… Tu as été super avec Alfie l'autre soir, mais as-tu déjà gardé des enfants auparavant ? Des neveux ou des nièces, peut-être ?

— Eh bien, je suis enfant unique… tout comme l'était ma mère, mais j'ai vraiment un truc avec les gosses ! D'ailleurs, je viens *juste* de m'occuper de l'adolescente démoniaque de ma patronne pendant une heure, et elle a survécu, donc je suis pratiquement un expert.

— Seulement… c'est beaucoup demander, dit-elle.

— Aucun souci, l'offre tient toujours si tu en as besoin. Je vais te laisser reprendre le travail ; il faut que je rentre de toute manière. Merci pour le gâteau !

— Avec plaisir, réplique-t-elle en souriant. Bonne soirée, Nick.

Je lui souhaite la même chose et commence à marcher jusque chez moi, tout en espérant qu'elle ne me voit pas comme un pervers flippant dont le seul but dans la vie est de traîner avec des gamins. Sarah a tout à fait le droit de décider de qui s'occupe de son fils, mais… *Bon sang, madame, j'essaie d'exaucer le souhait de votre enfant, là. Donnez-moi une chance !*

Chapitre 10

— Le café et le thé sont dans le placard au-dessus de la cuisinière. Prends ce qui te fait plaisir.

— Pas de souci, assuré-je en finissant d'installer ma PS4. Allez-vous-en et amusez-vous. Tout est sous contrôle ici.

Sarah demande à Alfie d'aller chercher ses pantoufles dans sa chambre, pendant que Matt tourne en rond avec les mains dans les poches. Je vois bien qu'il est à la fois tout excité et encore un peu nerveux. Les seules fois où Matt devient nerveux, c'est quand il fait en sorte que quelque chose se passe bien.

— Coucher à 20 heures au plus tard, et il a besoin de supervision pour ses dents sinon il se contentera de mouiller sa brosse et de prétendre les avoir lavées, dit-elle en enfilant son manteau.

Elle porte une robe noire laissant les épaules dénudées. Un seul mot : sexy. Je suis presque soulagé qu'elle ait mis son manteau.

— Matt fait la même chose, ne t'inquiète pas.

— Et ma voisine, Mme Grainger, vit dans l'appartement du dessus. Au numéro 76. Elle est vieille mais elle a toute sa tête, donc s'il y a la moindre urgence…

— Compris.

Elle sourit avant de regarder dans le couloir pour s'assurer qu'Alfie n'est pas à portée de voix.

— Si, pour une raison ou une autre, il fait des caprices, appelle-moi et je rentrerai aussitôt. Quel que soit le motif. Enfin, ça devrait aller mais…

Alfie revient en courant avec ses chaussons Spiderman aux pieds et saute sur le canapé.

— Ne t'inquiète pas, répété-je à voix basse. Je prendrai bien soin de lui. Promis.

— D'accord. Génial, ajoute-t-elle en soupirant. Je te suis vraiment reconnaissante de faire ça. Viens embrasser maman, Alfie, et sois gentil avec Nick !

— Oui, maman, la rassure-t-il. Nous allons jouer à *Just Dance* ! Nick l'a téléchargé pour moi !

Elle l'embrasse sur le front puis, en jetant un dernier regard hésitant sur l'appartement, elle part dîner avec Matt.

— Tu es prêt à me montrer tes meilleurs pas de danse ? demandé-je.

— Prêt, parteeeeeez ! répond-il en bondissant du canapé.

J'appuie sur « lecture » et la première *battle* de danse commence.

À 20 heures, je suis sacrément crevé, et Alfie a été couronné « Champion de danse du monde entier ». Ce sont ses mots, pas les miens. Je m'assieds sur le rebord de la baignoire et l'observe tandis qu'il se brosse les dents, debout sur un petit tabouret pour pouvoir se regarder dans le miroir. La salle de bains de Sarah est colorée et douillette, avec des murs bleu ciel et des motifs en forme de bateau sur la baignoire. On voit bien qu'elle a décoré sa maison en pensant à Alfie, et ça me fait sourire. J'ai aussi remarqué une photo dans le salon, d'elle et son mari avec bébé Alfie dans les bras. Elle semblait incroyablement heureuse. Je comprends pourquoi Alfie cherche à retrouver ça.

— C'est l'heure d'aller au lit, mon pote, annoncé-je pendant qu'il s'essuie la bouche.

— Je suis obligé ?

Je hoche la tête.

— J'en ai bien peur. En plus, tu ne voudrais pas que ta maman soit fâchée contre moi, si ? Elle ne me laisserait plus jamais te garder ! Et il me faut une chance de te reprendre ce trophée de danse.

Il glousse.

— D'accord… mais je peux avoir une histoire ?

— Un peu, mon neveu, réponds-je. C'est la partie la plus importante du coucher.

Je suis Alfie dans sa chambre, qui est exactement comme je l'imaginais. Petite et confortable, avec des rideaux et des draps Marvel assortis. Un peu partout sont éparpillés des cartes Pokémon, des jouets et un chien en peluche géant perché au bout de son lit.

—Waouh, qui est-ce? m'enquiers-je en le soulevant. Je n'ai jamais vu un chien aussi gros.

—Max, répond-il en se mettant au lit. Maman dit qu'un jour, on aura un vrai chien, mais on n'a pas le droit d'avoir des animaux ici.

—C'est un beau projet, fais-je remarquer. Bon… quel livre allons-nous lire ce soir?

Alfie se penche et attrape un livre dans sa petite table de chevet.

—Celui-ci. C'est mon préféré. Maman fait toujours des voix rigolotes.

Je m'assieds à côté de lui tandis qu'il se pelotonne et me tend le livre.

—Cake à la boue et magie, lis-je à voix haute. Ça me plaît déjà.

« Un matin de bonne heure, les yeux rougis de sang,
Une sorcière fixait son chaudron vide âprement. »

—Une « sorcière »? haleté-je. Alfie, c'est une histoire qui va me faire faire des cauchemars? Je n'ai pas de Max chez moi pour me protéger – seulement Matt, et même les araignées lui font peur.

Il éclate de rire.

—Non, idiot, ce n'est pas une méchante sorcière, tu verras.

« — Crapaud vient boire le thé, je vais faire une tambouille,

Mais en dehors des mouches, que mangerait une grenouille ?

À ces mots, Croûtard le chat s'étire et se dresse.

Un œil à peine ouvert, d'un ton bougon il professe :

— Tu ne sais rien en cuisine, ni même en pâtisserie.

Si j'étais toi, j'essaierais plutôt la magie. »

— Ce chat est bien ronchon, dis-je en riant. Je crois que je l'aime bien.

Plus j'avance dans la lecture, plus Alfie se laisse emporter, récitant chaque mot par cœur et riant à chacune de mes tentatives pour imiter une sorcière, un chat, et même une grenouille. Je suis assez fier de moi : pour quelqu'un qui n'a jamais gardé d'enfant auparavant, je déchire.

« À l'avenir, si une sorcière t'invite pour le thé,

Il vaut sans doute mieux dire "merci" et "s'il vous plaît".

Bien mal avisé celui qui commet l'erreur

De dénigrer ainsi le fruit de son labeur. »

— Waouh, cette grenouille n'était pas très…

Je baisse les yeux et m'aperçois qu'Alfie dort déjà, son petit visage enfoui dans l'oreiller. Je ferme son livre et le pose sur sa table de chevet, avant de remettre Max au bout du lit pour qu'il veille sur lui. J'envie sa capacité à s'endormir aussi vite.

Sarah rentre à 22 h 30, tandis que Matt m'attend dehors dans le taxi.

— Comment ça s'est passé ? demande-t-elle en pointant la tête vers la porte de la chambre d'Alfie. Des problèmes quelconques ?

— C'était fantastique, assuré-je. Nous avons joué, nous avons lu quelque chose sur la fête d'anniversaire d'une grenouille, il m'a montré l'endroit où tu caches les bons biscuits – je trouve que ça a été un franc succès.

Son visage s'illumine.

— Mon Dieu, je suis tellement ravie ! Je ne sais pas comment te remercier. D'habitude, je paie Bianca dix livres de l'heure si ça...

— Hors de question que tu me paies, protesté-je. Ça gâcherait toute l'expérience. En plus, j'ai déjà probablement mangé mon salaire en Kit Kat.

— Tu en es sûr ?

— Absolument, tu avais une boîte pleine de Kit Kat avant mon arrivée. Je ne savais même pas qu'on les vendait en boîte...

— Non, idiot. Je parlais de l'argent.

Je hoche la tête en me dirigeant vers la porte d'entrée.

— Certain. C'était soit ça, soit rester seul à regarder *Real Housewives*, et je ne peux pas enchaîner beaucoup d'épisodes sans être agacé par le fait de devoir travailler pour vivre, alors que je présente nettement mieux que Heather. Enfin bref, je ferais mieux de filer si le taxi attend. Je ne veux pas que Matt commence à enquiquiner le chauffeur en parlant de politique.

Une partie de moi a envie de rester. Je me sens chez moi ici, entouré des tableaux excentriques et des petits bibelots curieux de Sarah. J'ai seulement envie de me détendre, de boire du vin et de papoter. Elle a cet effet-là sur moi.

— Bonne nuit, Sarah, dis-je en soulevant mon sac PlayStation.

— Bonne nuit, Nick, et merci encore.

Je remonte la fermeture de mon sweat à capuche et me précipite vers le taxi, dans lequel j'aperçois Matt assis à l'arrière, le visage éclairé par son téléphone.

— Bien, lance-t-il quand je m'installe à l'intérieur, donc tu as survécu ?

— Petit con, répliqué-je. Il est super… Et toi ?

Il sourit et me montre un selfie qu'ils ont pris ensemble au restaurant.

— Ouais, on s'est bien amusés. Et tu n'as pas mis le feu à sa baraque ou autre, donc j'ai probablement gagné des points en plus.

— Je suis content que ça marche, mec.

Il range son téléphone et lève les yeux vers la fenêtre de Sarah tandis que nous démarrons.

— Moi aussi, et c'est vraiment sympa d'y aller doucement pour une fois. En temps normal, je la ramènerais déjà chez nous. Non pas que je n'y aie pas pensé mais…

— Pouvez-vous vous arrêter à cette station-service, s'il vous plaît ? crié-je au chauffeur, coupant la parole à Matt.

Je n'ai pas besoin d'entendre ça alors que je ne me suis pas envoyé en l'air depuis cinq mois. J'ai l'impression que c'était dans une autre vie ; j'arrive à peine à passer devant la vitrine de sous-vêtements de *Marks and Spencer* sans avoir une demi-molle. J'entre dans la station et achète des chips et un sandwich dont je n'ai pas vraiment envie avant de retourner jusqu'au taxi. Je les garderai pour le déjeuner demain.

Je m'écoule enfin dans mon lit à minuit et, comme d'habitude, je cogite. Cependant, au milieu des conneries habituelles, il y a une image que je n'arrive pas à chasser, en dépit de tous mes efforts – celle de Sarah dans cette robe noire.

Chapitre 11

— Le patin à glace ; c'est romantique, non ?

J'essuie la Guinness de mes lèvres et fronce les sourcils. Nous sommes au pub du coin – notre rituel hebdomadaire du dimanche après-midi. Ça a commencé pendant la saison de rugby à la fac, mais nous n'avons jamais vraiment arrêté depuis, même après notre déménagement à Londres. Quand nous travaillions tous les deux pour la Kensington Fox, nous nous voyions à peine le soir, donc nos dimanches étaient pratiquement devenus sacrés. Certes, Matt doit payer les deux tournées ces jours-ci, et il faut que je coure à la caverne pour l'ouverture à 14 heures, mais ça reste toujours le meilleur moment de ma semaine.

Nos conversations de pub ont clairement changé de teneur depuis que Matt a commencé à fréquenter Sarah. Fini les paris pour savoir qui s'est envoyé en l'air avec qui à la dernière soirée karaoké, ou les moments à se plaindre que Harriet utilise une fourchette pour enlever je ne sais quelle atrocité qu'elle a fait fondre par accident dans l'une des rares poêles décentes de Matt.

— Le « patin à glace » ? répété-je. Ouais, enfin, sauf si tu es Tonya Harding.

— Pour un rencard, je veux dire. C'est romantique, non ? Classe.

— Ouais. Carrément. Rien n'inspire plus la romance qu'une humiliation publique et un bleu sur le derrière.

Il fronce les sourcils.

— Mais on voit ça tout le temps dans les films. Des couples qui se tiennent par la main pendant qu'ils patinent, qui jouent à trappe-trappe comme des enfants, avec la neige qui tombe et toutes ces conneries…

— Matt, si tu veux m'emmener faire du patin à glace, tu n'as qu'à demander. Ça devient gênant, là.

— La ferme. Je veux seulement éviter de le suggérer à Sarah si c'est une idée de merde. J'ai proposé un bowling la semaine dernière, et elle n'était pas spécialement emballée.

Je fais la grimace.

— Probablement parce qu'elle n'a pas douze ans.

— Je voulais juste trouver quelque chose qu'Alfie pourrait faire avec nous…

— Écoute, je suis certain qu'elle aimera cette idée, et, contrairement à moi, tu sais patiner, donc…

Évite seulement de te la péter en essayant d'être le plus rapide. C'est très énervant.

— C'est noté, réplique-t-il en sortant son téléphone. Même si mes parents seront très déçus que tous ces étés en camp de hockey soient gâchés. Je verrai ce qu'elle en pense.

Je reste assis tranquillement pendant qu'il envoie un message à Sarah, imaginant brièvement une vie où des parents peuvent se permettre d'envoyer leur enfant en camp sportif pendant l'été. Ma mère arrivait à peine à me payer des cours de natation.

Une fois son message terminé, il pose son téléphone sur la table et boit une gorgée.

— Tu as le bonjour de Sarah.

— Cool. Elle est partante pour de l'eau gelée et des lames de rasoir qui crissent à côté de son petit garçon ?

— Elle l'est, répond-il joyeusement. Nous y allons samedi soir. Et tu nous accompagnes.

— Aucune chance, ricané-je. Tu peux me faire les yeux doux autant que tu veux, la réponse est non.

— Allez ! Ça sera marrant, insiste-t-il. Après tout le soutien que je t'ai apporté cette année, trébucher sur des patins est le moins que tu puisses faire.

— En fait, le moins que je puisse faire se résume à Amazon Prime et une calzone.

— Je prends ça pour un oui.

— Très bien, cédé-je devant son sourire de plus en plus agaçant. Tu sais, je ne t'ai jamais vu faire autant d'efforts pour aucune autre femme.

— Ce n'est pas n'importe quelle femme, cela dit, fait-il remarquer avant de prendre une gorgée de sa pinte. Je n'ai pas ressenti ça pour quelqu'un depuis… enfin, tu sais… et tout ça, c'est grâce à toi.

— C'est vrai, hein ? Je suis un peu le héros dont tu ignorais avoir besoin.

— Eh bien, je n'irais pas jusque…

— Ton chevalier en mocassins étincelants.

Il lève les yeux au ciel.

— J'essaie de te dire merci, là ! Tu es un bon ami, Nick. Même si techniquement, tu es mon chevalier en Nike éraflées. Tu ne peux carrément pas assumer des mocassins.

J'éclate de rire et lève les mains en l'air.

— D'accord ! Sérieusement, je suis vraiment content que ça marche avec Sarah.

— À la tienne, mec.

— Mais si, pour une raison ou une autre, ça ne colle pas, je pense que je devrais choisir toutes tes futures copines. Visiblement, je suis doué pour ces conneries.

Il hoche la tête mais l'expression de son visage m'indique qu'il pourrait ne plus avoir besoin de mes services pendant un bon moment, si ce n'est jamais…

— C'est une très mauvaise idée, répété-je à Matt pour la troisième fois tandis que nous atteignons Hyde Park. Tu n'aurais pas pu l'emmener au cinéma comme un petit ami normal sans la moindre imagination ? Ou juste rester à la maison devant la télé ?

— Ça va être marrant. On va prendre un hot dog, faire du patin…

— Tu sais que je suis nul en patinage. Mon équilibre est déjà douteux en temps ordinaire. Je vais ressembler à ce foutu Bambi.

— Tu t'en sortiras très bien ; arrête de jouer les fillettes. C'est du patin à glace, pas du funambulisme, et tout le monde s'en fiche, de ce dont tu as l'air. Sarah et Alfie sont déjà là ; dépêche-toi.

Je le maudis dans ma barbe tandis que nous approchons, plaquant un sourire sur mon visage pour qu'Alfie ne voie pas à quel point je suis mécontent de cette situation. La dernière fois que je suis allé patiner, c'était durant un voyage scolaire en 1999, et je suis tombé tellement souvent que j'ai dû faire le tour de la patinoire en tenant la main de l'instituteur. Cette humiliation sur glace m'a vacciné à vie.

Alfie fait des signes enthousiastes, passant déjà un moment génial avant même d'avoir commencé. Je souris en remarquant que Sarah et Alfie portent tous deux des bonnets de singe assortis ; c'est assez adorable.

— Le timing est impeccable, lance Sarah en s'avançant pour embrasser Matt. Nous venons juste d'arriver. Je pense que la moitié de Londres est déjà là. Cela dit, le cadre n'est-il pas fantastique ?

Elle a raison. Le parc, illuminé à perte de vue, grouille de manèges, de marchés, d'étals de nourriture et, bien sûr, de patineurs. Des centaines de gens avec des armes en guise de chaussures glissent dangereusement près les uns des autres. Vision ô combien magique. Rien que d'y penser, j'en ai l'estomac noué. Je préférerais encore sauter à l'élastique du haut de la grande roue.

— Tu as déjà fait du patin à glace, Alfie ? s'enquiert Matt tandis que nous remontons l'allée éclairée de lumières féeriques.

— Oui, répond-il en tenant la main de sa mère. Nous sommes allés au palais de Buckingham. Maman est beaucoup tombée.

— À l'*Alexandra Palace*, rectifie Sarah. Mais l'autre partie de l'histoire est entièrement vraie. J'étais souvent à l'horizontale. Heureusement, la mère de son ami était là pour prendre le relais pendant que je restais sur le côté.

— On dirait bien que toi et Nick avez quelque chose en commun, glousse Matt. Bon sang, il est tellement naze parfois.

Sarah se tourne face à moi.

— Tu ne sais pas patiner non plus ?

Je fais « non » de la tête.

— Autant qu'un veau qui vient de naître, l'informé-je. Par chance, Matt est aussi doué pour patiner que pour se payer ma tête.

— Oh, Dieu soit loué, reprend-elle. Je croyais que j'allais être la seule à passer pour une demeurée. Nous pouvons tituber ensemble, pendant que ces deux-là nous montrent comment faire. Donne à Alfie un de ces stabilisateurs en forme de pingouin et il file comme une flèche.

Sachant que je ne serai peut-être pas le seul à me ridiculiser sur la glace, je commence soudain à me sentir mieux. Si Sarah est prête à passer pour une conne, alors moi aussi.

Tandis que les enceintes crachent un morceau de disco obscur des années 1980, nous mettons nos chaussures dans un casier, avant d'enfiler nos patins et d'essayer de tenir debout. Cela fait une vingtaine d'années que je n'en ai pas porté, mais je n'ai pas oublié à quel point je me sens mal à l'aise avec. Sarah chancelle à côté de Matt avant de s'agripper à son bras. Il ne va peut-être pas la faire tourner dans les airs, mais ça reste quand même assez romantique.

Encore instable, Alfie avance péniblement jusqu'au bord de la patinoire, mourant d'envie d'aller sur la glace, tandis que Sarah lui crie de ralentir et d'attendre. Il est cent fois plus téméraire que moi, ce qui est assez embarrassant. Il faut que je m'accroche. Littéralement.

Je finis par boitiller jusque sur la glace et attrape aussitôt la rambarde pour garder l'équilibre. Sous le chapiteau scintillant, la sono joue le morceau *Dancing Queen*, presque couvert par le bruit des patineurs qui s'éclatent comme des fous. Je repère une première personne qui tombe. Puis une deuxième qui entraîne son pote avec elle. Ils sont tous deux assis sur la glace et rient trop pour parvenir à se relever.

Alfie a chopé un stabilisateur pingouin et patine joyeusement à côté de Matt, pendant que Sarah reste à côté de la barrière avec moi.

— Matt est vraiment doué, hein ? fait-elle remarquer lorsqu'il patine en arrière, tout en aidant un Alfie aux joues rosies.

— Ouais, il a fait du patin pendant des années, confirmé-je tandis qu'elle les suit du regard autour de la patinoire. Écoute, ne te sens pas obligée de rester ici avec moi. Va les rejoindre.

— J'irai dans une minute, acquiesce-t-elle. Une fois que mes pieds accepteront d'aller dans la même direction.

Je tente de lâcher la rambarde un instant mais le regrette aussitôt. Je commence alors à rire de frustration et/ou de peur panique.

— AH ! C'est tellement ridicule ! m'exclamé-je. Je suis descendu en rappel du haut d'un immeuble à la fac ! Pourquoi c'est aussi intimidant ?

Sarah se met à rire, elle aussi.

— Aucune idée. Après tout, je sais ce que ça fait, de tomber, ça m'est déjà arrivé… Pas de grand mystère là-dessus… Regarde, ce type vient de tomber à la renverse, et il est à cinq ans à peine de la maison de retraite. Punaise, quelle mauviette je fais.

Matt et Alfie disparaissent dans la foule, nous laissant combattre nos peurs tout seuls. Sarah est la première à se lancer.

— Bon. Quand faut y aller, faut y aller.

Je fais la grimace.

— Quoi ? Genre y aller ? Patiner ? Là-bas ?

— Ouais. Y aller à fond. Finir le cul par terre. Quel est le pire qui puisse arriver ?

— Que les gens rient en nous montrant du doigt, puis qu'on finisse sur YouTube où encore plus de gens nous montreront du doigt et…

— Bon sang, tu réfléchis mille fois trop. On va y arriver.

J'hésite, mais elle me tend sa main gantée.

— On va se ridiculiser ; tu en as conscience ? m'enquiers-je en jetant un dernier regard furtif à la patinoire.

Elle hoche la tête.

— Oui… mais j'y vais si tu y vas aussi.

Je la prends par la main et lâche la rambarde, sentant aussitôt une pointe d'embarras alors que nous tentons de glisser aussi gracieusement que possible.

Je tends ma main gauche pour garder l'équilibre, serrant les fesses pour rester en vie.

— Gauche… droite… gauche… droite, entends-je dire Sarah à voix basse, ignorant les patineurs plus expérimentés qui filent à toute vitesse autour de nous. Euh, Nick, il faut que tu bouges les jambes, je ne peux pas te traîner.

— Tu es la seule raison pour laquelle je tiens encore debout ; ne gâchons pas cet instant.

Restant collés l'un à l'autre, nous faisons le tour de la patinoire, gloussant follement à chaque fausse alerte ou cri de surprise qui s'échappe de ma bouche.

— Maman ! Regarde-moi !

Sarah me lâche la main lorsque Alfie arrive à côté de nous, tout fier de ses talents de pingouin.

— Waouh, tu patines ! s'exclame Matt en glissant n'importe comment à côté de moi. Bien joué, mec, « affronter ses peurs »…

— Éloigne-toi de moi, Jayne Torvill, tu me rends nerveux.

Il embrasse malicieusement Sarah avant de surgir derrière moi.

— Plie un peu plus tes genoux et ne… il faut que tu… Nick…

Je m'effondre. Mes bras sont comme des moulins à vent tandis que je vire à droite et fonce dans la barrière, mes jambes tentant désespérément de gagner du terrain sur la glace, mais échouant lamentablement.

— Chaud devant ! s'écrie un connard avec une écharpe rayée, tandis que Matt m'aide à me relever.

— Et une chute, dis-je en époussetant mon jean, plus que soixante-cinq.

— Si vous sentez que vous allez tomber, penchez-vous et tendez les mains vers l'avant, lance une voix derrière moi.

Je me retourne et vois une femme rousse avec un bonnet bleu à pompon se tenir près de la rambarde à côté de moi. Elle sourit en remontant la fermeture de sa veste.

— Désolée, je ne voulais pas m'immiscer dans la conversation. En fait, je suis une des monitrices et…

— Nick, intervient Matt à ma place, en me poussant légèrement en avant. Lui, c'est Nick.

— Juliette.

— Enchanté, répliqué-je en agrippant toujours la rambarde. Merci pour le tuyau, je suis sûr qu'il me sera utile dans environ… oh, trente secondes.

Elle éclate de rire.

— Première fois sur la glace ?

— Plus ou moins, expliqué-je alors que Matt s'éloigne discrètement pour rejoindre Sarah et Alfie. Mais définitivement la dernière. Vous subissez cette torture pour gagner votre vie ?

— En effet. Je viens justement de terminer un cours. Les débutants sont ma spécialité.

Sans prévenir, je titube de nouveau et elle éclate de rire.

— Hors de question que je vous laisse comme ça. Il faut qu'on essaie.

En quelques minutes, Juliette parvient à me faire marcher sur la glace pour améliorer mon équilibre, m'apprenant à me relever quand je tombe, et même à m'accroupir sur la glace avant de toucher le sol. Enfin, j'arrive à patiner pendant plus de dix secondes d'affilée, et elle m'encourage avec enthousiasme.

— C'est ça ! Allez-y, terreur !

— Ne me portez pas la poisse, dis-je, un large sourire aux lèvres. Mais c'est super, merci.

— Avec plaisir, réplique-t-elle en me ramenant vers la rambarde. Il se peut que vous ayez un peu mal demain, mais vous vous en êtes très bien sorti ! Vous apprenez vite.

— C'est vous, la championne, dis-je, embarrassé. Vous avez ma reconnaissance éternelle. Vous n'étiez pas obligée de perdre votre temps avec moi.

Elle affiche un sourire faussement timide.

— En fait, je vous ai repéré dès votre arrivée. J'attendais seulement le bon moment pour dire bonjour…

— Si seulement ça avait été un moment plus cool.

Elle rit de nouveau.

— Les sessions ne durent que quinze minutes. Il fallait que j'agisse vite.

J'aime son rire. Il est presque mélodieux.

— Enfin bref, il faut que je file, me dit-elle, mais je pourrais vous laisser mon numéro… vous savez, au cas où vous auriez des questions sur le patinage ou…

— J'aurai forcément des questions sur le patinage, acquiescé-je, mon téléphone bondissant presque de ma poche pour atterrir dans ma main.

Elle le prend et s'appelle elle-même.

— Et maintenant, j'ai le vôtre. Ravie de vous avoir rencontré, Nick. J'espère avoir de vos nouvelles bientôt.

J'observe son parfait derrière rebondi tandis qu'elle s'éloigne avant de sortir de la patinoire, me sentant plutôt content de moi. Cette soirée s'est avérée nettement plus divertissante que prévu. Je décide de remettre mes chaussures avant qu'on ne me traîne de nouveau sur la glace, mais c'est Matt qui a la clé du vestiaire.

En balayant la foule du regard, je repère vite Sarah près du kiosque à musique, se tenant au pingouin d'Alfie pendant que Matt assure le spectacle, les faisant rire tous les deux. Lorsque Alfie reprend les commandes de son pingouin, Matt fonce sur Sarah et l'embrasse. C'est de ça que Matt parlait – la scène romantique comme on en voit dans les films. J'ai toujours pensé que les trucs à l'eau de rose qu'on nous vend au cinéma étaient des conneries, et pourtant, voilà que ça arrive juste sous mes yeux. C'est franchement magique ;

Matt et Sarah debout, parfaitement immobiles, alors que tout le monde autour d'eux fonce à toute vitesse, telles des silhouettes floues poussant des cris perçants et riant.

Les voir ensemble tous les deux me fait un tout petit pincement au cœur. Ce sentiment me prend par surprise ; je devrais me réjouir pour eux. Putain, je devrais même exulter – c'est exactement ce que je voulais. Sarah est heureuse ; le souhait d'Alfie a été exaucé. Alors pourquoi est-ce que je ressens cette foutue mélancolie ? Bien sûr, ça pique toujours un peu d'être avec un couple épanoui quand on vient de se faire larguer, mais même quand nous filions le parfait amour, je n'ai jamais regardé Angela de la façon dont Matt et Sarah se regardent à cet instant. Merde alors, il faut que je me réjouisse et que j'arrête d'être un sale con égocentrique.

Lorsqu'une sonnerie annonce la fin de la session, je me plaque un sourire sur le visage et leur fais signe d'approcher, plus impatient que jamais de délivrer mes pieds de ces patins.

— Où est passée ton amie la monitrice ? s'enquiert Sarah en regardant les alentours. Je comptais lui prendre son numéro pour Alfie.

— Elle a dû partir, expliqué-je. Mais je peux te donner son numéro…

— Joli travail, mon cher, lance Matt en affichant un grand sourire. Du grand art.

Alfie tire sur ma manche.

— Nick, maman est tombée sur les fesses et a dit un gros mot.

Sarah sourit et lance à Alfie un regard qui dit : « Arrête de moucharder ta mère. »

— Je boirais bien quelque chose. Ça vous dit ?

Nous sommes tous d'accord et partons nous changer avant de nous diriger vers la zone principale du « Pays merveilleux de l'hiver ». Alfie entraîne Matt vers le stand de pop-corn, tandis que Sarah et moi prenons des boissons et une table.

— Elle avait l'air gentille, fait remarquer Sarah en sirotant sa bière blonde. Vraiment jolie, qui plus est. Tant mieux pour toi.

— Je ne compte pas m'emballer, rétorqué-je. Et d'une, elle n'a encore aucune idée de ce que je fais dans la vie ; de deux, se référer au numéro un.

Sarah lève les yeux au ciel.

— Toutes les femmes ne sont pas aussi superficielles que ton ex. Elle serait chanceuse de sortir avec toi.

Je remercie Sarah pour le compliment, mais lorsque j'envoie un message à Juliette le lendemain, ça me trotte toujours dans la tête. Même si ça ne dérangerait peut-être pas Sarah, qui est clairement bienveillante et ne porte pas de jugements, je crains toujours que la plupart des femmes ne soient pas aussi clémentes qu'elle. Je décide que le mieux à faire est d'être franc et d'éviter à tout le monde de perdre son temps.

Je lui écris le message suivant :

J'adorerais t'inviter à boire un verre un de ces jours, mais il faut que tu saches que je suis un avocat au chômage, actuellement employé comme Père Noël dans un centre commercial. De toute évidence, ce n'est pas un poste à long terme, et je compte bien reprendre du service en tant que juriste dès que possible.

Puis je l'efface aussitôt. À la place, j'opte pour :

Mon boulot actuel, c'est d'être ce type-là 🎅 dans un centre commercial. Ce n'est ni cool ni bien payé, mais si ça te tente toujours, j'adorerais t'inviter à boire un verre.

Elle répond vingt minutes plus tard :

Ça me plairait beaucoup. Mais laisse le traîneau chez toi.

Chapitre 12

TROIS JOURS PLUS TARD, JE RETROUVE JULIETTE dans un nouveau restaurant portugais que Matt m'a recommandé. L'endroit est intimiste et surjoue la carte de la rusticité, avec des plafonds en bois et des ardoises de suggestions gribouillées dans un langage obscur que même les serveurs ont du mal à déchiffrer. Elle est un peu en retard, donc je me commande une bière pour me détendre.

Putain, Nick, c'est un rencard, pas un entretien d'embauche. L'idée, c'est tout simplement de manger et de discuter avec un autre être humain. Reprends-toi.

Avant, je ne stressais jamais avant un rendez-vous, mais les coups répétés portés à ma confiance en moi ces derniers temps semblent avoir laissé des séquelles.

Juliette finit par arriver avec dix minutes de retard, mais elle est aussi jolie que dans mon souvenir. Seulement, cette fois, ses cheveux roux sont lâchés ; ils sont extrêmement bouclés quand ils ne sont pas cachés sous un bonnet.

— Je suis content que tu aies pu venir, dis-je en me levant pour l'accueillir. Tu es ravissante.

— Merci, toi aussi. Désolée d'être un peu en retard.

Elle s'assied à la table et enlève son manteau, pendant que le serveur lui demande ce qu'elle aimerait boire.

— Un vin blanc panaché, répond-elle, avec du concombre, pas de l'orange, merci.

Elle sort son téléphone et vérifie rapidement son mascara à l'aide de son appareil photo.

— Bon sang, la pluie est torrentielle, dit-elle. J'ai cru que j'allais ressembler à un panda le temps d'arriver.

— Ne t'en fais pas, tu es très jolie. Comment s'est passée ta journée ?

— Bien, répond-elle en tapotant ses cils. Cette période de l'année est chargée, donc j'ai des journées de dingue la plupart du temps.

J'affiche un grand sourire.

— Je te comprends. J'ai dû voir une centaine d'enfants rien qu'aujourd'hui.

— Alors comme ça, tu es vraiment le Père Noël ? Je me demandais si tu ne te fichais pas de moi ! s'exclame-t-elle en commençant à parcourir le menu. Je pensais que ces boulots-là étaient réservés aux grands-pères retraités avec du temps à ne pas savoir quoi en faire !

— Ouais, c'est ce que je croyais aussi, répliqué-je, sentant mon estomac gargouiller à la vue du menu.

Je meurs de faim. Je n'ai rien avalé depuis mon dernier assortiment de chocolats de la journée.

— Et pourtant, me voilà. J'imagine que je n'étais pas leur premier choix… Je pense que je vais prendre le poulet. Ça te tente de partager une planche en entrée ?

— Je n'ai pas vraiment un gros appétit, explique-t-elle. Je vais me contenter des gnocchis, mais commande ce que tu veux.

Ce que je veux, c'est la planche à partager.

— Non, un plat me suffit, assuré-je, décrétant que me regarder m'empiffrer au premier rencard ne lui ferait pas bonne impression.

— C'était le petit garçon de ton amie à la patinoire ? s'enquiert-elle en piquant dans la corbeille à pain. Il était adorable.

Je hoche la tête.

— Oui, c'était Alfie, le fils de Sarah. Il est génial.

Elle sourit.

— Tu as des enfants ?

Je plonge mon pain dans une huile aux herbes.

— Pas à ma connaissance ! Et toi ?

— Moi ? Ça, non ! répond-elle comme si je venais de lui demander si elle soutient Trump. Quelle horreur ! Je veux dire, je les aime bien… je leur donne des cours… ma sœur en a… mais je n'ai aucune intention d'en faire. Je pense que je suis trop égoïste, tu vois.

— Certes… c'est sûr, tout le monde ne peut pas avoir env…

Ma voix s'éteint lorsque je la vois attraper son couteau pour vérifier qu'elle n'a pas de nourriture entre les dents. Ça, c'est une première.

— La vie est assez compliquée comme ça… Tu vois ce que je veux dire, poursuit-elle en orientant le couteau dans un meilleur angle pour inspecter ses incisives. Il y a encore tellement de choses que j'ai envie de faire.

Peut-être que mon souvenir d'un premier rencard date un peu, mais je suis quasiment certain que ce type de conversation a plutôt sa place au troisième ou quatrième rendez-vous… Après avoir mangé, au moins. Elle perçoit l'expression perplexe sur mon visage.

— Flûte, voilà que je recommence, dit-elle en grimaçant. Mon amie Clodagh m'a conseillé de moins la ramener pendant les rencards. Elle est du genre « Jules, je t'adore, mais détends-toi un peu ! Ce n'est pas une mission de reconnaissance, seulement un dîner », et me voilà en train de te demander illico si tu as des enfants.

J'éclate de rire.

— Parfois, c'est une bonne chose d'abattre ses cartes. Je veux dire, certains trucs sont rédhibitoires, pas vrai ?

Elle sourit.

— Comme quoi ? Qu'est-ce qui serait un gros frein pour toi ?

Alors que le serveur pose les plats sur la table, je réfléchis à ma réponse. Quelque chose de rédhibitoire à mes yeux ? Il doit bien y avoir un truc…

— Je ne sais pas trop… les grands classiques : le racisme, l'intolérance, le fait de ne pas prendre d'entrée…

Elle éclate de rire.

— Et merde.

— Je suis prêt à pardonner beaucoup de choses pour la bonne personne. Enfin, à part le racisme, bien sûr.

Elle plante sa fourchette dans ses gnocchis.

— Tu sembles nettement moins difficile que moi. C'est sans doute pour ça que je suis célibataire.

J'affiche un sourire en coin.

— Est-ce ta façon de me dire que tu reviens cher en entretien ? Allez vas-y ! Qu'est-ce qui n'est pas négociable pour toi ?

À la fin de notre premier et dernier plat, je sais que *non seulement* Juliette ne veut pas d'enfants, mais elle ne veut pas non plus : de mariage, du Brexit, d'un enterrement traditionnel, partager sa salle de bains, qu'un postier lui apporte son courrier après 9 heures du matin, ni de poivre noir sur ses gnocchis. Je crois qu'elle a aussi mentionné quelque chose à propos du jeûne sec, mais le bruit de mon gressin croustillant sous ma dent l'a couverte par mégarde.

— J'admire ton honnêteté, lui dis-je. Je dois bien l'admettre, si je veux être un peu sérieux : le mariage et les enfants, je crois que c'est primordial pour moi…

Jusqu'à récemment, je n'y avais pas tellement réfléchi – je crois que je me disais juste que cela arriverait un jour. Mais maintenant que tous mes amis semblent se poser – Greta qui se marie, Harriet qui est enceinte, et Matt avec Sarah et Alfie à la patinoire –, ça m'est difficile de ne pas avoir envie de tout ça. Je mentirais si je disais que ce n'est pas le cas.

Elle hoche la tête.

— Je vois. Une bonne chose de faite. Maintenant, on peut se contenter de s'envoyer en l'air sans se prendre la tête pour savoir où ça nous mène.

Je manque de m'étouffer avec ma bière, et elle éclate de rire.

— Je plaisante. J'essaie seulement de détendre l'atmosphère.

— Dommage, répliqué-je. La promiscuité sexuelle n'est clairement pas rédhibitoire à mes yeux.

L'espace d'un instant, lorsqu'elle me sourit, je me demande si le mariage et les enfants, c'est aussi génial qu'on le dit.

— On passe au dessert ?

— Je croyais que tu n'avais pas très faim, fais-je remarquer, nos regards maintenant vissés l'un sur l'autre.

— C'est le cas…

Je fais signe au serveur d'apporter l'addition.

Après une minitournée dans trois des nombreux bars entre la station de métro et chez moi, je fais de mon mieux pour faire entrer Juliette dans l'appartement aussi discrètement que possible. Ce n'est pas le moment d'échanger des banalités ; je ne veux pas courir le risque que Matt pense qu'une de ses blagues de papa débiles rendra la soirée plus sympa pour tout le monde. Le premier soir où j'ai ramené Angela chez moi, il a ouvert d'un coup la porte du salon en criant « C'EST À CETTE HEURE-LÀ QUE TU RENTRES ? », manquant de lui provoquer un arrêt cardiaque.

L'appartement est dans le noir, et, l'espace d'un instant, je me dis que Matt est peut-être encore de sortie avec Sarah, jusqu'à ce que je repère une paire de bottes noires dans le couloir et un faible rai de lumière sous la porte de sa chambre. Je me détends un peu. Si elle est là, il ne risque pas d'apparaître de sitôt.

J'ai à peine le temps de refermer la porte de ma chambre que Juliette me saute dessus. Abasourdi un instant, je la laisse faire jusqu'à ce que mon cerveau se remette en marche et me rappelle que c'est le moment d'enlever nos vêtements aussi vite que possible, avant que l'un d'entre nous ne dise quelque chose de stupide et foute tout en l'air. Elle titube en enlevant son pantalon, tandis que je commence à détacher les boutons de son chemisier.

Nous nous écartons de la porte, nos visages toujours collés, tandis qu'elle se laisse tomber sur le lit, m'attirant au-dessus d'elle. Ma main remonte le long de sa cuisse, pendant qu'elle commence à défaire ma ceinture.

— Putain, haleté-je. Tu es sûre que tu veux…

— Carrément, répond-elle en tirant sur la ceinture de mon jean. Enlève-le.

En quelques secondes, sa culotte est par terre et sa main est dans mon caleçon, me faisant gémir un peu plus fort que prévu.

— Ça te plaît ? demande-t-elle, maintenant que mes sous-vêtements sont autour de mes chevilles. Et si je fais ça ?

Je hoche la tête tandis que sa main gauche se joint à la fête. Je le jure : si sa bouche s'y met, tout pourrait se terminer avant même d'avoir commencé.

Bordel de merde, Nick. Cinq mois d'abstinence ne signifient pas que ça doit durer trois secondes. Prends ton temps.

Heureusement, elle est absolument ravie de me laisser me concentrer sur elle un moment, mais elle peut repasser pour la discrétion. Le temps qu'on arrive au bout, Matt et Sarah seront clairement au courant qu'elle est ici, tout comme la moitié de Londres. Je ne devrais pas me plaindre, cela dit ; elle m'a fait hurler autant qu'une star du rock.

— Je boirais bien un peu d'eau, dit-elle quand nous nous retrouvons allongés après, haletant comme des chiens.

Je lui fais un grand sourire et attrape mon caleçon.

— Je reviens tout de suite.

Je me glisse dans le salon puis dans la cuisine, me sentant extrêmement content de moi, juste avant de frôler l'arrêt cardiaque.

— Putain de merde ! Tu m'as foutu la trouille !

Sarah écarquille les yeux en inspectant rapidement mon corps à moitié dénudé. Je sens mes joues virer au rouge vif.

— Désolée ! J'avais soif.

Elle referme doucement le placard en brandissant un verre.

Elle porte le tee-shirt de Matt. Il est plus joli sur elle. Il est même carrément incroyable sur elle.

Je déglutis pour tenter de parler normalement, même si nous sommes tous les deux à moitié nus.

— Pareil. Tu peux m'attraper deux verres ? parviens-je à articuler.

Elle hoche la tête et se retourne vers le placard, tandis que je fais couler l'eau froide. Lorsqu'elle se hisse sur la pointe des pieds pour prendre les verres, le tee-shirt remonte un peu plus haut. *Oh, mon Dieu.* Je détourne aussitôt le regard et examine attentivement le plafond jusqu'à ce qu'elle se tourne pour me tendre les verres, le tee-shirt étant de nouveau à une longueur décente.

— La monitrice de patinage ? murmure-t-elle.

Je hoche la tête, curieusement mal à l'aise en remplissant les verres. Elle en prend un et sourit.

— Je te laisse y retourner.

J'attends une seconde qu'elle entre dans la chambre de Matt avant de retourner dans la mienne. Juliette est déjà rhabillée.

— Waouh. OK, dis-je en la regardant remonter la fermeture de ses bottes. Tu peux rester, tu sais.

Elle prend un verre d'eau et le vide d'un trait.

— Je ne reste jamais dormir, répond-elle en me rendant le verre. En plus, je commence tôt demain.

Elle ramasse sa veste par terre puis m'embrasse.

— C'était sympa, Nick. Je sais où est la sortie.

Quand la porte d'entrée claque derrière elle, je finis mon verre d'eau et me glisse dans mon lit. Quelques minutes plus tard, le silence est brisé par Sarah et Matt qui éclatent de rire dans leur chambre, et je n'arrive pas à m'empêcher de me sentir un peu abattu, couché dans mon lit vide. Moi aussi, j'ai envie que quelqu'un porte mon tee-shirt.

Chapitre 13

Plus Noël approche, plus la caverne est prisée, Géraldine recrutant même une autre elfe pour aider Izzy. Laura est jolie, mais exaspérante d'optimisme ; c'est une étudiante en thèse qui, contrairement à Izzy, trouve l'expérience trop marrante. Son désir de se montrer aussi niaise que possible enchante les enfants, mais est profondément irritant pour n'importe qui d'autre. Néanmoins, je me sens un peu soulagé que l'agressivité d'Izzy soit maintenant entièrement focalisée sur elle au lieu de moi.

— Il n'y a pas de pingouins au pôle Nord, si ? questionne Laura en soulevant la seule peluche qui refuse de tenir droit. Enfin, il n'y a que des ours polaires, il me semble.

— C'est pour faire semblant, grogne Izzy. Et puis qu'est-ce que ça peut te faire ? Contente-toi de faire ta voix d'elfe suraiguë, et tout le monde sera content, compris ?

Tandis qu'elle part en trombe à l'entrée de la grotte, j'entends Laura marmonner : « C'est ma vraie voix. »

Je lui conseille d'ignorer Izzy, et elle éclate de rire.

— Oh, elle ne me dérange pas, assure-t-elle de sa voix haut perchée. Pas vraiment. Je suis seulement là pour me faire un peu d'argent. Dans deux ans, j'aurai terminé ma thèse en criminologie ; Izzy est un bon entraînement avant les sociopathes qui m'attendent une fois diplômée.

Même si l'imaginer couiner sur des criminels insensibles m'amuse, je me sens soudain assez vieux et blasé. Elle n'en est qu'au début de sa carrière, et je suis très certainement à la fin de la mienne, jouant le Père Noël pour payer le loyer au lieu de me servir du diplôme pour lequel j'ai tant trimé. Voir mon prêt étudiant déduit de mon salaire de Père Noël toutes les semaines est sans doute ce qui me déprime le plus. Abattu, je prends place sur mon trône tandis qu'Izzy fait entrer le premier des nombreux enfants qui attendent.

Le nombre grandissant de visiteurs signifie aussi que la caverne ouvre maintenant deux heures plus tôt. Heureusement, pour compenser, on m'accorde une pause-déjeuner, ainsi qu'une remise employé de vingt pour cent dans l'espace restauration. Je fais officiellement partie de la grande famille du centre commercial *Southview*. Youpi.

— Veillez à ne pas porter votre costume pour déjeuner, a insisté Géraldine en me tendant mon badge. Le Père Noël ne s'arrête pas pour prendre un Big Mac ou un plat asiatique pendant ses heures de travail. Vous n'avez certainement pas envie de vous faire assiéger par des enfants pendant que vous mangez, et je ne veux pas entendre des parents se plaindre de taches de nourriture sur votre costume. C'est déjà arrivé.

J'accepte et me rends dans la salle de pause pour mettre mes vêtements, avant de retrouver une Sarah souriante qui m'attend près du point de vente des calendriers. Elle en prend un et en inspecte attentivement l'arrière.

— Je peux déjà te dire qu'on est en décembre au cas où tu te poserais la question. Inutile de me remercier.

— Des images photoshoppées de vaches en train de boire de la bière, dit-elle avec une mine dégoûtée. Quelle époque on vit. Ça me donne envie d'un burger, cela dit. Tu es prêt pour aller manger ?

Traîner avec Sarah au travail est devenu une habitude. Au début, c'était seulement un café rapide entre nos horaires respectifs, mais nous avons maintenant progressé jusqu'au déjeuner, même si je suis quasiment certain que ma remise employé a été un facteur déterminant. Elle ne travaille pas directement pour *Southview*, donc elle doit payer le prix normal comme n'importe qui d'autre.

Hier, nous avons mangé des nouilles au resto thaï un peu crade, et aujourd'hui, il semble que nous allons prendre des burgers. C'est agréable de pouvoir entretenir une conversation digne de ce nom avec la femme que Matt fréquente, pour une fois. D'habitude, il les aime plutôt superficielles, snobinardes et peu disposées à rire à mes blagues, mais Sarah est vraiment facile à vivre. Nos déjeuners rendent mes journées ici un peu plus supportables.

— Tu n'avais pas à faire ma vaisselle l'autre soir, dit-elle en secouant un petit sachet de sel pour ses frites. J'apprécie, mais tu n'es pas la bonne à tout faire.

— Ne sois pas bête. Alfie s'est endormi assez tôt, et je nettoyais déjà ma tasse de toute manière.

Cette fois, Sarah et Matt ont testé un nouveau resto à viande et à cocktails à Piccadilly. Entre ses sorties avec Matt et ma remise, la facture de nourriture de Sarah doit représenter à peine une fraction de ce qu'elle était quand on s'est rencontrés.

— C'est juste que ça me met un peu mal à l'aise, explique-t-elle en riant. Comme si tu pensais que je ne suis pas capable de tenir la maison propre pour Alfie, ou un truc dans le genre.

Son visage se crispe un peu lorsqu'elle dit ces mots, et je sens qu'elle ne plaisante pas vraiment. On dirait que ça l'inquiète que je puisse la prendre pour une mauvaise mère. Rien ne pourrait être plus éloigné de la vérité.

— Ma mère m'a élevé toute seule, expliqué-je en piquant une de ses frites. Elle aussi détestait qu'on l'aide. C'était comme si elle refusait de se reposer sur qui que ce soit, parce qu'elle savait qu'on finirait par la laisser tomber.

— Ah, donc tu es un fils à maman ?

— Ouais, je plaide coupable, confirmé-je aussitôt en souriant, préférant éviter une discussion sur ma mère au-dessus d'un Burger King tiédasse. Tout ce que je dis, c'est que je faisais aussi sa vaisselle. Parfois, c'est bien d'avoir un coup de main.

Sarah sourit et chipe le cornichon que j'ai enlevé de mon burger.

— Tu es un type bien, Nick. Je comprends pourquoi Matt a autant d'estime pour toi. Tu sais, je suis tellement heureuse qu'on se soit rencontrés.

— Moi aussi, je suis heureux que vous vous soyez rencontrés, répliqué-je, mon téléphone vibrant sur la table à côté de moi.

Je le déverrouille pour lire le nouveau message.

— Je savais que vous deux ça…

— Non, *toi*, imbécile ! m'interrompt-elle en me tapant le bras. Je suis tellement heureuse de *t*'avoir rencontré.

Alors que je lève les yeux de mon téléphone, nos regards se croisent et, l'espace d'un court instant, aucun d'entre nous ne détourne les yeux, son sourire cédant lentement la place à quelque chose de plus difficile à interpréter.

— Matt, annoncé-je. C'est Matt.

Elle coupe la connexion, et le monde se remet à tourner autour de nous. C'était bizarre.

— Ah, oui, dit-elle avant de se racler la gorge. Il faut que tu l'appelles ou…

— Non, juste une réprimande de papa. J'ai fini le lait, apparemment, et je devrais donc le remplacer. Et il veut aussi que j'utilise ma réduction pour rapporter une dizaine de packs de bière. Comment il peut m'imaginer prendre le bus avec tout ça, je ne sais pas…

— Ah, pour la fameuse fête d'anniversaire, pas vrai ? demande-t-elle. Il m'en a parlé l'autre jour.

— Ouais. Le rituel annuel. Tu seras là ?

— Euh, enfin, je pourrais mais…

— Quoi ?

— L'idée de rencontrer tous ses amis d'un coup est un peu… tu sais… flippante.

Je hoche la tête.

— Ça se comprend. Ce sont tous des individus atroces. Des gens de droite qui conduisent des Audi et demandent toujours à se plaindre auprès du manager.

L'expression de son visage me fait regretter ma dernière remarque.

— Je plaisante ! Ils sont top. Dans l'ensemble. Je me tais maintenant.

— Tu comptes amener ta patineuse ? Elle semblait sympa. On pourrait se planquer ensemble dans la salle de bains.

Elle ne partage pas les salles de bains, pensé-je en souriant intérieurement.

— J'ai bien peur que non. Je crois que c'était juste une fois en passant. Une fois vraiment sympa.

Sarah voit mon sourire effronté et éclate de rire.

— Ah… la malédiction du coup d'un soir. Peu importe, il y a plein d'autres poissons dans l'océan… ou de stars de télé-réalité dans la maison de *Big Brother*…

— Je *savais* que Matt en parlerait, grommelé-je. Quelle foutue commère.

— Je trouve ça fabuleux ! J'ignorais complètement qui elle était, mais Google m'a appris qu'elle a vingt-cinq ans, qu'elle vient de l'Essex, ne jure que par les hydrothérapies du côlon et déteste le Père Noël.

Je ris à mon tour.

— C'est n'importe quoi – enfin, la partie sur l'âge en tout cas ; elle a vingt-neuf ans. Je ne devrais pas lui casser du sucre sur le dos, cela dit… Elle a bon fond sous tout ce faux bronzage.

— Un vrai gentleman, réplique Sarah en me regardant d'un air pensif.

Elle jette un coup d'œil à sa montre.

— Merde, il faut que je retourne travailler. Tu peux terminer mes frites.

Sarah recule sa chaise et ramasse son sac par terre.

— N'oublie pas le lait ! me crie-t-elle en partant.

Le reste de la semaine file à toute vitesse avec une Izzy étonnamment de bonne humeur, vu que son petit ami, Antonio, arrive de Madrid pour Noël.

—Vous êtes ensemble depuis combien de temps ? m'enquiers-je en regonflant ma barbe.

—Deux ans, répond-elle. Il doit terminer son diplôme à l'UCM avant de venir emménager ici avec moi.

—Donc tu l'as laissé seul en Espagne pour venir ici et devenir une elfe payée au salaire minimum ?

Je sens ses yeux me transpercer tels des poignards.

—Je ne suis pas qu'une elfe. Je fais des petits boulots comme ça entre les concerts.

—« Les concerts » ?

—Oui, monsieur le fouineur, je joue du violon. Je suis musicienne de studio.

—Je ne voulais pas être insultant, plaidé-je, très embarrassé. J'essayais d'être drôle. Tu joues du violon ? C'est impressionnant.

—Je sais, admet-elle. Mais les musiciens ne sont pas riches. Nous devons aussi manger. Exactement comme toi… Enfin, peut-être pas tout à fait comme toi…

—Eh bien, j'espère que tu passeras un super moment quand Antonio arrivera, dis-je, me sentant maintenant comme un gros bêta. Il doit te tarder.

—Beaucoup, confirme-t-elle, souriant presque aussitôt. Noël, c'est pas bien tout seul, tu sais ? Tu passes pour, comment on dit déjà… *un fracaso*… un raté.

— En effet, concédé-je, me demandant s'il s'agit d'une pique à mon intention. Nous devrions probablement ouvrir maintenant…

Elle hoche la tête et se dirige vers le début de la file d'attente, où un petit garçon est en train d'étriper un ours polaire en plastique.

Je suis heureux de voir Sarah au déjeuner. Nous prenons une table au nouveau resto de pancakes sur sa recommandation, et je lui raconte mon faux pas avec Izzy.

— Je ne voulais pas dire qu'elle n'était qu'une elfe, expliqué-je pendant que nous nous installons. Putain, elle doit me prendre pour un gros con. Elle joue du violon et parle deux langues. J'arrive à peine à en parler une et je n'ai aucune aptitude musicale.

— Trois.

— Trois quoi ?

— Langues, répond Sarah. Une de nos baristas est parisienne. Izzy discute avec elle en français quand elle vient.

— Je ne me suis jamais senti aussi minable.

— Oh, pas sûr, réplique Sarah en riant. Il paraît que tu fais bien la voix de Croûtard le chat. C'est remarquable.

— J'apprécie le soutien, mais je pense que je vais me contenter de manger jusqu'à en mourir. C'est possible de faire une overdose de pancakes ?

— Absolument. J'ai amené Alfie ici la semaine dernière, explique-t-elle en parcourant le menu. Tu seras heureux d'apprendre que ceux au poulet épicé sont à tomber.

Je fronce les sourcils en regardant le menu.

— Ne le prends pas mal, mais qui mangerait des pancakes au poulet ? Ou au steak, d'ailleurs ? Je pense que je vais m'en tenir aux sucrés. Nutella pour moi.

Un grand sourire aux lèvres, elle lève les yeux au ciel.

— Je les prends et tu les goûtes. Tu vas adorer.

— Oh vraiment ?

— Oui, assure-t-elle. Et en échange, tu me donneras des tiens parce que ce n'est que justice.

— Tu es aussi autoritaire avec Matt ? gloussé-je. Tu lui fais avaler des associations de nourriture bizarres à lui aussi ?

Elle réfléchit un instant.

— Non. Mais il est un peu difficile, tu ne trouves pas ?

— Carrément ! m'exclamé-je en riant. Il cuisine aussi bien qu'un pro, mais il commande toujours un burger tout simple pour y ajouter son propre ketchup, au cas où ce qu'on lui sert ne serait pas à son goût. Ou pire encore, il se sent personnellement visé s'il y a du brocoli dans son assiette.

Elle affiche un grand sourire.

— Tu vois, c'est pour ça que tu es parfait ! Tu le connais tellement bien. Tu peux m'aider.

— T'aider pour quoi ?

— Le cadeau d'anniversaire de Matt ! On me dépose Alfie ici après le travail, et nous allons faire des courses. Il *faut* que tu viennes m'aider à choisir quelque chose ; je suis complètement perdue.

— Hmm, je ne suis pas certain d'être d'un grand secours, l'avertis-je. Après tout, on ne s'offre pas de cadeaux entre nous.

— Tu plaisantes ?

— Non ! C'est un truc qui ne se fait pas entre mecs, c'est tout. Pareil pour les cadeaux de Noël. Nous, on mange et on sort boire des verres.

Sarah fait signe à la serveuse pour lui indiquer que nous sommes prêts à commander.

— Eh bien, c'est absurde et déprimant, mais ça ne te dispense pas pour autant. Allez… s'il te plaît ? Tu me rendrais un immense service.

— Bon, d'accord. J'irai me changer après le travail et je te retrouverai au coffee shop.

Elle pousse un petit cri surexcité et passe la commande. Les pancakes au poulet épicé s'avèrent délicieux.

Chapitre 14

Le soir, le centre commercial *Southview* est un tout autre animal que celui que j'essaie de dompter à longueur de journée : très peu d'enfants, beaucoup d'ados en train de flirter à distance, et de nombreux adultes stressés qui, visiblement, sont venus directement en sortant du bureau. Tout est toujours aussi lumineux et festif, avec ce grand marché de Noël éphémère qui occupe tout le rez-de-chaussée et embaume le secteur d'une douce odeur de marrons grillés.

Après avoir planqué mon costume de Père Noël dans mon casier, je mets mon jean et mon tee-shirt et me dirige vers le café où Sarah et Alfie m'attendent déjà. La perspective de passer ma soirée avec eux n'est pas pour me déplaire.

— Nick ! s'écrie Alfie en courant droit dans mes jambes. On va manger un bretzel !

— Salut, mon pote, répliqué-je, ça me paraît une excellente idée, je meurs de faim.

— Le bretzel après les courses, mon ange, lui rappelle Sarah. Salut, Nick. Merci encore – tu me sauves la vie. Si j'arrive à régler le problème du cadeau de Matt ce soir, je pourrai consacrer ma journée de demain aux cadeaux de Noël de dernière minute de tous les autres.

— Pas de souci, lui assuré-je en me passant la main dans les cheveux.

Ce foutu bonnet les aplatit tellement en fin de journée.

— Cela dit, tu as conscience qu'il te reste encore dix jours avant Noël…

— Oui. Enfin, non ; je rentre chez moi dans les Cotswolds pour les fêtes, explique-t-elle tandis que nous nous dirigeons vers le marché. Mais Matt cuisine le 21, avant mon départ – y compris pour ceux ici présents. J'apporte les papillottes.

— Oh, vraiment ? Et si j'ai déjà des projets ? rétorqué-je. Et si j'ai une entrevue sulfureuse ce soir-là ?

— C'est le cas ?

— Non.

Elle affiche un sourire en coin.

— Si seulement je connaissais quelqu'un avec qui t'arranger le coup. Hélas, mes amies sont toutes prises… Enfin, hormis Tamara, mais ce n'est pas ton genre.

Je pousse un grognement désapprobateur.

— Comment sais-tu que ce n'est pas mon genre ? Je suis un homme infiniment complexe et surprenant.

— De toute évidence, confirme-t-elle, un large sourire aux lèvres. Mais mon intuition me dit que *lesbienne* ne rentre pas dans tes critères de sélection habituels.

Elle jette un coup d'œil à Alfie pour s'assurer qu'il ne l'a pas entendue dire un gros mot.

— Tu seras partie combien de temps ? m'enquiers-je, me sentant curieusement triste à l'idée de ne pas la voir pendant les fêtes.

Je me suis tellement habitué à sa présence.

— Je reviens après le nouvel an, répond-elle. Ça permet à Alfie de faire une bonne pause avec ses grands-parents, et, enfin, c'est reposant pour moi aussi. Là-bas, mon lit a des oreillers constitués de nuages.

Je la vois surveiller Alfie qui est à quelques mètres devant nous, fredonnant tranquillement pour lui-même.

— Je l'aime énormément, mais… tu sais. Ça fait beaucoup parfois.

Je ne peux même pas imaginer ce que ça fait d'essayer d'élever un enfant qui a perdu son père en s'efforçant de faire son deuil en même temps. Je n'ai jamais connu mon père, mais je sais que ma mère ramait, même si elle le cachait bien. J'ai envie de dire à Sarah que je suis navré qu'elle traverse cette épreuve, mais je sais aussi qu'elle n'a pas besoin de ma pitié.

— Un portefeuille, lancé-je pour changer de sujet. Matt a besoin d'un nouveau portefeuille.

Elle tapote son menton en considérant cette suggestion.

— Bah, c'est tellement rasoir, tu ne trouves pas ? C'est comme offrir des chaussettes. C'est juste tellement… utile.

Je lève une main pour objecter.

— Il se trouve que je sais qu'il a déjà eu un portefeuille pour son anniversaire, et il a adoré. Il l'a montré à tout le monde. Il l'utilise toujours et il tombe en lambeaux, donc il a besoin d'en avoir d'un nouveau. Fin de l'argumentaire.

Elle ne paraît toujours pas convaincue.

— Vraiment ?

Je hoche la tête, me retenant de lui dire que son dernier portefeuille lui vient de la seule femme vivante qui lui ait jamais brisé le cœur.

Alfie s'arrête devant le stand de bretzels et lance à sa mère un regard implorant avec ses grands yeux de chien battu. Elle sourit.

— D'accord, mais ensuite on fait les courses. Entendu ?

— Entendu.

Pour sa défense, Alfie tient parole. Après avoir englouti un bretzel au fromage, il suit gentiment tandis que Sarah choisit un portefeuille en cuir noir pour Matt, ainsi qu'une carte d'anniversaire qui dit tout simplement : « Félicitations d'avoir reçu une carte quand j'aurais pu me contenter d'un texto ! »

— Je n'ai pas envie de tomber dans la mièvrerie, s'explique-t-elle sans me laisser le temps d'aborder le sujet. C'est encore le début… tu comprends ? Je devrais peut-être lui prendre aussi une bouteille ?

Je souris.

— Il n'y avait aucun jugement. Tu es une bonne personne, au point que c'en est agaçant. Offre-lui un rhum arrangé, ou n'importe quoi d'autre que je puisse lui piquer quand il aura le dos tourné.

Sarah s'arrête pour acheter une écharpe tricotée à la main comme cadeau de Noël pour sa mère de la part d'Alfie, qui essaie maintenant de la persuader de lui offrir un chocolat chaud.

— Pourquoi je ne l'emmènerais pas en boire un ? suggéré-je tandis qu'elle paie la vendeuse. Tu feras plus vite le tour des boutiques si on ne traîne pas dans tes pattes.

— Quel mari attentif, fait remarquer la vendeuse. Je ne le laisserais pas filer, ma belle.

Sarah et moi piquons tous les deux un fard, lui expliquant péniblement que nous ne sommes pas un couple, tandis que je prends Alfie par la main et bredouille que j'attendrai Sarah au coffee shop quand elle aura fini.

Alors que nous approchons de la caverne, Alfie me force à m'arrêter.

— Il faut que je retourne voir le Père Noël, insiste-t-il avec le même air désespéré que la première fois où nous nous sommes rencontrés.

Il est tellement adorable avec son pull Rudolph. Je me demande s'ils en font à ma taille.

— Hum, la caverne est fermée, mon grand, rétorqué-je. Même Papa Noël a besoin de dormir.

— Mais il faut que je le remercie ! grommelle-t-il en gigotant sur place. Mon souhait a été exaucé. Ma mère est de nouveau heureuse !

Je ne suis pas sûr que mon cœur puisse supporter plus de mignonnerie chez ce gosse, dont le besoin urgent de voir le Père Noël surpasse son évidente envie de pisser, mais je prends un instant pour savourer ma victoire. Cependant, un violent pincement dans ma poitrine vient vite effriter mon arrogance. J'ai peut-être réuni Matt et Sarah mais j'en suis toujours au même point… toujours seul, au lieu d'être avec quelqu'un de génial comme…

Je secoue la tête avant d'aller au bout de ma pensée.

— Et si on allait aux toilettes, puis boire un chocolat chaud, et ensuite on pourra peut-être acheter une carte au Papa Noël pour lui dire merci. Je suis certain que ça lui plairait. Je la lui remettrai en main propre.

Alfie accepte et, heureusement, nous atteignons les toilettes avant que je ne doive lui acheter un nouveau pantalon et de nouveaux sous-vêtements.

Je sirote mon chocolat chaud et regarde Alfie écrire maladroitement sa carte de remerciements avant de la ranger dans ma poche arrière, en promettant de la livrer dès le lendemain.

— As-tu offert quelque chose à ta maman pour Noël ? m'enquiers-je en remuant les dernières gouttes de chocolat au fond de ma tasse.

— Non, répond-il. Elle dit qu'elle veut juste des câlins. Ils sont gratuits.

— C'est bien, les câlins, concédé-je, mais je suis quasiment certain qu'on pourrait faire équipe et lui trouver quelque chose de cool de ta part, qu'elle pourrait ouvrir le matin de Noël. Qu'est-ce qui lui plairait, à ton avis ?

Le regard d'Alfie s'illumine.

— Elle aime les saucisses !

Et merde, pourquoi tu n'as que quatre ans ? J'ai environ un million de blagues déplacées à sortir. Je me mords la langue.

— Hmm, elles pourraient être périmées d'ici au matin de Noël. Autre chose ?

Il réfléchit.

— Les trucs de maman. Les bougies, les fleurs, les photos de moi.

Mon cerveau se met aussitôt en marche. Il y a un photomaton à côté des toilettes, ainsi qu'un stand où les faire imprimer sur des porte-clés, des tasses, des tee-shirts, etc. Je me lève et lui tends la main.

— Tu es prêt à offrir à ta maman le meilleur cadeau du monde ? C'est une mission top secrète, par contre.

— Oh oui !

Je ne peux m'empêcher de sourire en sentant sa petite main se glisser dans la mienne. Pourvu que ça lui plaise.

Chapitre 15

— Avoir un fils né aussi près du jour de Noël a dû être une plaie pour tes parents, dis-je à Matt tandis qu'il verse des chips dans un saladier. Je veux dire, acheter deux fois plus de cadeaux… Les enfants coûtent tellement cher.

Il pousse un grognement.

— Écoute-toi un peu, Super Nanny. Quelques soirs de baby-sitting et te voilà un expert ?

J'éclate de rire.

— Eh bien, ça, et le fait que j'ai rencontré environ trois cents gamins qui veulent des ours qui parlent à 80 livres pour Noël.

Matt vérifie sa montre.

— Flûte, tout le monde débarque dans vingt minutes. Tu es sûr qu'on a assez de bière ? Je devrais peut-être aller en chercher d'autres.

Matt fait ça tous les ans le jour de son anniversaire : il panique à l'idée qu'il n'y ait pas assez d'alcool pour ses invités, même si tout le monde rapporte au moins deux bouteilles. Cette année, il semble encore plus anxieux que d'habitude. Je sais pourquoi.

— Ça ira, assuré-je en le regardant ouvrir et fermer nerveusement le frigo. T'es inquiet que tout le monde rencontre Sarah ?

— Pas plus que toi à l'idée de revoir tes anciens collègues…

— Touché.

Je suis terrifié. Je n'ai pratiquement revu personne depuis mon renvoi. Ils vont poser des questions. Où est-ce que je me cachais pendant tout ce temps ? Que s'est-il passé avec Angela ? Où est-ce que je travaille maintenant ?

— Je te jure, Matt, si tu as dit à qui que ce soit que je suis le Père Noël, je n'atteindrai pas mes trente-deux ans.

Il pose les sodas et lève les mains en l'air.

— Je n'ai rien dit. Promis. Je suis le seul à avoir le droit de me moquer de toi. Enfin, avec Sarah.

— Sarah… Putain, si elle raconte à quelqu'un comment elle m'a rencontré…

— On dira qu'on est allés dans son café. Putain, détends-toi un peu. Il va falloir que j'encaisse les blagues de tout le monde sur ma vie amoureuse décousue. Je ne me suis pas vraiment étendu sur mon passé. Elle va me prendre pour un coureur de jupons.

La sonnette retentit. Qui a le culot d'arriver en avance à une soirée ? Les mains moites à présent, j'ouvre la porte et laisse entrer les lions.

Une heure plus tard, tous les invités sont arrivés et se tiennent correctement, y compris Sarah qui a été discrètement briefée sur la situation Père Noël, à son grand amusement.

— Qu'est-ce que ça peut te foutre, ce que pensent les autres ? demande-t-elle. Je croyais que ces gens étaient tes amis ?

Je lui donne son verre de vin et balaie la pièce du regard. Elle marque un point. Cela dit, en dehors de Greta et Harriet, mes soi-disant amis n'ont pas exactement fait surchauffer mon téléphone pour savoir comment je vais.

— Je raconte à tout le monde que je travaille secrètement pour un investisseur basé à Dubaï. La confidentialité implique que je n'ai pas à entrer dans les détails.

Elle me donne un coup de pied taquin.

— Je trouve ton vrai boulot nettement plus marrant.

La jambe qui va avec ce pied est parfaite. Tout comme sa jumelle. Je la revois dans la cuisine vêtue du tee-shirt de Matt. *Waouh, putain, Nick, qu'est-ce qui ne tourne pas rond chez toi ?* Je pose ma bière et prends une canette de Coca.

Sarah est à tomber. D'ailleurs, je ne suis pas le seul à l'avoir remarqué. Je n'arrête pas d'avoir des contacts visuels gênants avec l'ami de Matt, Kevin, qui rougit furieusement chaque fois que je le surprends en train de reluquer le cul de Sarah.

— Eh bien, hum…

— Sarah, tu as rencontré Gabby ? s'écrie Matt depuis la cuisine, en lui faisant signe de le rejoindre. Gabby, voici Sarah… ma… euh… ma petite amie.

Waouh. C'est la première fois que je l'entends parler d'elle en ces termes. Et moi qui pensais à son cul jusqu'à ce qu'il m'interrompe. Bordel, il faut que je me reprenne et que je désoûle.

Sarah sourit, mais je n'aime pas l'effet que ça me fait. Lorsqu'elle part les rejoindre, je me force à discuter avec tout le monde, dans le vain espoir que ça m'empêchera de remarquer à quel point elle est sexy. De toute évidence, je traverse une sorte de crise de la quarantaine en avance.

Je repère Noël assis à la table de la cuisine et je fonce droit sur lui. Un homme marié avec un bébé en route est exactement ce qu'il me faut pour me débarrasser de ces cornes en train de pousser.

— Comment vas-tu ? m'enquiers-je. Quel dommage que Harriet n'ait pas pu venir, elle tient le coup ?

Il hoche la tête.

— Elle a toujours des nausées matinales. Ils ont dit que ça ne devrait durer que dix semaines, pourtant elle est toujours à deux doigts de vomir dans son sac à main, à n'importe quel moment de la journée. Je ne reste pas longtemps, je voulais seulement voir le héros du jour et boire une bière.

— Mais où est passée Harriet ?!

Je me retourne et tombe sur Matt, déjà bourré comme un coing et sans la moindre intention de s'arrêter en si bon chemin.

— Elle est malade, mec, l'informe Noël. Mais elle t'embrasse. Tu passes un bon anniversaire ?

— Trop ! répond-il en tendant une main vers le seau à glace pour attraper sa prochaine bière. Je pense qu'il est temps de monter le volume, cela dit. C'est mon anniversaire, pas une putain de veillée funèbre !

Nous éclatons de rire en le voyant tituber jusqu'à ses autres invités. Heureusement, j'ai réussi à tous les embobiner au point qu'ils ont arrêté de me poser des questions sur ma vie, à l'exception de Kara, ma pétasse d'ancienne collègue qui prend un malin plaisir à me montrer sur Instagram une photo d'Angela et d'un footballeur avec la main sur son cul. J'imagine que ça n'a pas marché avec Pete de *Love Island*.

— Ces filles-là ne s'intéressent qu'à l'argent, siffle-t-elle. Tu n'étais pas assez bien pour elle, Nick. Elle ne se serait jamais posée avec toi.

« Posée » avec moi ? Je prends une longue gorgée de bière.

— Merci, Kara. Passe le bonjour à ton banquier d'investissement de ma part… ainsi qu'à sa femme…

En retournant dans le salon, je l'entends s'exclamer : « IL VA LA QUITTER APRÈS LES FÊTES ! », mais sa voix est vite couverte par la musique. J'en ai tellement marre de cette soirée, mais vu qu'on est chez moi, je ne peux pas m'en aller. Je pourrais me cacher, par contre.

En balayant la pièce du regard pour voir si je pourrais me glisser discrètement dans ma chambre, je repère Matt dans la cuisine avec Greta et un certain Phillip qui a rejoint la boîte deux jours avant qu'on me vire. Greta me fait signe et me tend une enveloppe.

— Je me suis dit que je profiterais d'être là pour vous apporter mon faire-part de mariage. Le 21 mars. Aucune excuse.

— Loin de moi cette idée, dis-je en l'embrassant sur la joue.

— Ça vaut aussi pour Matt. Je vous veux tous les deux présents, sans parler de sa petite amie si elle ne l'a pas plaqué d'ici là.

J'éclate de rire et cherche Sarah qui est en train de discuter avec deux femmes que j'ai rencontrées tout à l'heure. Sarah semble comme un poisson dans l'eau, mais je pourrais reconnaître son faux sourire à des kilomètres. Je présente mes excuses et m'approche.

— Sarah, lancé-je, les interrompant sans plus de manières. Tu m'as promis une danse.

Elle s'excuse aussitôt et me laisse la guider jusqu'à la piste, où quatre-vingt-dix pour cent des invités sont en train de se déchaîner sur David Guetta.

—Merci, dit Sarah, j'étais en train de perdre la face. Certains de ces gens… enfin…

—Aucun problème, assuré-je. On vient de me montrer une photo de mon ex avec la main d'un autre sur son cul, donc je suis tout à fait disposé à couper les ponts avec ces gens-là, moi aussi.

—Aïe, répond-elle. C'est pas cool. Ça va?

—À merveille, dis-je en mentant. On n'a plus qu'à danser jusqu'à ce que j'oublie mes problèmes. Même si je ne t'ai encore jamais vue danser, maintenant que j'y pense… J'ai déjà vu Alfie, et on dirait un Michael Flatley âgé de quatre ans, mais ça n'est peut-être pas dans les gènes. Je veux dire, je ne peux pas laisser mon meilleur pote fréquenter quelqu'un qui n'a pas le sens du rythme.

En riant, elle se déplace jusqu'au milieu de la piste et, motivée par l'alcool, commence une danse endiablée comme si on venait de la libérer d'une cage. Je n'ai jamais rien vu de mieux de toute ma vie. Je la rejoins et nous passons le reste de la soirée là, nous déhanchant sur *Soul Train* dans le salon, comme tout le monde. J'essaie de ne pas remarquer que Sarah cherche Matt du regard, et de ne pas en vouloir à Matt de ne pas passer la moindre seconde en compagnie de cette femme incroyable. Elle n'en fait pas des tonnes et se moque éperdument du regard des autres ; elle est seulement elle-même, dans toute sa simplicité et sa beauté.

Quand ma tête touche l'oreiller à 4 heures du matin, je suis en ébullition. Je n'ai pas souvenir de m'être autant amusé avec aucune des femmes que j'ai fréquentées, ni même avec mes potes. Sarah me donne l'impression que tout va bien se passer. Comme si tout allait bien se passer… Comment ça pourrait être le cas ? À cet instant, j'ai l'esprit qui tourne en boucle – Sarah dans la caverne, se penchant sur Alfie ; Sarah dans sa robe noire ; Sarah poussant un cri en dérapant sur la glace ; Sarah dans le tee-shirt de Matt dans ma cuisine ; Sarah souriant et soutenant mon regard une seconde de trop pendant le déjeuner ; Sarah qui rit aux éclats en dansant autour de moi dans le salon. La femme qui obsède mes pensées est au lit à l'heure qu'il est, endormie près de mon meilleur ami. Putain, aucune chance que toute cette histoire tourne bien.

Chapitre 16

À CONTRECŒUR, J'ÉMERGE À 9 HEURES DU MATIN, en entendant Matt et Sarah glousser comme des ados dans la cuisine. Ils ont dû s'envoyer en l'air; aucun autre scénario n'explique le fait d'être aussi heureux si tôt dans la matinée. Dieu merci, je dormais et n'ai entendu aucun bruit suspect. Elle porte encore une fois le tee-shirt de Matt, et, si j'étais lui, je ne la laisserais jamais l'enlever.

—Bonjour, rayon de soleil, lance Matt pendant que je m'écroule sur le canapé. J'allais justement venir te réveiller.

—Et pourquoi tu ferais un truc pareil? J'ai envie de crever. La caverne n'ouvre pas avant midi. Laisse-moi mourir en paix.

—Petit déjeuner, gazouille Sarah, comme si cette femme était imperméable à l'alcool. Je dois aller récupérer Alfie de sa soirée pyjama à 10 heures; je me suis dit que ce serait sympa de déjeuner tous ensemble avant.

J'enfouis ma tête dans le fond du canapé. Je ne suis pas d'humeur. Je n'ai pas besoin qu'on me serve des œufs Bénédicte quand je peux me faire des tartines, comme toute personne normalement constituée. Putain, des œufs. Je crois que je vais vomir.

— Allez, insiste Matt en me frappant avec un coussin. C'est moi qui invite.

Je grogne pour signifier mon accord et me dirige péniblement vers la salle de bains pour me laver le visage. Jouer la cinquième roue du carrosse avec la gueule de bois n'a jamais fait partie de mes projets pour un dimanche.

Nous finissons au *Bridge Bar and Grill*, heureusement situé à courte distance de notre appartement, qui est le seul endroit dans le coin où le menu n'est pas constitué d'avocats cueillis à la main et de couverts biodégradables.

J'opte pour un petit pain avec double portion de bacon et du café à volonté, tandis que Matt et Sarah prennent une planche à partager. S'ils commencent à se donner la becquée, je me casse.

— Tu as le teint moins vert, fait remarquer Sarah en plongeant une galette de pomme de terre dans du ketchup. Tu te sens mieux ?

Je hoche la tête. Ce petit déjeuner n'était peut-être pas une si mauvaise idée que ça. C'est incroyable le bien que peut faire un peu de gras.

— Je m'en remettrai. Au moins, c'est mieux que ces atrocités que tu refourgues au coffee shop.

Sarah éclate de rire.

— Les wraps petit déjeuner ? Je pensais que tu les aimais ! Très bien, la prochaine fois, je t'apporterai un de ces muffins bizarres au son de blé.

Je fais la grimace.

— Non, pitié ; la dernière chose dont le Père Noël a besoin, c'est d'avoir des flatulences.

Matt semble un peu perdu.

— Vous prenez le petit déj' ensemble ?

— Je lui file un truc gratuit de temps à autre, répond Sarah en riant. En échange de sa remise employé dans l'espace restauration. Pour être honnête, c'est sympa d'avoir quelqu'un avec qui traîner.

Matt sourit et continue de manger son petit déjeuner, mais je vois bien qu'il n'est pas tout à fait à l'aise avec ça. Personnellement, je serais resté discret sur nos petits rendez-vous, mais Sarah n'en pince pas secrètement pour moi, donc pourquoi s'en cacherait-elle ?

— Tu as vu le faire-part de mariage de Greta ? demandé-je pour détourner la conversation. Je l'ai laissé sur la table dans l'entrée.

Il hoche la tête.

— Elle m'a coincé hier soir. Sarah sera ma cavalière.

— Et comment ! confirme Sarah. C'est au *Claridge*. Je ne peux même pas me permettre de déjeuner là-bas...

— Au moins, tu y vas accompagnée ! m'exclamé-je. Je vais être le pauvre type bizarre qui reçoit des regards de pitié du reste des invités.

— Angela ne répond toujours pas à tes messages ?

Je foudroie Matt du regard.

— Non, et je pense que cette photo de pelotage de fesses indique clairement que ce n'est pas près d'arriver.

— Alors trouve quelqu'un d'autre, suggère Sarah. Tu dois bien connaître quelqu'un, Matt.

Matt arrête de mâcher et me jette un regard implorant abject. Les seules femmes qu'il connaît sont soit des amies proches, soit les épouses d'amis, soit des filles qu'il a sautées après avoir bu trop de sambuca.

— Je suis sûr que Nick n'a pas besoin de mon aide pour se dégotter un rencard, dit-il. Une coupe de cheveux ne lui ferait pas de mal, cela dit.

— Foutaises, déclare Sarah en me voyant toucher timidement mes boucles. Cette tignasse de cheveux bruns est adorable. C'est très attirant.

— « Attirant », peut-être, marmonne Matt, légèrement vexé par son commentaire.

Sarah aussi a de très beaux cheveux. J'adore la façon dont sa frange tombe sur le côté quand elle les a relevés et comment…

— Oh merde, il faut que je file, annonce-t-elle, me ramenant brutalement à la réalité. Alfie n'a pas encore l'habitude des soirées pyjama, donc je ne veux pas être en retard. Envoie-moi un message si je dois apporter quelque chose pour le dîner de Noël mercredi !

Elle embrasse Matt pour lui dire au revoir et me fait un salut de la main en fonçant vers la porte.

Matt reste silencieux un moment, sirotant son café de temps à autre, mais je vois bien ce qui se trame.

— Bon...

— Oui ?

Nous y voilà.

— Vous passez beaucoup de temps ensemble tous les deux. Tu n'en as jamais parlé.

— Si, soupiré-je, je l'ai fait ; tu n'écoutais pas, visiblement.

Techniquement, c'est vrai. Je lui ai dit que Sarah m'avait apporté un café. Une fois.

— Qu'est-ce qui t'arrive ? m'enquiers-je. Ne me fais pas croire que tu te sens menacé par ton meilleur pote et Père Noël à mi-temps.

Il fait « non » de la tête en posant sa tasse.

— Bien sûr que non. Bon sang, c'est grâce à toi qu'on s'est rencontrés. Seulement... enfin, je crois que je tiens vraiment à elle. J'espère juste qu'elle ressent la même chose. C'est bizarre, non ?

— Pas bizarre, mais tu parles comme un puceau.

Il éclate de rire.

— Va te faire voir ; tu aimerais bien avoir une copine aussi sexy que Sarah.

Je ris à mon tour, un peu jaune, parce qu'il ignore à quel point il a raison.

— Beaucoup trop sexy pour toi.

Matt arrête de rire et reste silencieux un instant, la mine un peu abattue.

— Putain, ne me dis pas qu'elle te manque déjà. Elle n'est même pas encore montée dans son Uber !

— C'est pas ça, rétorque-t-il. C'est juste que…

— Quoi ?

— Le portefeuille.

— Quoi le portefeuille ?

— Il me rappelle celui que Karen m'a offert, et maintenant je me sens nul d'avoir passé la moitié de la soirée à penser à elle.

— Matt, elle t'a quitté il y a des années. Ressaisis-toi, répliqué-je, tout en me disant qu'on devrait m'abattre pour avoir soumis l'idée du portefeuille.

— Je sais, je sais… c'est tellement bête. Sarah est géniale.

— Carrément, avoué-je.

— Vraiment parfaite.

— Alors ne fous pas tout en l'air. Ce n'est qu'un portefeuille.

Il hoche la tête et prend l'addition.

Chapitre 17

— MATT, SI J'AVAIS SU QUE TU POUVAIS PRÉPARER un festin pareil, j'aurais insisté pour y avoir droit au moins deux fois par semaine. Je n'arrive pas à croire que tu m'aies caché ce talent pendant toutes ces années.

Notre réveillon de Noël en avance démarre sur les chapeaux de roue. Alfie a déjà déchiré toutes les papillottes, et la compilation *Les Plus Beaux Chants de Noël de l'histoire - Volume 2* résonne joyeusement dans l'appartement dont, pour une fois, la décoration n'a pas l'air d'avoir été faite par deux types fainéants et bordéliques. Les cadeaux ont été échangés, et nous avons un sapin couvert de guirlandes, un Père Noël jovial et bien vivant, ainsi qu'un petit garçon qui savoure la moindre seconde qui passe. Tout à l'heure, il m'a soufflé qu'il avait caché le porte-clés photo que nous avons acheté sous son matelas, en prévision du matin de Noël. C'est marrant que ce soit pile poil l'endroit que choisissent d'instinct les garçons pour cacher des trucs à leur mère. Je lui rappelle de bien penser à l'emporter chez ses grands-parents.

Le sourire radieux, Matt balaie sa prouesse d'un revers de la main en la réduisant à « rien du tout », alors qu'en réalité, il s'est surpassé pour épater sa nouvelle petite amie avec ses talents culinaires. Je pense même qu'il fait la sauce gravy lui-même.

— C'est tellement bon, renchérit Sarah entre deux bouchées de panais déglacés. Je ne pourrai plus rien avaler de la semaine !

— Garde de la place pour le dessert, insiste Matt. Je ne suis pas le seul chef aux fourneaux ce soir.

— Chef, c'est un peu fort, objecté-je. C'est juste un diplomate. Rien de bien compliqué.

— Le diplomate est le gâteau préféré d'Alfie, m'informe Sarah tandis que l'intéressé hoche la tête avec enthousiasme.

— Dans ce cas, c'est Alfie qui devrait avoir la première part.

Je rapporte les assiettes sales dans la cuisine et ouvre le frigo. Puis je le referme.

— Alfie ?

— Oui ?

— C'est quoi ton deuxième dessert préféré ?

Quelques secondes plus tard, tout le monde est dans la cuisine, les yeux rivés sur mon diplomate. Mon horrible diplomate informe et pas appétissant du tout.

— Tu l'as fait tomber ? demande Matt en donnant un coup de cuillère dans la crème quasi liquide. Je n'ai jamais vu un truc pareil.

Un morceau d'ananas flotte à la surface tel un cadavre.

Sarah se penche sur le saladier pour l'inspecter de plus près.

— Laisse-moi deviner... Crème liquide en brique et tout le jus des fruits au sirop ?

Je hoche la tête, tout en regardant Alfie retourner déçu dans le salon pour essayer de trouver d'autres papillottes.

Sarah affiche un grand sourire.

— J'ai raté quelques diplomates de mon temps.

Matt remue la gelée non figée avec sa cuillère.

— Il l'a sacrément bien loupé, cela dit.

Sarah pouffe, et j'envisage sérieusement de quitter la planète. Je suis mortifié. C'est le seul truc que j'avais à faire.

Matt remarque mon air désespéré et me donne une tape dans le dos.

— Rien que *Tesco* ne puisse arranger... Alfie ! Mets tes chaussures. J'ai besoin de ton aide pour sauver le dîner, mon pote !

Alfie s'exécute, tout excité d'accepter sa nouvelle mission, et se dirige vers le magasin avec Matt tandis que Sarah et moi commençons à nettoyer les assiettes.

— Eh bien… c'est embarrassant, marmonné-je en jetant le diplomate visqueux. J'aurais dû me contenter d'acheter quelque chose dès le départ.

— Mais non, rétorque Sarah. Je ne suis pas très bonne cuisinière non plus. Un jour, j'ai fait avaler à un rencard une sauce gravy laiteuse dans laquelle j'avais mis du sucre, parce que le sel et le sucre étaient dans des pots identiques. Je n'étais même pas ivre.

J'éclate de rire mais je me sens toujours aussi bête.

— Bon, plus que trois jours à la caverne ? demande-t-elle en essuyant les sets de table. Tu vas être soulagé d'un poids.

Je mets les couverts dans l'évier puis marque un temps d'arrêt.

— Tu sais, je pensais que je le serais, mais en fait, je suis un peu triste. Ça m'a plu de travailler là-bas. Même avec Izzy.

— Je suis impatiente de partir deux semaines, réplique Sarah. Être cogérante du *Belle Blend* n'est pas aussi glamour qu'il y paraît.

J'affiche un sourire en coin.

— Essaie un peu de répéter la même chose à des enfants à longueur de journée.

— Euh, tu te souviens d'Alfie ? C'est la définition exacte de la parentalité.

Je fais couler l'eau et laisse tremper les plats. J'aimerais lui dire à quel point nos déjeuners et nos discussions vont me manquer, mais ce n'est pas le bon moment. Cela ne le sera jamais.

— Et maintenant ? s'enquiert-elle. Côté professionnel ?

— Eh bien, j'imagine que je vais recommencer à me faire jeter par des cabinets d'avocats après Noël. J'aimerais retourner dans le monde réel. Idéalement, trouver un boulot qui ne consiste pas à demander son âge à quelqu'un en espérant qu'il ne me pissera pas dessus.

— Hmm, c'est ce que tu dis, mais je n'en suis pas convaincue, rétorque-t-elle en s'asseyant. Je crois que les personnages mythiques sont une vocation chez toi. Peut-être le lapin de Pâques, la prochaine fois ?

J'éclate de rire et la rejoins à la table.

— C'est tentant, mais non. Je ne veux pas rester hors circuit trop longtemps. Vu la petite fortune en frais d'inscription que représente mon diplôme, ce serait sympa d'utiliser mes compétences.

Sarah se mord la lèvre inférieure et acquiesce.

— Je vois ce que tu veux dire. Quand Adam, le père d'Alfie, est mort, j'ai dû mettre ma carrière entre parenthèses. J'ai l'impression de gâcher ma formation, mais disons seulement que les peintres n'ont pas vraiment une source de revenus stable.

— Tu es une artiste ?

— Oui. Je n'ai pas toujours été barista ! Seulement, la fin justifie les moyens, et je visualise bien cette fin autour des quarante ans d'Alfie.

— Je suis impressionné, avoué-je. J'étais tellement nul en arts plastiques à l'école. Mon professeur soupirait déjà en me voyant m'asseoir.

Elle sourit en entortillant le bout de ses cheveux.

— J'étais nulle pour tout le reste. Avec ma légère dyslexie et mon esprit rebelle motivé par les hormones, je ne risquais pas de me retrouver à Oxford ou Cambridge. Par chance, je suis rentrée en école d'art et j'ai même fait une petite exposition à Camden. J'ai vendu quelques pièces par la suite. Lily Allen possède trois de mes peintures.

Elle rougit en prenant conscience de se vanter un peu, mais elle a tout à fait le droit d'être fière d'elle.

— C'est génial. Sérieusement. Et tu ne peins plus du tout ?

— Non, répond-elle. Pendant longtemps, j'étais trop triste pour peindre, et ensuite j'étais trop occupée, une fois qu'Alfie est entré en crèche et que je faisais des heures supplémentaires au boulot. Le temps passe tellement vite. Quand tu es seul à avoir la responsabilité d'un bambin, c'est dur de trouver le temps de reprendre son souffle.

— Adam doit te manquer, dis-je, le regrettant aussitôt.

Nous n'avons encore jamais parlé d'Adam. *C'est ça, mentionne le père décédé d'Alfie alors qu'elle célèbre Noël chez son nouveau petit ami. C'est très délicat de ta part, espèce de débile profond.*

— Merde, désolé si c'est trop personnel.

Elle sourit.

— C'est rien. C'était un homme bien… qui me faisait beaucoup rire. C'est tellement injuste. Il aurait suffi que l'autre conducteur fasse une pause… ou qu'Adam parte une heure plus tard…

— C'est injuste, concédé-je.

Sarah s'interrompt et mordille sa lèvre inférieure tremblante.

— Ce qui me rend le plus triste, c'est qu'Alfie n'ait pas passé plus de temps avec lui.

Sa voix s'éteint et ses yeux s'emplissent de larmes, alors je pose mes mains sur les siennes.

— Mon père a disparu avant ma naissance, raconté-je. Et ma mère a dû m'élever seule, ce qu'elle a fait d'une main de maître. Je sais qu'elle aurait voulu que j'aie un modèle masculin dans ma vie, mais si ça peut te consoler, il ne m'a jamais manqué. Elle était tout ce dont j'avais besoin, expliqué-je. Ça n'a jamais été qu'elle et moi ; comme toi et Alfie, j'imagine.

— Ça n'a pas toujours été que nous.

— Bien sûr que non, désolé, dis-je en grimaçant, ignorant quoi dire ensuite. Je veux dire, ma situation est totalement différente, mais je comprends l'absence. Ma mère me manque beaucoup.

Sarah sourit tristement et demande délicatement :

— Elle n'est plus parmi nous ?

— Non, elle est morte quand j'avais vingt ans. Cancer du sein.

Je prends une profonde inspiration en ressentant ce sursaut de tristesse familier dans ma poitrine.

— Il était déjà au stade quatre quand on l'a diagnostiqué. Elle ne m'a même pas dit qu'elle était malade ; enfin, je comprends pourquoi, elle ne voulait pas que je mette ma vie entre parenthèses pour rentrer la regarder mourir, mais j'aurais au moins voulu avoir le choix.

— Tu n'étais pas avec elle ?

Je fais « non » de la tête.

— J'étais à l'université. J'étais avec Matt quand on m'a appelé, et il m'a tenu la main tout du long. Je ne sais pas ce que j'aurais fait sans son soutien. Il est venu m'aider à vider son appartement, a traité avec son propriétaire et s'est occupé de tous les arrangements pour les obsèques. C'est lui qui s'assurait que je me souvienne de manger ou de sortir de l'appartement une fois de temps en temps. Putain, il veillait vraiment au grain.

— Ah. Je comprends pourquoi vous êtes aussi proches.

Je hoche la tête.

— C'est le meilleur.

Et te voilà, dix ans plus tard, à fantasmer sur sa petite amie depuis une semaine. Cette pensée me frappe de plein fouet. Quel genre d'ami ferait ça ? Sarah prend mes remords pour de la tristesse.

— Je suis désolée, dit-elle. La vie est merdique parfois. C'est tellement dur quand les parents tombent malades. Alfie n'a que deux de ses grands-parents, et la sclérose en plaques de mon père a empiré quand il a eu soixante-cinq ans, donc ma mère s'occupe de lui à temps plein. C'est pour ça que je vais chez eux tous les ans pour Noël ; ma maison n'est pas vraiment pratique pour les fauteuils roulants.

Le cœur lourd, elle se tait.

— Putain, quelle conversation pour un réveillon de Noël. Je suis tellement navré, je ne voulais pas te faire de peine, dis-je doucement.

Mais elle secoue la tête, se tamponnant les yeux pour effacer tout signe avant-coureur de larmes.

— Non, ce n'est pas ta faute. Au contraire, tu as rendu les choses bien plus supportables ces derniers temps. Je devrais te remercier.

Elle se penche pour me prendre dans ses bras et je lui rends la pareille, sentant alors son étreinte se renforcer légèrement. J'ai l'impression que c'est la chose la plus naturelle au monde. Quand nous nous écartons l'un de l'autre, nos regards se croisent, comme c'est arrivé des dizaines de fois auparavant. Seulement là, nous ne sommes pas séparés par une table couverte de miettes dans un centre commercial ; nous sommes à quelques centimètres, et je sens encore le contact de ses bras autour de mon cou. Son regard se pose sur ma bouche. J'arrive à peine à respirer.

— LES AVENTURIERS SONT DE RETOUR !

Bordel de merde, je sens mon cœur bondir hors de ma poitrine quand Matt et Alfie franchissent la porte d'entrée, se congratulant l'un l'autre d'avoir réussi la mission gâteau. Sarah s'écarte de moi comme si j'étais une bombe à retardement.

— Waouh. Une réussite ? dit-elle d'une voix brisée. Qu'est-ce que vous nous rapportez de beau ?

Alfie porte soigneusement la boîte jusqu'à la cuisine.

— Un gâteau au chocolat, annonce-t-il. Ils n'avaient que des petits diplomates, mais le gâteau est énoooorme.

— Bien joué, mon pote, dis-je, le cerveau autant en bouillie que mon diplomate. Coupe-moi une part, je reviens tout de suite.

Un peu d'isolement dans la salle de bains est exactement ce qu'il me faut, mais dès que j'ai verrouillé la porte, je me laisse tomber à côté de la baignoire et m'enfouis la tête dans mes mains. *Qu'est-ce qui cloche chez moi ? Sarah a un moment de faiblesse, et je me dis : « Waouh, elle me reluque carrément », alors qu'elle n'en faisait probablement rien. Oh, tu fais chier, Nick, va bouffer ton gâteau et grandis un peu.*

Le dessert valait la peine d'attendre, vu qu'Alfie en a englouti deux parts avant de s'endormir aussitôt sur le canapé, la tête posée sur les genoux de Sarah. Elle s'est comportée comme s'il ne s'était rien passé… parce que c'est le cas. Quoi qu'il se passe dans ma petite tête, ça ne se passe pas dans la sienne.

— Il paraît que tu vas chez les parents de Matt pour Noël. Ça va être sympa, dit Sarah, brisant le silence un peu gênant.

— Ouais, avoué-je. Ce sera... Putain, déjà la neuvième année. Je n'arrive pas à croire que ça fait aussi longtemps. Sa famille est super gentille ; d'ailleurs, ils devraient déjà m'avoir adopté. J'ai fait suffisamment d'allusions comme ça.

Matt éclate de rire en m'appelant « Nick Sans Famille ».

Le rire de Sarah fait sursauter Alfie, et elle décide qu'elle ferait mieux de le ramener à la maison.

— On prend le train tôt demain matin et j'ai encore les bagages à finir.

— Merci pour le bourbon, dis-je, un grand sourire aux lèvres. Je suis super content.

— Avec plaisir. Merci à *toi* pour le robot d'Alfie. Ça va l'amuser pendant le séjour.

— Avec plaisir. Passez un joyeux Noël. Salut, mon pote !

Je la regarde mettre son manteau à Alfie, puis je disparais dans la salle de bains pour leur laisser un peu d'intimité. Lorsque j'entends la porte se refermer derrière Sarah et Alfie, j'éprouve à la fois de la tristesse et du soulagement. Passer du temps avec elle devient plus éprouvant que j'aurais pu l'imaginer. Matt débarrasse la table dc la salle à manger tandis que *Last Christmas* commence à résonner. Je coupe aussitôt la musique, avant que Matt ne se mette à chanter toutes les paroles. J'ai ressenti suffisamment d'émotions gênantes pour ce soir.

Chapitre 18

— Et ça, mes petits elfes, c'est un « clodo » !

Tout le monde me dévisage d'un air perplexe.

— Pigé ? Parce que c'est un cadeau et que nous venons de clôtur… Laissez tomber.

Bougonnant dans ma barbe, je me tourne pour ramasser les paquets non distribués tandis que, autour de moi, les clients de dernière minute du jour du réveillon se précipitent pour acheter tout et n'importe quoi. Izzy accroche la corde et clôture officiellement la caverne, pendant que Géraldine rôde dans les parages, rappelant à tout le monde que les costumes doivent être laissés dans son bureau avant notre départ.

— Puis-je vous dire deux mots, Nick ?

Non. Un seul mot, Géraldine.

La tête en sueur sous mon bonnet, je pose les cadeaux et me dirige vers elle.

— Tout va bien ?

— Oui, répond-elle, le visage sans la moindre expression. Je voulais seulement vous remercier pour votre bon travail ces dernières semaines.

— Oh ! m'exclamé-je, surpris. Aucun problème. C'était… une expérience.

— Izzy, en particulier, a exprimé le fait que vous étiez une belle plus-value cette année. Donc, l'an prochain, si vous le souhaitez, nous serons ravis de vous reprendre.

Izzy a dit quelque chose de gentil à mon sujet. Nom de Dieu, j'ai vraiment assuré avec les miracles de Noël.

— Merci, dis-je. J'espère avoir repris un poste à temps plein d'ici là mais…

… Eeet elle est déjà repartie.

— Il n'y a donc pas une seule personne un minimum sociable qui travaille ici ?

Je ne pose la question à personne en particulier, mais Laura m'entend et éclate de rire.

— Hé, Père Noël, tope là ! s'écrie-t-elle.

Je me sens obligé de m'exécuter, mon gant rembourré émettant un bruit sourd au contact de sa main. Ça n'a vraiment rien de jouissif.

— Alors, qu'est-ce que tu fais pour Noël ? demande Laura en retirant son bonnet.

Je ne me ferais pas prier pour enlever le mien mais, en dépit de ma folle envie de brûler mon costume entier, il y a encore des enfants autour de nous.

— Un Noël tranquille, dis-je en continuant de ramasser les cadeaux. Comme d'habitude.

— Rien que toi et ta petite amie ?

— Pas de petite amie, répliqué-je, ouvrant un coffret d'assortiments pour manger ouvertement un Snickers.

Je n'en ai plus rien à faire.

— Je suis célibataire, précisé-je.

Alors que je lui tends un Mars, elle me dévisage d'un œil perplexe.

— « Célibataire » ? Mais la fille du café ? Je croyais...

— Je te l'ai dit, intervient Izzy en passant à côté. Tu vois ! Tout le monde le pense... Laura le pense...

— C'est juste une amie ! m'offusqué-je. Et il se trouve qu'elle sort avec mon meilleur ami.

— ... je le pense, continue Izzy en agitant les mains sans m'accorder la moindre attention. Christine le pense aussi, et même Charles, le vigile avec la barbe ridicule... oh, et sans parler de la femme à l'œil bizarre qui fait la soupe végane, comment elle s'appelle déjà...

— Je m'en vais maintenant, décrété-je. (Mais elle continue de parler.) Joyeux Noël à vous tous.

Je retourne vers la salle de pause, à la fois agacé et un peu embarrassé. Ça crevait les yeux à ce point ou les gens n'ont seulement rien de mieux à faire que de fouiner dans la vie des autres ? Je prends mes vêtements dans le vestiaire et me dirige vers les toilettes des hommes pour enlever ce costume chaud qui gratte pour la dernière fois.

En revenant, je tombe sur Laura qui paraît un peu gênée.

— Je ne voulais pas t'offenser, commence-t-elle.

Mais je l'interromps aussitôt, lui assurant que je vais bien et que je veux seulement rentrer chez moi.

— Viens boire un verre avec moi, offre-t-elle. Il y a un pub sympa au coin de la rue.

— Merci pour la proposition mais honnêtement, je suis fatigué et…

— Arrête de te comporter comme un vieux ! Je veux dire, ce n'est pas comme si tu étais pressé de retrouver ta copine… Laisse-toi un peu aller, grand-père.

Je ne peux m'empêcher de rire. Avec cette voix suraiguë, son impertinence est plutôt charmante.

— D'accord, pourquoi pas, accepté-je.

Matt est parti chercher la voiture de location pour aller chez ses parents, et a prévu de sortir avec ses collègues de travail jusqu'à pas d'heure. Peut-être qu'un verre est précisément ce qu'il me faut.

— Un détective privé ? Tu te fiches de moi. Je ne suis même pas sûr que ce soit un vrai travail.

Laura hoche la tête, s'efforçant de guider la paille jusqu'à sa bouche en s'adossant au mur. On est dans ce pub depuis presque trois heures et on n'a toujours pas trouvé de chaise. Ça m'embête un peu qu'elle soit beaucoup plus bourrée que moi ; j'ai beau essayer, je n'arrive pas à me laisser aller.

— Ouais. J'ai envie d'enquêter sur des trucs, explique-t-elle. Comme Jessica Jones, mais sans les super-pouvoirs.

— Soit, répliqué-je, faisant semblant de savoir qui est Jessica Jones.

Si elle a des super-pouvoirs, je parie qu'Alfie doit connaître. Je me demande comment il va…

— Et si tout foire, je serai peut-être une elfe pour le restant de mes jours !

— Y a pire, assuré-je en faisant tourner mon fond de bière dans la bouteille. Une autre tournée ?

Elle examine son verre.

— Peut-être un cocktail, hésite-t-elle. Un truc fort, ce gin ne me fait pas grand-chose.

Le fait que ses yeux partent dans tous les sens me laisse penser qu'en fait, ce gin a exactement l'effet escompté. Je souris en pensant à quel point Sarah est mignonne quand elle est éméchée. Elle fait ce truc avec ses cheveux où…

— La Terre à Nick…

La voix de Laura me sort de ma transe momentanée, et je remarque que ses yeux baladeurs sont maintenant fermement rivés sur moi. Elle a vraiment envie de ce cocktail, je présume.

J'arrive au bar, mais je me retrouve à poireauter une éternité derrière au moins sept personnes. À seulement quinze minutes du jour de Noël, tout le monde est de bonne humeur, mais je ne suis pas tellement dans l'ambiance. Laura a été une chouette distraction, mais ça n'a pas empêché Sarah de faire des incursions dans mon esprit. Il faut que je me débarrasse de cette atroce sensation de manque, mais pas ici. J'ai besoin de rentrer chez moi, de faire une nuit correcte avant de prendre la route pour aller chez les parents de Matt demain matin. Abandonnant l'idée d'avoir un verre avant minuit, je fais demi-tour et vais retrouver Laura.

— Personne ne sera servi avant un bon moment, expliqué-je. Je pense que je vais en rester là.

— Super idée, réplique-t-elle. Chez moi ou chez toi ?

Je suis sincèrement surpris par sa réponse et m'étouffe avec mes dernières gorgées de bière.

— Oh ! Non, je voulais dire…

Elle s'aide de ses bras pour se décoller du mur et essaie de mettre son manteau, manquant la manche à plusieurs reprises avant d'arriver à l'enfiler. Même si je voulais la ramener chez moi, elle est bien trop déchirée. Je sors mon téléphone et lance l'application Uber.

— C'est quoi ton adresse ? Tu veux qu'on partage ?

Elle se serre contre moi en gloussant.

— « Santa, baby… »

Oh merde, elle chante. Je regarde autour de moi dans l'espoir que personne d'autre n'assiste à ce moment.

— « Viens manger mes petits beignets… »

— Je crois que c'est « garnir mes petits souliers », mais peu importe, donne-moi juste ton adresse…

— « Je t'attendrai sous la cheminée… be doo be doop ».

OH MON DIEU, c'est abominable ! Les gens commencent à nous regarder. Je la prends par le bras et essaie de la guider vers la porte, mais elle m'empoigne par le col et plante fermement sa bouche sur la mienne. J'envisage un instant de la laisser faire pour l'empêcher de chanter, mais en définitive, je la repousse délicatement et recule d'un pas.

— Laura, tu es une fille géniale mais je ne recherche pas quelque chose de…

— « Santa babbbbyyy… ».

— Laura, tu m'entends ? Je rentre chez moi. Tout seul.

Le sourire sur son visage s'efface d'un seul coup.

— Sérieusement ? Mais c'est Noël !

— Je suis désolé… Écoute, il est tard, je viens de commander un Uber, laisse-moi te déposer…

Elle commence à glousser.

— Est-ce que je viens juste de me faire jeter par un Père Noël de supermarché ? C'est nouveau, comme manière de toucher le fond. Bordel, pourquoi les hommes sont tous des connards ?

— Waouh, d'accord, dis-je. Je vais peut-être…

— Bien. Fourre-toi ton Uber dans le cul, je vis au bout de la rue au-dessus de la friterie, non pas que ça te regarde.

— C'est toi qui viens littéralement de me le dire.

Je l'entends alors proclamer devant le pub entier que j'ai « sans doute une bite de la taille d'une saucisse cocktail de toute manière », tandis que je me sauve discrètement, confus et légèrement blessé par sa réflexion alcoolisée. Ma bite fait au moins la taille d'une saucisse normale.

Une fois dehors, je vérifie mon téléphone et m'aperçois que personne n'a encore accepté ma course en Uber. C'est tout bonnement parfait. Il fait -3°C, et je vais devoir rentrer chez moi à pied.

Enfouissant les mains dans mes poches, je commence mon trajet, mes bottes crissant sur la glace tout juste formée sur le trottoir. À la même heure l'année dernière, j'étais juriste d'entreprise, et j'embrassais ma superbe petite amie Angela à une fête avec open-bar dans Kensington. Aujourd'hui, je suis un Père Noël au chômage qui rentre retrouver un appartement vide.

Alors que j'accélère le pas, mon téléphone vibre dans ma poche.

Joyeux Noël, Nick ! Bisous, Sarah et Alfie

Mon explosion de joie intérieure en recevant son message cède vite la place à mon cri de surprise parfaitement audible, lorsque je glisse et me retrouve à plat sur le dos. Saloperie de glace, pourquoi me détestes-tu à ce point ? Qu'est-ce que j'ai bien pu te faire ?

— Ça va, mec ? lance une voix de l'autre côté de la rue.

Je brandis un pouce en l'air tandis qu'ils passent leur chemin, mais la douleur violente dans mon postérieur m'indique le contraire. Je reste étendu là un moment, me demandant comment cette soirée pourrait encore empirer, lorsque la mélodie de *Jingle Bell Rock* commence à résonner dans la nuit depuis un appartement voisin.

C'est ça, ouais. Joyeux Noël.

Chapitre 19

—Elle t'a vraiment chanté *Santa Baby*... au beau milieu d'un pub ?

—Ouais, avoué-je tandis que Matt et moi remontons l'allée menant à la maison de ses parents.

Leur jardin est parfaitement entretenu, même en hiver, avec des conifères couverts de givre et des buissons de houx dégarnis, leurs fruits ayant été dévorés par des oiseaux affamés.

—C'était tellement bizarre, continué-je. Je ne savais plus où me mettre. Cette soirée entière a été un désastre, mec, même avant que je me fasse mal au cul.

Matt pose son sac devant la porte d'entrée et sonne. Un joyeux « ding-dong » retentit alors, rien à voir avec la sonnerie stridente que nous sommes contraints d'endurer à la maison. Je jette un coup d'œil par la fenêtre du salon et vois scintiller les éclairages du sapin, ainsi que la douce lumière du feu de cheminée, me donnant l'impression d'être un orphelin sorti d'un roman de Dickens. J'arrive presque à entendre les chorales de Noël. Les Buckley possèdent une grande maison de cinq chambres dans la campagne du Surrey. C'est un cadre scandaleusement pittoresque, et sans doute un endroit merveilleux pour grandir. Maman et moi habitions un T3 en rez-de-chaussée, avec un problème d'humidité et des voisins qui n'ont jamais saisi le concept du calme. Même si Matt est parti depuis des années, ses joues portent toujours l'éclat rosé des garçons de la campagne.

— Sarah t'embrasse, m'informe Matt en plaquant son visage contre la vitre givrée de la porte. Alfie s'éclate apparemment. Il lui en fait voir de toutes les couleurs.

— Tu lui as parlé ?

— Seulement par message. Je l'appellerai tout à l'heure.

Je ne précise pas qu'elle m'a aussi envoyé un message hier soir. Il sait qu'elle a mon numéro pour le baby-sitting, mais je ne veux pas qu'il interprète quoi que ce soit. Je ne devrais peut-être pas non plus.

Enfin, la porte s'ouvre, et nous sommes accueillis par la mère de Matt, Maureen, qui porte le pull blanc le plus molletonné que j'ai jamais vu, et leur golden retriever Harvey qui nous manifeste son indifférence en poussant un petit grognement.

— Voilà mes garçons ! s'exclame-t-elle en arborant un sourire radieux. Oh, je suis tellement contente que vous soyez là. Vite, entrez, il fait froid.

Je lui rends son sourire tandis qu'elle nous pousse à entrer. Depuis le décès de ma mère, Maureen s'est assurée que j'aie toujours l'impression de faire partie de la famille. Je reçois des cartes d'anniversaire, des cadeaux de Noël, et ils m'ont même convié à leur dîner de célébration, quand Matt et moi avons obtenu nos diplômes.

— Joyeux Noël, maman, dit Matt en l'embrassant sur la joue. Tu es rayonnante. Nouveau pull-over ?

— Un cadeau de ton père, répond-elle en tournant sur elle-même. J'en suis très contente. Comment vas-tu, Nick ?

Elle me serre dans ses bras et je lui réponds que je vais très bien, omettant à peu près tout ce qui s'est passé ces derniers mois. Nous posons nos sacs en bas de l'escalier et nous dirigeons vers le salon.

— James, arrête de bidouiller ce truc, les garçons sont là.

Le père de Matt pose son enceinte connectée sur l'accoudoir du canapé et retire ses lunettes. La maison entière embaume un parfum de cannelle et de baies, avec de légères notes de Harvey mouillé.

— Désolé, chérie, j'essaie seulement de synchroniser ce machin. Joyeux Noël ! s'exclame-t-il en nous prenant tous les deux dans ses bras. Comment s'est passé le voyage ?

— Génial ! répond Matt en s'asseyant sur le canapé. Pas un chat sur la route… Maman, tu as offert Alexa à papa pour Noël ? C'est un peu comme si une autre femme vivait avec vous.

— Oui ! répond-elle en regonflant les coussins à côté de moi sur le canapé. J'ai pensé que ça l'amuserait ! Ça lui donne un autre sujet de conversation que Harvey et moi.

J'éclate de rire pendant que James réfléchit à cette remarque, avant de manifester son approbation. On voit bien qu'ils s'adorent, et je n'ai jamais entendu aucun des deux hausser le ton depuis que je les connais. Matt m'a raconté un jour qu'ils voulaient une famille nombreuse mais n'avaient pu aller au bout que d'une seule grossesse. Ils avaient largement assez d'amour et de gentillesse pour vingt enfants de plus, et j'ai eu la chance d'en recevoir une partie. Quand Matt finira par leur donner des petits-enfants, il se pourrait bien qu'ils explosent littéralement de bonheur.

La mère de Matt pousse les plats d'amuse-bouches vers moi, tandis que Harvey s'assied directement sur mon pied pour que je lui gratte la tête. C'est le même rituel chaque année.

— La maison est très bien décorée, madame B., dis-je en prenant un blini au saumon fumé. Merci de m'accueillir.

— Ça nous fait plaisir, Nick, réplique-t-elle. Ce ne serait pas pareil sans toi. Matt, donne donc un coup de main à ton père avec ce truc, tu veux ?

Elle part d'un pas léger dans la cuisine pendant que Matt et moi prenons en main la configuration du nouveau jouet de son père. J'imagine que cette responsabilité incombe à tous les enfants, quand leurs parents vieillissants mettent la main sur une technologie développée après 1993.

Après avoir marmonné dans sa barbe un moment, j'entends Matt dire :

— Alexa, quel temps fait-il ?

Le visage du père de Matt s'illumine lorsqu'il entend son nouvel appareil lui dire qu'il fait -2°C avec une légère brise, même s'il s'agit d'une information qu'il pourrait obtenir en mettant le nez à l'extérieur.

— Mets de la musique ! crie la mère de Matt depuis la cuisine. Quelque chose dans l'esprit de Noël !

— Surtout pas *Jingle Bell Rock*, imploré-je, mon derrière douloureux me signifiant son accord. Tout mais pas ça.

Matt se tourne vers moi, un sourire se dessinant lentement sur son visage.

— Alexa, joue-nous *Santa Baby*.

— Alors, Nick. Parle-moi de cette fille que Matt fréquente ; il faut toujours lui tirer les vers du nez pour apprendre quoi que ce soit. Tu sais comment il est.

Matt attrape une salière en forme de mini *Christmas pudding*, levant les yeux au ciel tel un adolescent grincheux.

— Vraiment, maman ? Je suis juste là.

Il y a de quoi nourrir un régiment : de la dinde, du bœuf, des saucisses cocktail, trois types de farce, des cornichons, des pommes de terre, de la sauce aux canneberges faite maison, ainsi que des légumes préparés de façons que je n'arrive même pas à prononcer. Ils ont même les *vraies* papillottes de Noël, pas celles qui ne font pas de bruit, contiennent de mauvaises blagues ou menacent de blesser quelqu'un en explosant.

— Sarah ? Elle est cool, dis-je en rajoutant quelques choux de Bruxelles dans mon assiette. Je veux dire, qui aurait cru que les épouses russes étaient si bon marché ?

Le père de Matt rit à gorge déployée, tandis que sa mère paraît horrifiée un instant.

— Il plaisante, maman, intervient aussitôt Matt en me faisant les gros yeux pour que je l'aide à rassurer sa mère. Elle est cogérante d'un café… Elle a fait ses études dans les Cotswolds où elle passe Noël en famille.

— Oh, les Cotswolds sont une région charmante, reprend la mère de Matt, déjà bien moins accablée. Ton père et moi y sommes allés plusieurs fois. Il y a de belles églises.

— Vous aimerez Sarah, madame B., confirmé-je. C'est une maman géniale…

— Elle a un enfant ?

Je souris en voyant les sourcils de Maureen se hisser au-dessus des bordures de ses lunettes.

— Eh bien, c'est… inattendu.

Matt hoche la tête.

— Alfie. Il a quatre ans. Ils sont tous les deux fantastiques. Je suis très heureux, maman, tu peux te détendre. Elle est bonne à marier.

— C'est une merveilleuse nouvelle, fiston, dit son père. Nous sommes impatients de la rencontrer.

Voir la mère de Matt sourire jusqu'aux oreilles me tord les tripes. Que toute la famille soit maintenant investie dans cette relation me fait bêtement mal au cœur. Ça rend leur couple encore plus réel. J'ai beau vouloir me réjouir pour lui, au fond, j'ai envie d'être celui qui fanfaronne au sujet de Sarah, parce que personne d'autre que moi, pas même Matt, ne saurait lui rendre justice.

— Et toi, Nick ? demande-t-elle en me resservant du vin. Comment ça se passe de ton côté ?

— Euh… bien, dis-je en mentant, jetant un coup d'œil à Matt qui affiche un sourire en coin, conscient que c'est à mon tour de passer au crible parental.

Putain, j'ai l'impression d'avoir de nouveau quinze ans.

— Pas grand-chose à raconter ! Ces choux de Bruxelles sont divins, madame B., avez-vous…

— Ne sois pas modeste, Nick, insiste Matt, son rictus annonçant maintenant une vengeance pour la remarque sur les épouses russes. Je suis certain qu'ils adoreraient tout savoir de ta nouvelle situation professionnelle !

— L'un d'entre vous a eu une promotion à la Kensington Fox, les garçons ?

Je souris poliment au père de Matt en secouant la tête.

— Pas exactement… Je ne travaille plus pour eux. C'est une histoire amusante, en fait ; vous voyez…

— Non seulement il a fait une intoxication alimentaire et a vomi sur la femme d'un client, les informe Matt, mais en prime, il a porté le chapeau pour l'erreur d'un junior, donc il s'est fait virer. Un geste noble, mais tellement stupide.

Si Matt était mon véritable frère, je lui aurais déjà cassé un bras.

— Oh, mon Dieu ! s'exclame Maureen. Navrée d'entendre ça, Nick. Où travailles-tu maintenant ?

— Au pôle Nord, marmonne Matt, la bouche pleine de dinde. C'est le Père Noël.

— Oh, un peu de tenue, le gronde sa mère, c'est ridicule. Vous, les garçons, et vos blagues idiotes.

— Ridicule, certes, mais pas moins vrai, confessé-je, mon visage virant aussitôt couleur canneberge. Au centre commercial *Southview*… enfin, jusqu'à hier – il n'y a plus vraiment besoin d'un Père Noël après le jour du réveillon. Donc je présume que je suis de nouveau officiellement au chômage ! Vive moi !

Le silence se fait autour la table tandis que j'attrape les pommes de terre rôties, et, l'espace d'un instant, je commence à paniquer à l'idée d'avoir gâché le dîner de tout le monde avec mon déprimant conte de Noël. Même Harvey pousse un petit gémissement depuis son panier, dans le coin de la salle à manger.

Bien joué, Nick. Tu devrais peut-être évoquer ta mère tout à l'heure, histoire que l'ambiance soit vraiment festive !

— Eh bien, Nick, finit par dire James. Je crois qu'on peut dire que ça sent le sapin.

Matt crache dans son vin, et les rires aux éclats qui suivent sont un soulagement. Je n'ai jamais été aussi ravi d'entendre une blague paternelle de toute ma vie.

Après le dîner, j'aide à la vaisselle pendant que Matt et son père vont à l'extérieur savourer leur cigare rituel des fêtes. J'ai essayé d'en fumer un il y a trois ans et je suis devenu plus vert que le sapin de Noël. De toute manière, j'aime bien aider Maureen à ranger ; ça me donne un peu l'impression de gagner ma croûte.

— Il est vraiment heureux ? s'enquiert-elle en vidant une assiette dans la poubelle. Je m'inquiète, tu sais, cette fille a un fils et…

— Il va bien, madame B., assuré-je. Vous devriez les voir réunis… On dirait une vraie petite famille. À vrai dire, c'est moi qui l'ai présenté à Sarah : elle travaille au centre commercial aussi, et Alfie est venu à la caverne. C'est un enfant génial. Et honnêtement, Matt est heureux. Inutile de vous en faire pour lui.

Elle éclate de rire.

— Je m'en ferai toujours, ça va avec le reste... Mais cette Sarah, a-t-elle la tête sur les épaules ?

— Oh, elle a vraiment les pieds sur terre, affirmé-je, presque sur la défensive. Rusée comme un renard. Elle n'est pas...

— Elle n'est pas *elle*, Nick.

Le visage de Maureen se crispe, et elle pousse un soupir en pliant un torchon.

— Karen ?

Elle hoche la tête.

— Et c'est bien ce qui m'inquiète.

Je comprends son inquiétude – parfois, ça donne l'impression que Karen est le Voldemort de la maison Buckley. Même après trois ans, son nom est toujours prononcé du bout des lèvres, comme si le dire à haute voix allait la faire apparaître devant Matt pour lui briser de nouveau le cœur. Putain, quand je pense qu'il n'arrive même pas à regarder un portefeuille sans éprouver de nostalgie...

Ce n'était pas bien difficile de comprendre pourquoi Matt s'était autant épris de la grande blonde à côté de laquelle il s'était assis à son tout premier cours à la fac : elle était sublime. Mais pour lui, elle représentait plus que ça. Elle était son alter ego : bonne au tennis, orientée sur sa carrière et têtue comme une mule. En Karen, il avait trouvé son âme sœur.

La mère de Matt approche un tabouret de l'îlot central couleur crème et me fait signe de me joindre à elle.

— Tu te souviens de l'état dans lequel était Matt quand elle est partie pour New York, poursuit Maureen. Je ne l'ai jamais vu aussi bouleversé. Ça me terrifie de penser à ce qui aurait pu se passer si tu n'avais pas emménagé avec lui.

Je hoche la tête. Matt avait été là pour moi après la mort de ma mère, donc il était hors de question que je le laisse affronter seul sa rupture avec Karen. Je savais qu'il avait besoin de compagnie – que rester seul dans l'appartement qu'il avait partagé avec elle était un calvaire. Matt n'est pas du genre à se montrer vulnérable, mais il croyait que Karen était la bonne, et la perdre lui avait fait vraiment mal. À l'époque, j'étais toujours en colocation avec Greta et Harriet, et, de toute manière, la sœur de Harriet cherchait une chambre, donc rompre le bail n'était pas un problème. J'ai emménagé avec Matt le jour qui a suivi le départ de Karen et je suis devenu son pilier, le soutenant jusqu'à ce qu'il tienne de nouveau sur ses jambes. Ça a pris du temps, mais nous y sommes arrivés.

— Il s'en est sorti, insisté-je. Il a tourné la page.

— « S'en sortir » n'est pas la même chose que s'en remettre, réplique Maureen.

Mme B. est tellement sage.

—Tout aurait été différent s'ils avaient rompu parce qu'ils n'étaient plus amoureux l'un de l'autre, mais elle a seulement pris un chemin différent, ajoute-t-elle.

—Sarah lui fait du bien, dis-je avec fermeté, ne sachant pas trop si c'est elle ou moi que j'essaie de rassurer. Vous avez vu comme son visage s'illumine quand il parle d'elle.

Elle fait un hochement de tête approbateur et sourit, s'efforçant de dissimuler son désarroi évident.

—J'espère que tu as raison. C'est une tout autre affaire quand il y a un enfant dans l'histoire… Je veux seulement éviter qu'il déçoive qui que ce soit, s'il n'est pas prêt pour tout ça.

—Ne vous en faites pas, répété-je. Sarah n'est pas bête, et Matt non plus. C'est le meilleur… En fait, ils le sont tous les deux.

La porte de la véranda s'ouvre et le rire profond et jovial de Matt envahit la pièce.

—Tu es un bon garçon, Nick, dit Mme B. en se levant. Nous t'avons tous en très haute estime ; Matt a de la chance d'avoir un si bon ami.

Alors qu'elle se penche pour m'enlacer, j'ai l'impression qu'on vient de me cogner dans le ventre. Matt est plus qu'un ami pour moi ; il est ma famille. Ils le sont tous. C'est moi le chanceux, et je me fais le serment de ne pas laisser mes sentiments pour Sarah prendre le dessus sur ma loyauté envers Matt. Peu importe ce que me raconte cette petite voix dans ma tête, Sarah n'est pas ma Karen. Elle ne m'a pas quitté, parce qu'elle n'a jamais été à moi, et si Matt arrive à faire l'impasse sur l'amour de sa vie, alors je peux bien renoncer à la meilleure chose qui me soit arrivée.

Le lendemain matin, Matt emmène Harvey en balade, et je me joins à lui. Ses parents vivent à quelques minutes de marche d'un immense champ où tout le monde promène ses meilleurs amis à poil. Je n'aime pas vraiment les chiens. Ils représentent une grosse surcharge de travail pour quelques malheureuses léchouilles en retour. Les chats sont plus mon truc. Enfin, techniquement, c'était les rennes mon truc, ces derniers mois, mais un chat semble un choix bien plus réaliste à Londres. J'imagine mal Rudolph dans notre T3.

— J'ai parlé à Sarah ce matin, annonce Matt. Ils ont l'air de s'éclater. Alfie a demandé à te parler, mais je ne voulais pas te réveiller.

— Oh, ça ne m'aurait pas dérangé, assuré-je en ramassant le bâton que Harvey a déposé à mes pieds. Les gens ne se bousculent pas au portillon pour me souhaiter un joyeux Noël…

Je lance le bâton et Harvey galope aussitôt, mais il est intercepté par un courageux petit boxer qui l'attrape en premier, le rapportant à une femme vêtue d'une veste orange vif. Matt pousse un gémissement.

— Pas possible ! J'y crois pas.

— Ben, il a attrapé le bâton… C'est assez courant chez les chiens.

Matt salue la femme qui s'avance maintenant vers nous, le sourire aux lèvres.

— Kirstie Jardine, souffle-t-il à voix basse. Putain, je ne l'ai pas revue depuis le lycée.

— Matt Buckley, en chair et en os ! s'exclame-t-elle, le visage soudain rougi par l'air froid. Comment vas-tu ?

— Je me disais bien que c'était toi, réplique-t-il en s'approchant pour l'enlacer. Je vais bien, et toi ? Punaise, ça fait un bail !

J'observe d'un œil amusé tandis que Matt régresse jusqu'à ses quatorze ans, redevenant l'adolescent prétentieux et lourdingue qu'il était à l'époque et plaisantant de leurs années lycée et de leurs amis communs. Vu la façon faussement effarouchée dont ils se regardent, il est évident qu'il y avait un truc entre eux. Bordel, je ne peux vraiment pas passer une seule journée sans avoir l'impression de tenir la chandelle à Matt ?

— Je ferais mieux d'y aller, finit par dire Kirstie, en attrapant la laisse de son chien chapardeur.

Elle lui reprend le bâton volé de la gueule et le tend à Matt.

— Ça m'a fait tellement plaisir de te voir ! Salue ta mère et ton père de ma part.

— Je le ferai, répond-il. Prends soin de toi !

Quand Matt la regarde s'éloigner, je vois une lueur apparaître dans son regard, rien qu'un court instant.

— Oh oh, lancé-je, le ramenant brusquement à la réalité. Fais attention à ne pas tomber dans le terrier du lapin blanc, mon pote.

Il affiche un sourire en coin.

— Non, ça va. Seulement, elle est toujours aussi belle. Kirstie a été ma première… vraie… petite amie…

— Et par « vraie », tu entends que tu l'as sautée ? Que tu as tiré ta crampe, trempé ton biscuit, débourré le mammouth ?

— La ferme ! Et elle n'avait rien d'un mammouth. C'était la fille la plus canon de l'école : intelligente, drôle, populaire et, oh putain, elle faisait ce truc dingue avec sa langue…

— Oh ! Je n'ai vraiment, vraiment aucune envie de savoir.

Je fais semblant de vomir, et Matt me bouscule.

— Sérieusement. Ça fait bizarre de la voir avec la bague au doigt – c'est une adulte maintenant. Dans ma tête, elle a toujours seize ans. Elle a été la seule fille que j'ai jamais aimée… enfin, en dehors de Karen.

Le nom de Karen exerce aussitôt son emprise magique, et un blanc gênant s'installe pendant que nous continuons à nous promener.

— Les fantômes des relations passées et tout ça…, finit par dire Matt avec un sourire triste.

Je m'interroge alors sur ce que Mme B. a dit hier soir.

— Ça pourrait être pire, Matt, mon ex fait comme si je n'avais jamais existé.

Je fais une grimace dans l'espoir de détendre l'atmosphère.

Matt éclate de rire et lance de nouveau le bâton à un Harvey impatient.

— La chance va tourner, mon pote. Peut-être que tu devrais tenter Tinder ou un truc dans le genre ? suggère-t-il. Rencontrer quelqu'un qui ne serait ni une sociopathe voleuse de tee-shirts ni une elfe à temps partiel ?

— « Tinder » ? Non. Plutôt crever ! m'écrié-je en reprenant la corvée de bâton. Tu as oublié la fille avec le tatouage dans le cou ? Elle se l'est fait faire en prison – et j'ai vraiment craint pour ma vie. Elle m'a proposé de voir sa collection de couteaux. Il y a aussi eu celle qui a essayé de me grimper dessus au cinéma. On m'a demandé de sortir en plein milieu d'*Avengers: Endgame* parce qu'elle ne voulait pas descendre de mes genoux. Et ça, c'est uniquement celles que j'ai rencontrées. Je ne parle même pas des centaines d'autres qui ont eu l'incorrection d'ignorer mes phrases d'approche savamment étudiées. Qu'est-ce que ma tête a d'aussi rebutant pour qu'elles ne daignent même pas m'envoyer un malheureux « Salut » ? Les rencontres en ligne, c'est beaucoup trop brutal. Les gens qui arrivent à faire le tri entre les psychopathes et les garces et trouvent de quoi construire une relation sur Tinder ne cesseront jamais de m'étonner. Mais ça ne me dérange même pas ces temps-ci. Il faut que je me concentre sur le boulot, maintenant que mon règne en tant que saint Nick est terminé.

— Je parlais seulement de t'envoyer en l'air, mon pote, pas d'une véritable relation. Je pense que tout ce baby-sitting et ces conneries de Père Noël ont ruiné ton pouvoir de séduction. Ta main droite doit être éreintée. Il faut que tu retournes dans l'arène.

Au lieu de lui rappeler que mon pouvoir de séduction est toujours bien vivant et fait des ravages – auprès des monitrices de patinage en chaleur et des elfes un peu trop amicales –, je me contente de lui dire qu'il a sûrement raison et que je vais y penser, même si je ne le ferai pas. Mon cerveau n'arrêtera pas de sitôt de me torturer avec Sarah – sa bouche, son sourire, ce que j'ai ressenti quand elle m'a pris dans ses bras pendant le repas de Noël. Il a raison au sujet de ma main droite, cela dit – si je ne fais pas attention, je vais me faire une élongation chronique. Le rendez-vous médical qui s'ensuivrait serait particulièrement gênant.

Lorsque nous retournons chez les parents de Matt, ils nous accueillent avec un énorme petit déjeuner qui est plus que bienvenu. Les balades en plein air me donnent toujours une faim de loup, tout comme la natation quand j'étais enfant. Par chance, le moindre repas dans la maison de Matt ressemble aux banquets donnés à Poudlard.

— Je n'ai pas mis de ketchup sur tes petits pains, chéri, dit Maureen à Matt en posant une énorme assiette de pâtisseries sur la table, juste à côté d'une immense pile de bacon et d'un saladier d'œufs brouillés. Je sais à quel point tu es particulier. Bien profité de la balade, Nick ?

— Oui, merci, assuré-je. J'avais oublié l'odeur de l'air pur. Par contre, il fait froid ici, je crois que mon visage est complètement figé.

— Oh, ça me fait penser, nous informe la mère de Matt, Lionel et Kitty viennent à 14 heures, et Kitty s'est fait injecter un peu trop de botox…

— On dirait qu'elle a fait une attaque, intervient le père de Matt. J'éviterais d'aborder le sujet si j'étais vous.

— Oh, ce n'est pas si mal que ça, James, proteste Maureen. On dirait seulement qu'elle a subi une chirurgie dentaire. Heureusement, ce sera passé d'ici à ce qu'on parte en croisière.

— Quand partez-vous ? m'enquiers-je entre deux bouchées de petit pain au bacon.

Bon sang, qu'est-ce que j'aime être ici.

— Le 29. Juste un petit tour des îles Canaries pour le nouvel an.

— Qui s'occupe du chien ? demandé-je en regardant Matt retirer soigneusement les champignons de ses œufs brouillés.

— Ma sœur, Yvonne, répond-elle. Si elle le gâte autant que ses renards, il va se régaler.

— Elle a des renards domestiques ?

— Non, mais elle nourrit n'importe quel animal qui s'aventure dans son jardin. On se croirait dans cet effroyable film de Hitchcock, avec toutes les mangeoires à oiseaux qu'elle a.

— J'ai bien peur qu'on doive rentrer après le petit déjeuner, maman, la prévient Matt. Je travaille demain, il faut qu'on rende la voiture… Plein de trucs à faire.

— Oh, quel dommage, réplique-t-elle. C'était tellement agréable de vous avoir tous les deux. Peut-être que l'an prochain, je prévoirai deux couverts de plus…

Elle me fait un clin d'œil et jette un regard plein d'espoir à Matt.

Matt émet un petit gloussement.

— On verra bien…

Je quitte la maison Buckley armé d'une nouvelle robe de chambre avec des chaussons assortis, de produits de toilette, ainsi que d'autant de restes de nourriture que nous pouvons en emporter. Ça me fait bizarre de savoir que je ne suis attendu nulle part demain. Pas d'enfants à distraire, pas d'Izzy à calmer et, hélas, pas de Sarah avec qui déjeuner.

Heureusement, cela implique aussi que je n'aurai plus jamais à revoir Laura.

Le trafic est fluide mais constant, le mouvement de la voiture me berçant suffisamment pour piquer du nez brièvement. Matt me notifie que ce comportement est indigne d'un copilote en baissant la vitre contre laquelle repose ma tête. Il trouve ça nettement plus drôle que moi.

— Qu'est-ce que tu fais pour le nouvel an ? demande-t-il alors que j'essaie de me réinstaller confortablement. Le *Basement* organise sa fiesta habituelle – un événement bruyant sur le thème des années 1920. Ça pourrait faire l'affaire, non ?

— Peut-être, hésité-je, même si personne ne sera là. Greta part dans le manoir de la famille de son fiancé, Harriet est occupée à faire grandir un être humain, personne du boulot ne se souvient de mon existence, et Sarah ne sera pas rentrée de chez ses parents. Je vais peut-être juste rester à la maison.

J'ai fait de mon mieux pour éviter de penser à Sarah, et, même si j'ai réussi en partie, des rêveries ou des souvenirs aléatoires surgissent toujours inopinément, au moment où je m'y attends le moins. Elle m'a envoyé un message pour me remercier de son cadeau de Noël, disant qu'elle le chérira toujours. Je sais qu'elle parle du porte-clés avec la photo d'Alfie la bouille pleine de chocolat, mais j'aime l'idée que, peut-être, il y a un pour cent de chances qu'elle le chérisse aussi à cause de moi.

— De tous les gens que je connais, c'est toi qui devrais être le plus motivé pour le nouvel an !

— Pourquoi ça ? m'enquiers-je. Le soir du nouvel an est la plus grosse douche froide qui soit depuis l'invention des œufs Kinder. L'emballage est joli et brillant, mais, à l'intérieur, c'est juste plein de conneries décevantes.

— Parce que c'est l'occasion de dire adieu à l'énorme bide qu'a été cette année ! répond-il. Honnêtement, mec, je vois de grandes choses dans ton avenir. L'année prochaine va être formidable pour toi. Commence-la comme tu veux qu'elle continue !

— C'est-à-dire comment ? Seul, fauché et avec la gueule de bois ?

— Putain, t'es déprimant quand tu es fatigué. Tu viens. Point final.

— Bon, d'accord… mais c'est toi qui paies les entrées.

— Vendu.

Je souris et referme les yeux. Peut-être qu'il a raison. Peut-être que l'année prochaine va être géniale. En tout cas, elle ne peut pas être pire que celle-ci.

Chapitre 20

— Je ne la sens toujours pas, cette fête, décrété-je en mettant mes bretelles. Il fait froid dehors. Je pourrais me bourrer la gueule et vomir ici gratuitement.

— Tu pourrais, concède Matt, mais il n'y a aucune chance que tu te trouves une fille ici. À moins de faire preuve d'ingéniosité.

— Je suis attifé comme si je sortais de *Bugsy Malone*. En plus, il n'y a pas que le sexe dans la vie, mec, rétorqué-je. (L'énormité de ce que je viens de dire nous fait éclater de rire.) Promets-moi seulement que tu n'essaieras pas de m'arranger un coup par pitié. Je suis parfaitement capable de faire ça tout seul.

Nous partons à 22 heures, affrontant le froid glacial vêtus de nos costumes trois-pièces mal coupés dégottés dans la friperie sur Primrose Hill. Il y a trois ans, Matt, Harriet et moi étions déguisés en *Drôles de dames* pour une soirée de Halloween et avons gagné des verres gratuits toute la soirée. Nos tenues étaient bien plus flatteuses que celles-ci. Ça valait carrément le coup de se faire chambrer. Sans parler du bonus supplémentaire : pouvoir garder un téléphone dans son soutien-gorge – c'est tellement plus sûr que dans une poche.

À l'intérieur de la salle, les autres gens semblent avoir décidé de pimenter un peu la soirée. Je n'ai jamais vu autant de garçonnes à barbe, ni de femmes en accoutrement de Gatsby sexy. L'endroit est bondé, donc Matt et moi nous dirigeons vers le bar et commandons deux verres chacun, sachant que bientôt, la bataille à livrer pour atteindre le comptoir fera passer l'épisode final de *Game of Thrones* pour un film pour enfants.

Nous trouvons deux chaises à une table près de la plus petite piste de danse, où résonnent des versions remixées de classiques des années 1920. Je n'ai jamais entendu *Tiptoe Through the Tulips* sur un rythme disco, mais je ne déteste pas pour autant. Cette soirée pourrait s'avérer plus drôle que je ne le pensais, en dépit des coutures de ce pantalon trop petit qui me comprime les roubignoles.

À peine nos quatre verres vidés, Matt repart chercher une tournée. Il reste une heure avant minuit et cet endroit est officiellement survolté. Je suis content d'être venu ce soir, j'ai l'impression de ne pas être sorti depuis des lustres. Heureusement, les adolescents assis à côté de nous sont en minorité, et tout le monde ici a l'air d'être déjà allé volontairement chez Ikea dans sa vie. J'éclate de rire en voyant un type petit avec une jupe encore plus riquiqui danser comme si ses pieds étaient en feu. Tout le monde est de plus en plus éméché, de plus en plus audacieux et de plus en plus transpirant.

Matt revient avec quatre shots, affichant un visage digne d'un méchant de dessin animé.

— Ne regarde pas ! s'exclame-t-il en s'asseyant. Tu ne devineras jamais qui est ici…

— Pourquoi je ne peux pas regarder ? C'est qui ?

— Devine.

— Euh… Jodie Comer ?

— De *Killing Eve* ? Non. Faut que t'arrêtes de regarder cette daube. Essaie encore.

— Donne-moi un indice. C'est quelqu'un de la télé ?

— Oui… plus ou moins… ne dis pas Sandra Oh.

— Putain, j'en sais rien. Quelqu'un d'*EastEnders* ? Claudia Winkleman ?

— Angela.

Paniqué, je commence à balayer la foule du regard, jusqu'à ce que je la repère au bar. Elle se tient au milieu d'un groupe de filles et a les yeux rivés sur moi.

— Et merde.

— Ouais, renchérit-il. Je t'avais bien dit de ne pas regarder.

Je l'observe tandis qu'elle se dirige vers moi, un verre à la main. Elle a décidé de s'en tenir à la tradition et porte une robe rouge à franges avec un bandeau à plumes. J'aurais vraiment voulu qu'elle ne soit pas aussi belle.

— C'est amusant de te voir ici, fait-elle remarquer. Je n'aurais pas pensé que c'était ton genre. Il n'y a pas de rennes.

— J'étais là l'an dernier, rétorqué-je en soupirant. Mais tu le sais déjà, vu que tu étais avec moi.

— Ah oui, répond-elle en haussant les épaules. Ça a dû me sortir de la tête. Comment vas-tu, Matthew ?

— Je m'appelle toujours Matt, répond-il froidement.

— Fantastique… Passez une bonne soirée, les garçons.

Je ne réponds pas. À quoi bon, elle est déjà partie.

— Ça va ? s'enquiert Matt en me donnant un shot. Honnêtement, Nick, bon débarras.

La brûlure de la tequila dans ma gorge me fait grimacer, mais je parviens à me forcer à sourire.

— Ça va, assuré-je. Ça fait seulement bizarre d'être avec quelqu'un, et la minute d'après, qu'elle se comporte comme si elle te connaissait à peine. Tu as tiré la bonne pioche avec Sarah, mon pote. Ne la laisse pas filer.

Matt fait glisser un autre shot sur la table.

— La nuit est loin d'être finie, mon ami. Trinquons au fait d'être débarrassés d'Angela, de prendre une cuite, et de terminer par une pizza sur le chemin du retour.

Je trinque avec lui et laisse la tequila accomplir ses méfaits.

Chapitre 21

— NICK, *NICHOLAS*… IL FAUT QUE TU T'EN AILLES.

Cette voix me fait ouvrir un œil et regretter aussitôt de ne pas être mort. Putain, j'en reviens pas.

Après la quatrième tequila, ma soirée du nouvel an est un peu floue. Je me souviens d'avoir dansé avec une fille grande sur une version house de *I Got Rythm.* Je me souviens d'avoir échangé mon chapeau avec un chauve contre son porte-cigarette, et je me souviens de ne pas avoir réussi à retrouver Matt après minuit. Je n'ai aucun souvenir des événements qui m'ont conduit à cet instant.

— Angela ? Mais comment…

Elle me frappe avec un oreiller pour tenter d'accélérer ma résurrection.

— Lève-toi !

Je me redresse d'un coup et j'ai la tête qui tourne. Le seul goût que j'ai dans la bouche est celui de l'alcool. Angela fait les cent pas à côté de moi dans sa robe de chambre jaune, tel un citron en pétard.

Je passe une main sous la couette. Pas de sous-vêtements. Merde, c'est pas bon signe.

— Il faut que tu partes tout de suite, et cela n'est jamais arrivé, insiste-t-elle. Je ne sais pas ce qui m'est passé par la tête. Pourquoi est-ce que je bois de la vodka ? Il ne se passe jamais rien de bon quand je bois de la vodka.

Je me passe les mains sur le visage.

— Bon sang, d'accord. J'ai pigé. Où sont passés mes vêtements ?

— Probablement dans le couloir où tu les as laissés. Dépêche-toi.

— Pourquoi est-ce si pressé ? demandé-je. Je prendrais bien un café, au moins. Ou quelque chose à manger ? Je suis vraiment pas frais.

— Nick, je reçois des gens cet après-midi. Il ne faut pas qu'ils te voient ici.

Je sors du lit cul nu et ramasse mes vêtements froissés dans le couloir.

— Par « des gens », j'imagine que tu parles de ton nouveau petit ami ? J'ai vu les posts sur Instagram.

— Ce ne sont pas tes affaires.

— Je prends ça pour un oui. Il ne t'a pas fallu longtemps pour passer à autre chose, hein ?

— Pour ton information, Val n'est pas mon petit ami, seulement un ami.

— « Val » ? gloussé-je. Bon sang, ce n'est même pas un vrai nom, c'est un relief géographique.

Elle me regarde enfiler mon pantalon en soupirant.

— Nick, je ne sais pas si tu espérais des sortes de retrouvailles mais…

— Bordel de merde, des « retrouvailles » ? m'exclamé-je. J'espérais seulement faire un peu la fête. Tu t'envoies vraiment des fleurs, Angie ; avec tout ce que j'ai bu, tu aurais pu être n'importe qui.

— Comme Sarah ?

J'arrête de boutonner mon pantalon.

— Quoi ?

— Sarah. Tu as marmonné ce prénom dans ton sommeil.

Je sens mes joues au bord de l'explosion. Heureusement, je ne suis pas tombé inconscient à proximité de Matt.

— C'est juste une amie, marmonné-je en sortant mon téléphone d'une de mes chaussures.

Mes bretelles manquent à l'appel.

— Je ne t'ai pas demandé qui c'était, m'informe Angela. Je voulais seulement clarifier le fait que rien n'a changé entre nous. Je suis contente que nous ayons tous les deux fait de nouvelles rencontres, cela dit.

— Mais tu es vraiment exaspérante ! beuglé-je. Essaie d'être plus sympa avec ton prochain paillasson.

— OH COMPTE DESSUS ! Il n'est pas…

— Au revoir, Angela.

Une fois mon Uber commandé, Angela me fout pratiquement dehors à coups de pied, mes chaussures à la main. Le jour du nouvel an, les courses sont limitées, donc je me vois contraint de traîner dans le couloir gelé pendant quarante minutes avant que le chauffeur arrive. Une infime partie de moi souhaite que Val arrive au même moment et me voie ici, mais, dans mon état actuel, je ne suis pas prêt à la moindre confrontation. Je veux seulement rentrer chez moi et oublier que c'est arrivé – mais pas avant de tuer Matt pour ne pas m'avoir tenu à distance d'elle quand la tequila battait son plein.

Quand je termine ma marche de la honte entre le Uber et l'appartement, Matt me tient déjà la porte ouverte, un grand sourire aux lèvres.

— Mon pote…, commence-t-il, déjà mort de rire.

— N'y pense même pas ! répliqué-je en le poussant pour aller dans la salle de bains. Contente-toi de faire chauffer la bouilloire.

Je jette mes vêtements sur le sol et fais couler l'eau, espérant ainsi effacer toute trace de la nuit dernière. Bon sang, est-ce que c'est du rouge à lèvres sur ma…

— Je n'arrive pas à croire que t'as fait ça ! s'écrie Matt depuis le couloir. Il devait y avoir un millier d'autres femmes là-bas.

— La vraie question étant : comment as-tu pu me laisser faire ? hurlé-je en réponse depuis la douche, son hilarité ne montrant toujours pas le moindre signe d'affaiblissement. Argh, je me sens violé.

— Je n'arrivais pas à te trouver pendant la dernière heure, puis j'ai vu ton visage collé au sien dans la file d'attente des taxis. Tu avais l'air à fond. Je ne casserais jamais le coup à mon meilleur pote.

Les mots « meilleur pote » me font grimacer un peu, sachant que j'ai parlé de sa petite amie pendant mon sommeil. J'ai l'impression d'être le pire des salauds. Sarah sera rentrée dans deux jours, et, avec un peu de chance, il lui aura poussé des tentacules ou on aura modifié sa personnalité, parce que j'ai besoin que quelque chose me repousse.

Matt fait du pain perdu pendant que je me sèche, tout en m'informant que Val est un footballeur, dont le tableau de chasse avec les blondes est encore plus rempli que le sien.

— D'après Twitter, il était à Soho hier soir. Il y a une photo de lui à un événement de charité pour les sans-abri.

— Mais s'ils ne sortent pas ensemble, pourquoi était-elle aussi pressée de se débarrasser de moi ? demandé-je en entrant dans le salon.

Je n'ai jamais été aussi content de mettre ma robe de chambre de toute ma vie.

— Peut-être qu'elle veut sortir avec lui mais s'est dit que s'il te voyait, ça saborderait ses chances ?

— Ouais, peut-être.

— Qu'est-ce que ça peut te faire ? demande Matt en me tendant une assiette de pain perdu légèrement brûlé. Tu ne veux plus d'elle, si ?

Je balance ma serviette sur le dossier de la chaise et m'assieds.

— Certainement pas. Si tu veux mon avis, elle vient juste de piétiner mon amour-propre pour la deuxième fois. C'est plutôt contre moi que je suis en pétard, pas contre elle.

— Elle a besoin d'attention, dit Matt en versant du sirop d'érable sur le bord de son assiette. Peu importe d'où elle vient. En prime, c'est une croqueuse de diamants. Le prends pas mal, mais pour quelqu'un comme elle, sans ton salaire, tu ne mérites pas son faux bronzage.

— Putain, c'est déprimant. J'espère que Val verra clair dans son jeu plus vite que moi.

Matt continue à regarder Twitter pendant que nous mangeons, tout en s'assurant d'avoir une quantité égale de sirop d'érable sur chaque morceau de pain perdu. Puis il s'arrête en plein milieu de sa bouchée.

— Mec, tu vas vouloir voir ça.

Matt me tend son téléphone, révélant une photo d'Angela et moi en train de nous embrasser devant le club.

— Si Angela comptait tout cacher à Val, c'est foutu.

Chapitre 22

Au moment où Sarah rentre avec Alfie de chez ses parents, Angela m'a déjà appelé quarante-sept fois et m'a laissé environ vingt messages vocaux. La photo de nous a été retweetée fiévreusement par des gens qui s'intéressent à ce genre de conneries, et je suis mortifié. Je n'aimais déjà pas être pris en photo avec elle quand on sortait ensemble, mais j'en ai encore plus horreur maintenant.

— Elle est séduisante, fait remarquer Sarah en regardant ses photos.

Elle a amené Alfie pour que Matt et elle puissent aller à leur première séance de cinéma de l'année.

— Belle chevelure… joli travail sur les sourcils.

Matt éclate de rire tandis qu'elle lui rend son téléphone.

— Elle désespère de joindre Nick pour annoncer publiquement qu'ils ne se sont pas remis ensemble et qu'il ne s'agissait que d'un baiser platonique et amical.

— Je ne compte pas m'en mêler, objecté-je. Elle n'a qu'à se débrouiller toute seule.

— Val a été vu entre-temps avec une femme qui était dans *The Voice*, poursuit Matt. Je pense qu'elle est grillée dans le milieu maintenant.

Sarah et moi échangeons un regard avant d'éclater de rire.

— Les ragots sur les célébrités, c'est juste un passe-temps ou une vraie passion, Matt ? demande-t-elle. Quel est le dernier look du prince Harry ces jours-ci ? Ou d'Adele ?

— Pas la moindre idée, répond-il en souriant jusqu'aux oreilles. Je ne m'intéresse qu'aux célébrités de séries Z qui ennuient mes amis. En parlant des ex de Nick, avant que j'oublie, je ne peux plus aller au mariage de Greta. Le boulot m'envoie à Washington pendant quatre jours. Une histoire d'acquisition. En fait, je serai dans le vol retour pendant que vous vous bourrerez tous la gueule.

— Mince alors ! dit Sarah, ne parvenant pas très bien à dissimuler sa déception. Quel dommage.

— Tu plaisantes ? Attends une seconde… Washington DC ou Washington Newcastle ? demandé-je.

— Il y a un Washington à Newcastle ?

— Donc DC, reprends-je. Ça craint. Tu sais que Harriet n'y va pas non plus, car elle est enceinte. Greta va te tuer, tu t'en rends compte ?

— Oui. Je me sens mal. Je suis franchement dégoûté de rater ça, mais je ne peux rien y faire.

— Tu as de quoi te sentir mal, insisté-je. Maintenant je vais devoir rester avec des gens que je connais à peine, et Sarah ici présente n'aura pas l'occasion de piquer des trucs au *Claridge*.

Sarah éclate de rire, mais je vois bien qu'elle est déçue.

— Emmène-la comme cavalière, suggère Matt. Tout le monde est gagnant.

Sarah et moi nous regardons avant de nous concentrer sur Matt.

— Ce ne serait pas un peu… bizarre ? s'enquiert-elle.

Je hoche la tête pour signifier mon accord. Emmener la copine de ton pote comme rencard n'est pas tout à fait acceptable à un mariage.

— Pourquoi ça ? Je ne veux pas être la raison pour laquelle les deux personnes qui comptent le plus pour moi manquent un buffet gratuit et du vin à volonté. Allez-y et amusez-vous.

— Mais…

Conscients qu'il ne se satisfera pas d'un refus, Sarah et moi finissons par dire oui à la proposition de Matt. Je vois bien que Sarah est mal à l'aise, mais probablement pas pour la même raison que moi.

— On y va ? demande Matt. Le film commence dans quarante minutes.

— Qu'est-ce que vous allez voir ?

— Il y a une projection spéciale de *Mister Babadook*, m'explique Sarah. Qui n'apprécie pas un bon film d'horreur en plein après-midi ?

L'expression du visage de Matt indique que c'est justement son cas.

Sarah tend à Alfie son goûter et l'installe sur le canapé. Il a apporté les Lego que ses grands-parents lui ont offerts pour Noël, et je sais que je marcherai sur l'un d'eux avant la fin de l'après-midi.

— Sois sage, dit-elle en l'embrassant sur le sommet de la tête. Matt et moi ne serons partis que deux heures.

Elle a changé de coupe de cheveux pendant les fêtes. Ils sont légèrement plus courts, juste au-dessus des épaules, tout raides et brillants. J'aime bien, mais ce n'est pas tout à fait la métamorphose repoussante, tentaculaire, que j'espérais. Je commence à prendre conscience que Sarah pourrait arriver avec une crête et des tatouages sur le visage, je serais quand même subjugué par le moindre de ses sourires.

Je dis au revoir et me mets à aider Alfie à construire son chef-d'œuvre, qu'il me dit être un camion mais ressemble plutôt à un container sur roues. Ça me rend nostalgique de mon enfance – moi en train de jouer aux Lego dans ma chambre pendant que maman s'échinait à faire le ménage pendant une heure, avant que je ne vienne inévitablement remettre la pagaille dans l'appartement. Pour un enfant unique, je ne me sentais jamais seul, mais je me demandais souvent comment ce serait d'avoir un frère ou une sœur. Quelqu'un avec qui jouer, me bagarrer, ou seulement sur qui me défouler quand maman n'était pas raisonnable et me demandait de mettre mon linge sale dans la machine.

— J'aurais bien aimé aller au cinéma, dit Alfie. Mais maman dit que je ne peux pas voir de films d'horreur avant mes dix-huit ans.

— Ta maman a raison, expliqué-je. Tu n'as pas besoin de te mettre ces trucs-là dans la tête.

— Mais je sais déjà qui est Chucky.

Je fronce les sourcils.

— Ah oui ?

— Oui. Darren me l'a dit. C'est une poupée qui te poignarde si tu n'es pas son ami, et il a dit aussi que Chucky peut se cacher dans ton armoire et en sortir pendant que tu dors.

Darren m'a tout l'air d'un petit con.

— Eh bien, je suis ravi que Chucky ne soit qu'un personnage inventé, répliqué-je. Ce film était rasoir, de toute manière ; tu ne rates pas grand-chose.

Alfie retourne à ses Lego, visiblement peu convaincu. Rien de pire qu'un adulte qui essaie de vous persuader que quelque chose de clairement marrant ne l'est pas.

— Je vais te dire un secret. Matt déteste les films d'horreur, et même *lui* n'a pas eu peur devant *Chucky*, raconté-je. Je suis surpris qu'il ait accepté d'aller en voir un avec ta mère. Il ne va pas arrêter de se cacher derrière elle.

Alfie ricane.

— C'est bête. Maman adore les films qui font peur. Tu les aimes, toi ?

— Pas vraiment, dis-je. C'est dur d'avoir peur de choses qui ne sont pas réelles, tu comprends ? Je préfère largement voir un super dessin animé, ou regarder quelqu'un sauver le monde !

Mensonge éhonté. J'adore les films d'horreur. Avoir une trouille bleue me divertit du côté parfois assommant de la vraie vie, et le fait que Sarah les adore aussi me fait l'aimer encore plus. Un jour, j'ai fait regarder *The Fog* à Angela, et elle était tellement horrifiée qu'elle ne m'a pas adressé la parole pendant trois jours. Peut-être que si je me déguise en meurtrier et que j'apparais devant sa fenêtre, elle arrêtera enfin de m'appeler.

Sarah et Matt reviennent trois heures plus tard pour trouver la meilleure flotte de camions en Lego que le monde entier a jamais connue.

— Waouh, vous avez été bien occupés tous les deux ! fait-elle remarquer. Si seulement j'étais restée jouer. Le film était tellement ennuyeux.

Alfie semble enchanté de cette nouvelle, tandis que Sarah me chuchote que le film était absolument génial. Matt refuse de commenter mais il est nettement plus pâle qu'en partant.

Chapitre 23

— Joyeux nouveau travail, Nick !!

Derrière un assortiment de ballons énormes, je vois Alfie me faire un sourire radieux, tandis que Sarah brandit une bouteille de champagne, les cheveux trempés par la bruine constante de février.

— Waouh ! m'exclamé-je en les invitant à entrer. Le timing est parfait, je suis justement à court de ballons gonflables géants.

Alfie fonce droit sur la PlayStation tandis que Sarah me tend la bouteille, tout en lui criant d'enlever ses chaussures.

— Chaque fois c'est pareil, marmonne-t-elle. Je ne sais pas pourquoi il pense que la règle des chaussures ne s'applique pas ici.

— Probablement parce que Matt n'enlève pas les siennes non plus, répliqué-je en mettant la bouteille au frigo. Mais il est plus jeune qu'Alfie émotionnellement, donc il a une excuse.

Sarah prend sa chaise habituelle à la table.

—Alors, monsieur Je-viens-de-me-faire-recruter, tu dois être sacrément content de toi ! Je gardais ce champagne pour la Saint-Valentin mais c'est une bien meilleure occasion de l'ouvrir.

J'éclate de rire.

—Pour être honnête, je suis plus soulagé que content. La situation était un peu délicate, mais Greta a fini par intervenir en ma faveur. Je veux dire, c'est temporaire, un remplacement de congé maternité, mais c'est mieux que rien.

« Soulagé » est un euphémisme. Quand Greta a appelé ce matin pour m'annoncer qu'on m'offrait un poste chez Portman Brown LLP, j'ai hurlé « Putain ! » pendant cinq bonnes minutes et brandi mon poing en l'air à de nombreuses reprises.

—Par contre, continué-je, pour mémoire, j'aimerais déclarer que je ne regrette pas les huit mois de rejet et d'humiliation que ça m'a coûté pour en arriver là.

Elle affiche un grand sourire.

—Ça forge le caractère, hein ?

—Quelque chose dans ce goût-là.

J'apporte un jus de pomme à Alfie lorsque Matt arrive, portant un sac rempli d'ingrédients qui seront bientôt utilisés pour concocter mon repas de célébration. Il salue Alfie avant d'embrasser Sarah.

—Content que vous ayez pu venir, dit-il en posant le sac sur le plan de travail de la cuisine. Un peu de vin et de risotto pour célébrer la bonne nouvelle de notre homme !

— Oui, renchérit-elle. Je suis sûre que tu seras ravi de l'intégrer de nouveau dans le club des avocats prétentieux et snobinards, chéri. Vous pourrez tous vous réunir et parler de cricket et de meufs comme avant.

Elle me tire la langue lorsque je feins une mine offensée.

— Le seul endroit où il est à sa place, réplique Matt en riant. Il est nettement plus heureux quand il a une sécurité sociale et un complexe de supériorité.

— Vous savez tous les deux que je suis juste ici, pas vrai ? m'enquiers-je alors qu'ils continuent à parler de moi.

Sarah se lève pour aller aider Matt à couper les oignons.

— En fait, je verrais bien Nick faire quelque chose de beaucoup plus noble. Des missions humanitaires, sauver des vieilles dames d'immeubles en feu, réaliser des chirurgies risquées pour retirer des tumeurs au cerveau ou… enseigner, peut-être ? Il est tellement doué avec Alfie que je le verrais tout à fait former de jeunes esprits.

Matt se tourne pour me regarder.

— Curieusement, je comprends d'où te vient cette idée, Sarah, observe-t-il en plissant les yeux. Tenté de renoncer aux salles de conférence au profit des salles de classe, mon pote ?

— J'apprécie l'orientation de carrière, mais je vais passer mon tour, dis-je. J'ai zéro intérêt pour les enfants des autres. Alfie est l'exception.

Le risotto au poulet de Matt est un délice, et tout le monde porte un toast digne de ce nom à mon nouveau poste – même Alfie tient son verre à bout de bras. Au bout d'un moment, il se lasse de la conversation d'adultes et Sarah le laisse prendre son dessert dans le salon pour qu'il regarde un film, lui faisant promettre de ne pas en renverser. Je lui murmure qu'il est seulement autorisé à le faire sur les taches que j'ai déjà faites, et il glousse avant de disparaître avec un bol rempli de gâteau aux pommes tiède et de crème glacée.

— J'ai trop mangé pour prendre du gâteau, insiste Sarah en commençant à débarrasser les assiettes. Quelqu'un veut un café ?

Matt lui prend les assiettes des mains en affichant un air sévère.

— Tu passes déjà tes journées à débarrasser des tables et à faire du café. En plus, tu es l'invitée, ici.

— Exact, mais tu fais bien du café chez moi.

— Je sais. Tu es une hôtesse atroce.

Tandis qu'ils se chamaillent sur les corvées de boissons, je me glisse dans le salon pour veiller sur Alfie qui a déjà englouti son dessert, les yeux vissés sur la chaîne cinéma.

— Qu'est-ce que tu regardes, mon grand ?

— *Aladdin*, répond-il. C'est mon préféré !

— Super ! J'ai juste quelques trucs à régler…

— Je l'ai en DVD. Ma maman connaît toutes les chansons, mais elle n'a pas souvent le temps de le regarder avec moi. Tu veux bien le voir avec moi ?

Argh, ce petit sait vraiment tirer sur ma corde sensible. Comment dire non ? Même si j'ai un million de choses à faire, je demande à Alfie de se redresser et je m'installe à côté de lui sur le canapé. Il se pelotonne contre moi et commence à me raconter l'histoire, tandis que je hoche la tête, prétendant découvrir l'intrigue.

Quand Sarah apparaît une demi-heure plus tard, Aladdin et Jasmine volent au-dessus d'Agrabah sur un tapis, et Alfie est déjà endormi.

— Que dire… c'est adorable, fait-elle remarquer à voix basse, les yeux rivés sur nous. Il a l'air tellement bien installé. Tu es un peu son coussin humain.

— Le poids post-fêtes de Noël, expliqué-je en pointant mon ventre du doigt. Dès que je retournerai à la salle de gym, je serai trop sculpté pour faire des câlins. Autant se serrer contre une plaque d'acier.

Elle pousse un petit grognement en me voyant faire semblant de contracter le bras qui n'est pas enroulé autour d'Alfie.

— Tant mieux pour toi, reprend-elle. Les hôtesses de la salle de gym te mangeront dans la main en un rien de temps.

Sarah réveille Alfie et l'aide à mettre son manteau pendant que j'essaie de me rappeler où j'ai mis ces haltères que j'ai commandés sur Amazon l'an dernier.

— À quoi tu penses ? Tu as l'air soucieux.

— C'est rien, assuré-je. Je réfléchis juste à remettre de l'ordre dans ma vie, tu sais. Nouveau boulot, nouveau moi, perdre quelques…

— Ton Uber est là, nous interrompt Matt. Je vais porter Alfie au rez-de-chaussée, ses pieds sont tout engourdis.

— Bonne nuit, Alfie, à bientôt, dis-je tandis qu'il se recroqueville contre l'épaule de Matt.

Sarah attrape son sac et se penche pour m'enlacer.

— Ne sois pas trop dur avec toi, dit-elle doucement. Tu es merveilleux exactement comme tu es.

Je la regarde partir et continue à fixer la porte une fois qu'elle est sortie. Ils me manquent déjà.

Chamboulé, je me traîne jusqu'à ma chambre et prépare mes vêtements pour le matin. Je ne suis pas particulièrement nerveux pour demain – en fait, je suis impatient de retourner dans le monde réel, avec un vrai boulot, dans lequel je pourrai utiliser mon bagage universitaire. Mais encore une fois, la baisse significative de salaire et le renouvellement incessant du personnel m'amènent à me questionner sur la légitimité de cette entreprise.

Même Greta était réticente à me voir accepter le poste, mais comprenait que ne pas gagner d'argent était totalement intenable, donc travailler pour une compagnie qui a la réputation d'être sans pitié avec tout le monde, en particulier son personnel, valait toujours mieux que de rester sans emploi. En plus, vu la fiche de poste, je devrais être capable de faire l'affaire les yeux fermés. Ce pourrait être exactement ce qu'il me faut pour me sortir Sarah de la tête et me concentrer de nouveau sur ma carrière.

Chapitre 24

Le cabinet Postman Brown LLP peut se vanter d'un code postal impressionnant près de la station Bond Street, en plein cœur de la ville, mais, de l'extérieur, le bâtiment ne rivalise pas avec l'imposante façade de la Kensington Fox, ni avec aucun autre des cabinets d'avocats de Londres.

Le côté droit de la rue est indéniablement charmant avec ses demeures victoriennes restaurées couleur blanc cassé, qui auraient tout à fait leur place dans un film de Richard Curtis, mais le côté gauche, *mon côté*, est à moitié en chantier, à moitié constitué d'immeubles de bureaux peints dans une ravissante nuance gris prison.

Je sens mon cœur se pincer quand il m'apparaît soudain que mes jours à travailler dans une construction moderne en verre de trente-six mille mètres carrés, agrémentée d'un restaurant, d'une salle de gym et d'un toit-terrasse, sont bel et bien derrière moi.

Et merde, ce sont des barreaux, ces trucs aux fenêtres ? Dans quoi je me suis encore embarqué ?

Je prends une profonde inspiration et pousse les lourdes portes marron qui mènent au petit hall d'entrée inspiré d'un catalogue Ikea, où une réceptionniste appelle le deuxième étage pour les informer de mon arrivée.

— C'est vous, Nick ?

Les portes de l'ascenseur ont à peine eu le temps de se refermer derrière moi que je me retrouve assailli par une femme pète-sec avec des lunettes branchouilles, qui étreint une pile d'enveloppes en papier kraft.

— Euh, oui, c'est moi. Je suis censé…

— Par ici.

Je la suis dans un grand bureau en open space peint dans différentes nuances de bleu, qui fait plus penser à une centrale d'appels qu'à un cabinet d'avocats. Il y plane l'odeur d'au moins cinquante types de petits déjeuners différents, et même à 9 heures du matin, on sent que l'endroit est en ébullition depuis des heures. Au fond de la pièce, je vois quatre bureaux individuels qui surplombent tout l'étage, ainsi qu'une grande salle de conférence tout en haut à droite, actuellement occupée par trois hommes, tous les bras croisés et arborant le même teint vitreux.

— Votre bureau, m'informe la dame branchouille en s'arrêtant devant un espace de travail vacant au fond de la pièce.

Elle se penche et ramasse un cadre photo exhibant deux jeunes mariés, qui a visiblement été abandonné par le dernier occupant.

— Posez vos affaires, puis je vous emmènerai rencontrer Sophia.

— Euh, mon agence m'a indiqué de me présenter à une certaine Marion Thomas. Je pensais que *vous* étiez…

— Marion ne travaille plus ici.

— Ah.

J'ai maintenant le sentiment qu'il manque une photo de mariage à une pauvre fille. Nous nous dirigeons vers les bureaux au fond.

— Je m'appelle Kim, au fait, dit-elle enfin en frappant à la troisième porte. Responsable administrative.

— Enchanté de faire votre connaissance, Kim. Alors, qui est Sophia ?

— Putain de merde, QU'EST-CE QUE TU ME VEUX, KIM ? Je n'ai même pas encore bu mon café !

Je jette un coup d'œil par la fenêtre du bureau et vois une femme aux cheveux bruns parfaitement lisses qui s'agite comme une hystérique pour nous inviter à entrer.

En ouvrant la porte, Kim affiche un sourire crispé.

— Sophia, voici Nick, qui remplace Rachel pendant son congé maternité. Je serai à mon bureau.

J'entre et m'assieds en face d'une femme d'une bonne quarantaine d'années qui n'a visiblement pas la moindre idée de qui je suis, et préférerait que cela reste ainsi.

— Bordel, je ne savais même pas que Rachel était enceinte, encore moins qu'elle était en congé maternité, dit-elle en prenant son téléphone et en tapant nerveusement sur les touches. De quelle agence venez-vous ?

— GL Recruitment. Greta a tout arrangé avec…

Elle lève une main pour me signaler de me taire. Ses doigts sont très longs, avec des ongles manucurés acérés comme des couteaux.

— Kim, pouvez-vous revenir vous occuper de ça ?

Sophia repose le combiné, ouvre un tiroir et en sort un tube de sucrettes, tandis que Kim entre de nouveau dans la pièce.

— Je vais laisser Kim voir tous les détails avec vous, mais nous ne prenons pas les gens par la main ici. Nous ne traitons que des affaires d'une extrême importance, donc nous attendons de vous que vous soyez opérationnel immédiatement.

— Aucun problème.

— Bien.

Elle ouvre son ordinateur portable et commence à taper, pendant que Kim me fait discrètement signe de la suivre. Je suis un peu sous le choc ; ce n'est pas vraiment l'accueil que j'avais espéré. À la Kensington Fox, ils m'avaient invité à déjeuner.

D'une main experte, Kim jette quelques dossiers sur un bureau à sa droite, tandis que je lui colle aux basques tel un chiot perdu. J'attire les regards du reste du personnel, qui s'efforce de me jauger pendant que je passe.

— Je suis certaine que vous avez fait vos recherches, commence-t-elle, mais, pour résumer, nous avons quatre principaux domaines d'activités ici : droit des affaires, droit commercial, droit des biens – tous à cet étage – et bien sûr, nos adorables avocats en droit du dommage corporel qui sont au premier étage, quand ils ne courent pas après des ambulances pendant leurs pauses-déjeuner. Le rez-de-chaussée se compose de huit salles de réunion pour recevoir les clients – pour en réserver une, c'est avec moi que ça se passe. La machine à café craint ici, et la Nespresso est réservée exclusivement aux associés, mais il y a un *Starbucks* au coin de la rue.

— Qui travaille à l'étage au-dessus ?

— Une agence de pub occupe les trois étages du dessus ; et encore au-dessus, c'est une entreprise technologique. Si vous fumez, vous rencontrerez sans doute la majeure partie d'entre eux dans la cour du fond. J'essaie d'éviter ce secteur ; on dirait une halle aux viandes pour personnes à la moralité douteuse.

Nous atteignons le bout du bureau où elle ouvre une porte menant à une grande pièce remplie d'un nombre incalculable de boîtes à archives et de meubles de rangement. Elle donne un coup sur le côté d'une imprimante en panne qui se remet alors en marche en vrombissant.

— Les dossiers classés des trois dernières années sont archivés ici ; tout ce qui est plus ancien n'est pas sur place, mais peut être rapporté dans l'heure. Tout doit passer par le registre de sortie.

Elle ferme la porte et me ramène à mon bureau, tout en prenant divers papiers dans des bacs de classement en passant. Rien qu'à la regarder, je suis épuisé. Elle perçoit mon malaise.

— Vous avez travaillé pour la KF, pas vrai ?

— Oui, pendant cinq ans.

Elle hoche la tête.

— J'ai travaillé pour Clifford Allen… putain, leur cantine me manque. Écoutez, cet endroit est comme un retour karmique pour tous les péchés que vous avez commis dans votre carrière passée, et Dieu sait que la plupart d'entre nous en ont commis. Mon conseil ? Bossez dur, faites vos heures et *surtout*, n'énervez pas Sophia.

Je regarde vers son bureau et vois Sophia debout à sa fenêtre en train d'observer l'étage. Je me demande si elle peut nous entendre.

— Compris. Merci.

Kim pousse un grognement et me tend une clé du tiroir verrouillé de mon bureau.

— Bon, maintenant que c'est dit, je veux que vous alliez au *Starbucks* prendre un café corsé pour vous et un Coca Light pour moi, pendant que je configure vos identifiants et votre messagerie. Quand vous reviendrez, je vous confierai une affaire de contrat abusif pour vous lancer.

— Bien sûr, aucun problème, assuré-je en prenant mon manteau sur ma chaise. Je n'en ai pas pour longtemps.

Elle m'accompagne jusqu'à l'ascenseur et je monte à l'intérieur, pressant aussitôt le bouton du rez-de-chaussée. Je hais déjà cet endroit.

— Putain, je pensais que tu t'enfuirais en courant, lance Matt depuis la cuisine lorsque j'entre dans le salon et me jette dans le canapé, la tête la première. Tu veux une bière ?

Je marmonne un « oui, s'il te plaît ». Mon corps entier se sent tellement reconnaissant d'être enfin rentré. Il est plus de 23 heures, et je n'ai même pas dîné.

Le tintement des bouteilles de bière me motive à me redresser en une position avachie dans laquelle je compte rester le plus longtemps possible.

— Alors ? s'enquiert Matt. Comment s'est passé ton premier jour ?

Le regard dans le vide, je prends une longue gorgée de Budweiser.

— Horrible à ce point ?

Je prends une deuxième gorgée et pose lourdement la bouteille sur la table basse.

— Si Satan dirigeait un cabinet d'avocats, ce serait celui-là.

Matt ne semble pas le moins du monde surpris par cette annonce.

— Ouais, j'avais entendu dire qu'ils étaient sans pitié. Leurs tarifs horaires sont réputés pour être élevés mais…

— Information qui aurait pu être utile avant aujourd'hui, mon pote…

— Mais ils cartonnent ! insiste-t-il dans l'espoir que je me sentirais mieux. Tu te souviens de Félix Thingamajig, qui a commencé avec nous à la Kensington ? Il a travaillé là avant de monter sa boîte. Il se faisait plus en primes qu'en salaires.

— Il ne s'est pas fait radier du barreau ?

— Ce n'est pas le propos.

— Eh bien, les intérimaires ne touchent pas de primes, l'informé-je. Mon contrat stipule que je travaille de 9 heures à 18 heures, mais apparemment, « faire preuve d'esprit d'initiative et donner de sa personne » semble être la seule conduite à tenir pour ne pas vite se faire remplacer par quelqu'un d'autre.

Matt se triture le visage mais demeure silencieux. Nous comprenons tous les deux que c'est une horrible façon de travailler, mais c'est aussi le monde dans lequel nous avons choisi de faire carrière. À la Kensington, nous faisions souvent des nuits blanches, entrant en compétition avec d'autres associés pour récolter des tapes sur la tête de la part du personnel senior.

— Qu'ils aillent se faire voir, dis-je en réattaquant ma bière. Je dirai à Greta de continuer à chercher d'autres opportunités, peut-être qu'une meilleure offre va sortir.

— Il paraît que JouéClub recrute…

— Va te faire mettre, répliqué-je, tout en pensant secrètement que ce n'est pas une si mauvaise idée. Bref, je vais me coucher.

Matt me dit bonne nuit, tandis que je pars m'échouer dans la salle de bains pour me laver de cette très longue journée. Si je peux survivre en travaillant avec des enfants qui hurlent, je suis presque sûr de pouvoir gérer quelques avocats acariâtres.

Chapitre 25

— Est-ce que cette robe est trop quelconque pour un mariage ? Ou trop excentrique ? Elle est peut-être trop excentrique. Je ne veux pas que les gens soient tous là : « Hé, c'est la copine de Matt, la tordue qui s'habille en friperie. »

J'éclate de rire tandis que Sarah se regarde dans le miroir, pinçant le tissu de sa robe bleu-vert. Personnellement, je la trouve belle. Élégante, même. Sexy. Je détourne le regard et continue à nouer ma cravate.

C'est la copine de Matt. Pas la tienne. Tu t'en fous de ce dont elle a l'air. Relativise.

— Ça a du style, en tout cas. Tu me fais penser à un paon.

Elle a l'air consternée.

— Non, je parle des couleurs ! Et de la façon dont la jupe est évasée. Ça te va bien !

— Je devrais me changer.

— Pas le temps. Nous devrions être partis depuis vingt minutes. Greta va m'achever si je suis en retard.

Comme aucun d'entre nous ne roule sur l'or, nous décidons de prendre le métro, nous sentant clairement trop bien habillés en nous asseyant dans une rame remplie de gens en jean et paire d'Adidas. Sarah s'assied à côté de moi et commence à aplatir ses cheveux. Je glousse discrètement.

— Les mèches rebelles, ça n'a rien de drôle, m'informe-t-elle, un large sourire aux lèvres. Ma capacité à avoir des frisottis à n'importe quel moment est légendaire.

— Je ne me moquais pas de toi ! assuré-je. Tu me rappelles seulement une femme qui travaille dans mon cabinet, Kim. Elle se caresse le sommet de la tête en permanence comme si elle était un chien de concours.

— Je partage sa douleur. Comment se passe le travail, d'ailleurs ? Matt dit que ce sont tous des sauvages dans cette boîte.

J'éclate de rire.

— Dans notre milieu, c'est très répandu, pas seulement dans mon cabinet. Disons seulement que je me suis réhabitué à trouver des vides juridiques pour faciliter la vie des riches. La Kensington Fox n'était pas plus vertueuse ; il y avait seulement plus de lumière naturelle.

— Je pense toujours que tu es voué à accomplir de plus grandes choses, rétorque Sarah en farfouillant dans son sac.

Elle en sort son téléphone et vérifie l'écran.

— Je devrais probablement envoyer un message à la mère de Brandon, non ? M'assurer qu'Alfie va bien.

— Tu l'as déposé il y a deux heures à peine ! Je suis sûr qu'elle te préviendrait si ça n'allait pas. En plus, le réseau est inexistant par ici. Tu aurais plus de chances en poussant des hurlements.

Elle fait la moue et range son téléphone dans son sac, avant de l'agripper anxieusement.

— Tout se passera bien, dis-je pour la soutenir. Il a déjà fait des soirées pyjama auparavant.

C'est le seul aspect de la parentalité qui m'inquiète quand j'envisage d'avoir des enfants. S'inquiéter pour quelqu'un H24 doit être épuisant.

Nous arrivons sur Bond Street et faisons la courte marche jusqu'au *Claridge*, où Sarah finit par céder et envoie un message à la mère de Brandon avant que nous entrions. Heureusement, elle répond presque aussitôt, rassurant Sarah en lui disant qu'Alfie joue dans le jardin avec Brandon et qu'elle l'entend rire pendant qu'elle tape le message. L'air légèrement moins tracassé, Sarah range son téléphone dans son sac.

— Désolée, je voulais juste…

— Inutile, l'interromps-je. Tu es prête ?

Elle réajuste une ultime fois sa robe, puis le portier nous pousse à l'intérieur et Sarah traîne un peu.

Connaissant l'intolérance de Greta pour les dogmes religieux, je n'ai absolument pas été surpris qu'elle ait choisi de ne pas avoir de cérémonie à l'église – cependant, tout ceci est nettement plus grandiose que la cérémonie civile basique que je m'étais imaginée. Peut-être parce que le dernier mariage auquel j'ai assisté consistait en un passage éclair au bureau des mariages et en une extravagante tournée des bars avec Harriet et Noël, où tout le monde avait participé à une cagnotte et où nous avions fini en mangeant des *fish and chips* au beau milieu de Camden, à 3 heures du matin. Je suis reconnaissant qu'il n'y ait pas de cérémonie religieuse, cela dit. Je n'ai pas mis les pieds à l'église depuis l'enterrement de ma mère, et je ne compte pas y retourner de sitôt.

Sarah et moi nous laissons guider jusqu'à une salle de réception décorée en rose et blanc et remplie de champagne, sans parler d'un pianiste élégant et d'au moins une centaine d'amis proches et membres des familles respectives. Les roses blanches semblent être mises à l'honneur, arrangées dans des grands vases partout dans la pièce, et l'on m'en tend une pour ma veste, vu que je semble être le seul homme sans boutonnière dans l'assemblée.

—Putain, on dirait un autre monde, souffle Sarah en arrangeant ma fleur. Les chaussures de cette femme valent deux fois mon salaire.

Je suis son regard jusqu'aux pieds d'une femme portant des sandales tape-à-l'œil avec une plume blanche sur le devant. Sarah porte des chaussures rouges à fins talons violets.

— Les tiennes sont plus jolies, assuré-je. Enfin… c'est quoi cette plume ? On dirait qu'elle a mis un coup de pied dans un volatile.

Sarah éclate de rire et regarde ailleurs.

— En plus, ses orteils sont bizarres, continué-je. Ils sont censés dépasser comme ça ?

— Le prix que les femmes sont prêtes à payer pour être à la mode, dit-elle en sirotant son champagne. Cela dit, j'ai des pieds de hobbit cachés dans ces pompes ; je ne peux juger personne.

Un serveur vêtu d'une chemise d'un blanc immaculé nous offre des canapés au saumon fumé que je dévore avec reconnaissance, ayant sauté le petit déjeuner pour gagner une heure de plus au lit. Avec Matt à Washington, j'ai apprécié d'avoir l'appartement pour moi, mais généralement, je compte sur lui pour me nourrir. Me souvenant que le dîner n'aura pas lieu avant 17 heures, je pourchasse le serveur pour avoir du rab.

— Tu t'es fait tout beau, me complimente Sarah. Je ne crois pas t'avoir déjà vu en tenue de soirée avant.

Je souris.

— Ah oui, c'est vrai, tu ne m'as jamais vu qu'en tenue décontractée. Ça doit être sacrément marrant pour toi. Comme si tu sortais avec une page de catalogue en chair et en os.

Elle rit de bon cœur.

— Tu omets la tenue de vieux monsieur joufflu, mais je suis mal placée pour faire des commentaires. J'ai l'impression de m'être mise sur mon trente et un.

Plus je balaie la pièce du regard, plus je suis convaincu que Sarah a choisi *précisément* la bonne robe pour l'occasion. Si splendides que soient les femmes rassemblées ici, elles se ressemblent toutes – comme si elles répondaient aux mêmes codes dégradés dans des nuances légèrement différentes. Sarah est exactement telle qu'elle est au naturel – belle, haute en couleur et follement originale.

— On prend un selfie pour Matt ? suggère-t-elle. Je me sens mal pour lui qu'il rate ça !

— Bien sûr, acquiescé-je.

Je me sens surtout mal de n'avoir quasiment pas du tout pensé à lui – mais de toute évidence, Sarah ne l'a pas oublié. Je sors mon téléphone et nous disons « cheese », avant de lui envoyer la photo par WhatsApp sur son téléphone qui se trouve actuellement quelque part de l'autre côté de l'Atlantique.

— S'il ne s'agit que d'une préréception, quand aura lieu l'événement principal ? demande Sarah.

Nous n'avons pas à attendre longtemps pour le découvrir. Les portes à gauche s'ouvrent, révélant une autre salle de réception encore plus grande, et nous sommes cordialement invités à prendre nos places en vue de la cérémonie. C'est tellement chic que je ne peux m'empêcher d'être impressionné.

— Waouh, s'exclame Sarah en admirant le décor blanc immaculé et doré. C'est magnifique.

Putain, elle est adorable. Elle est littéralement enchantée par tout ce qu'elle voit ici, et c'est totalement sincère.

On nous oriente vers le côté de la mariée dans la pièce, où je repère la mère de Greta et sa sœur aînée, Imogène, arborant des chapeaux géants, ainsi que le marié qui paraît étonnamment détendu pour quelqu'un sur le point d'épouser Greta. Elle mérite au moins une légère goutte de sueur. Je leur fais à tous un salut de la main poli, tandis que Sarah et moi nous installons sur nos chaises.

Je reconnais quelques visages de leur fête de fiançailles, mais l'assemblée semble principalement constituée de famille et d'amis provenant d'autres cercles que notre petit groupe d'universitaires. Harriet doit être tellement frustrée de manquer ça. Elle ne vit que pour les bons moments. Je lui envoie furtivement une copie de notre photo et toute mon affection avant d'éteindre mon téléphone.

Peu de temps après, le silence se fait dans la pièce, et deux violonistes accompagnés d'un pianiste commencent à jouer la marche nuptiale. Lorsque les portes s'ouvrent, je vois deux petites demoiselles d'honneur aux cheveux bruns, vêtues de jaune, guider la procession, suivies de Greta et de son père. J'ai aussitôt la chair de poule. Elle est exactement comme je m'y attendais : une robe cintrée en dentelle blanche, les cheveux délicatement bouclés, et un teint éclatant qui rayonne par-delà les murs de cette magnifique salle de réception. Je ne suis pas peu fier lorsqu'elle passe lentement à côté de nous, affichant une joie non dissimulée, jusqu'à ce que je sente une main prendre la mienne.

Une seule larme coule le long des joues de Sarah, tandis qu'elle serre ma main puis la lâche. Ma confusion momentanée se calme d'un seul coup lorsque je prends conscience qu'elle pense à son mariage et à son défunt mari. *Et merde.* Je n'ai pas envisagé un seul instant que ce pourrait être éprouvant pour elle.

— Ça va ? murmuré-je en me penchant vers elle. Si c'est trop…

Elle s'essuie prestement la joue et secoue la tête.

— Je vais bien. Je suis seulement émue. Elle a l'air tellement heureuse.

Greta atteint le bout de l'allée et embrasse son père qui s'écarte ensuite pour laisser Will prendre sa place. Lorsqu'il la regarde comme si elle était la seule et unique femme sur terre, je sens un nœud se former dans ma gorge. *Tant mieux pour toi, Greta*, me dis-je. *Matt avait raison. Notre petite s'en est bien sortie.*

— Chère famille, chers amis, nous sommes réunis aujourd'hui pour célébrer l'amour de Greta et William qui ont décidé d'unir leurs vies par les liens du mariage…

Chapitre 26

Après un tourbillon d'applaudissements, de photos de groupe et de conversations badines autour d'un verre, nous passons à l'étape suivante du mariage, pour laquelle Greta et William ont réservé la salle de bal pour le repas de noces. Nous sommes accueillis dans la salle de bal par une harpiste, encore plus de champagne, et la mère de la mariée dans sa tenue rouge cerise qui semble sur le point d'exploser de bonheur.

— Vous êtes splendide, madame Lang ! m'exclamé-je tandis qu'elle me serre dans ses bras. C'était une très belle cérémonie.

— Merveilleuse, n'est-ce pas, Nick ? Je suis tellement ravie que vous ayez pu venir ! On m'a dit que Matthew n'avait pas pu se libérer ; quel dommage, vraiment.

— Je sais ; il est très déçu de ne pas pouvoir être présent. Voici Sarah, au fait. Sarah, je te présente la mère de Greta.

— Ivy, rectifie-t-elle. Enchantée de vous rencontrer, ma chère, votre robe est fantastique. Allez vous chercher un verre ; le plan de table se trouve à l'intérieur, juste après la porte.

Nous entrons dans la salle de bal, prenant des flûtes de champagne au passage, et nous retrouvons face à une marée de nappes blanches et de fleurs fraîches, ainsi qu'à une piste de danse noire illuminée d'étoiles qui semble avoir été installée par Dieu en personne.

— C'est de mieux en mieux, fait remarquer Sarah en regardant partout d'un air émerveillé. Ma réception n'avait rien d'aussi grandiose – mais en même temps, nous avions vingt-cinq ans et nous étions fauchés. Où est-ce qu'on s'installe ?

Je me demande à quoi ressemblait Sarah dans sa robe de mariée, l'imaginant me rejoindre devant l'autel. Reprenant mes esprits, je parcours le plan des douze tables et finis par y trouver nos noms.

— Table quatre, l'informé-je. Tu es prête à échanger des banalités ?

— Toujours, répond-elle. Et par « toujours », j'entends « jamais ».

Nous trouvons les marque-places à nos noms et adressons un signe de tête poli aux autres couples déjà assis à table, reconnaissant vaguement deux d'entre eux comme des invités de Will à la fête de fiançailles.

— Nick, dis-je pour me présenter. Voici mon amie Sarah.

Sarah leur fait un petit signe de la main avant de s'asseoir.

— Kevin, répond l'homme qui porte un bien plus beau costume que le mien, et voici ma femme, Shondra.

Les autres couples sont tous deux de la famille de Will : son cousin James et son épouse, Lynne, ainsi que sa nièce issue de la génération Z, Emma, accompagnée de son petit ami, Louis. Sans le moindre doute, au moins l'un des deux a une chaîne YouTube.

— Avez-vous pu parler à Greta ? m'enquiers-je en balayant de nouveau la pièce du regard. Je voulais la saluer avant que tout le monde ne lui saute dessus. J'ai à peine eu l'occasion de lui dire bonjour pendant les photos.

— Ils feront sans doute leur entrée dans un petit moment, répond Shondra. Nous ne pouvions pas être présents pour la cérémonie, donc je meurs d'envie de voir sa robe.

Sarah sirote tranquillement son champagne, prêtant attention à tout dans les moindres détails. On m'a demandé de jouer les cavaliers à plusieurs mariages, et ça fait toujours très bizarre au départ, mais j'ai le sentiment qu'elle est encore un peu bouleversée par la cérémonie.

— Tu es sûre que tu n'es pas perturbée par tout ça ? m'enquiers-je à voix basse. Je veux dire… pendant la cérémonie tu semblais…

Elle affiche un sourire chaleureux.

— Je suis… Je n'ai pas été à un mariage depuis, eh bien, le mien. Tout ça m'a seulement… frappée… tu comprends ?

Je hoche la tête. Je suis bien placé pour savoir que le chagrin peut nous revenir en pleine poire quand on s'y attend le moins.

— Oui, bien sûr. Écoute, si c'est trop, nous ne sommes pas obligés de…

— Je vais bien, m'interrompt-elle en posant une main sur la mienne. Mais c'est gentil à toi de le proposer. Je ne suis pas vraiment triste, juste un peu trop sentimentale, peut-être.

— C'est compréhensible, la rassuré-je, espérant secrètement qu'elle laissera sa main sur la mienne toute la soirée. Parfois, la vie, c'est comme un gros coup de pied aux fesses. Les mariages me rappellent que je suis probablement le seul homme célibataire sur la planète.

— Bon sang, qui est-ce qui est morose maintenant ? Il faut que tu retrouves le sourire, Nick. Qui sait, ta future femme est peut-être là ce soir, mais elle ne risque pas de s'approcher si tu passes pour le tordu qui reste tout seul dans son coin !

Son regard se promène dans la pièce tandis que le mien reste fermement vissé sur elle.

Le silence s'installe lorsqu'on annonce l'arrivée de la mariée et de son époux, et Greta et Will entrent sous un tonnerre d'applaudissements, prenant place à la table centrale avec leur famille proche. Si heureux que je sois pour Greta, tout ça me rappelle à quel point je suis en retard sur tout le monde. Pas de famille proche, pas d'épouse, pas de petite amie, pas d'enfants. Putain, il faut vraiment que je me bouge.

Comme prévu, le dîner est exceptionnel ; j'ai choisi le risotto au homard pour commencer, suivi de l'agneau servi avec de l'orge et des panais, puis un fondant au chocolat pour finir. Sarah a pris le même dessert, mais a opté pour les noix de Saint-Jacques au caviar en entrée et pour un plat principal original composé de canard et de poires grillées. Je cherche le vin sur Google et sens mes sourcils remonter jusqu'aux racines de mes cheveux en voyant son prix. Sarah et moi avons mal au ventre tant nous nous sommes régalés. Ce dîner était la perfection incarnée, jusqu'aux serveurs qui opèrent tous avec une précision militaire, posant et débarrassant les assiettes avec une expertise digne du titre de « ninja de la restauration ».

La nièce de Will, Emma, semble s'être entichée de Sarah, la questionnant sur sa robe et autre chose impliquant des ongles cercueil, ce qui, j'en suis sûr, est moins morbide qu'il y paraît. Le reste de la table est assez bavard, mais on est loin de s'amuser autant que si Harriet et Matt avaient été là. Quand le café arrive à table, un puissant larsen retentit lorsque le père de la mariée, Mike, est invité à faire le premier discours.

— Tout d'abord, je tiens à tous vous remercier d'être parmi nous pour cette journée si spéciale, commence-t-il. Je sais que certains membres de la famille de Will sont même venus d'Australie pour être ici aujourd'hui, et cela nous touche énormément.

Un petit cri collectif des Australiens présents dans la pièce fait sourire tout le monde, tandis que le père de Greta essuie son front buriné et boit un peu de vin.

— En tant que député, je ne suis pas tout à fait étranger au fait de m'exprimer en public. Néanmoins, Greta m'a demandé de faire court – probablement parce que nous avons de nombreux discours à écouter, mais sans doute aussi par peur que je n'use d'une stratégie d'obstruction parlementaire en racontant sa vie pendant des heures, et ne fasse attendre les musiciens.

Je vois Greta et sa mère rire et hocher la tête à l'unisson.

— Alors, à la place, je vais me contenter de remercier Greta d'être Greta. Sa mère et moi sommes incroyablement fiers de la femme qu'elle est devenue. Nous ne leur souhaitons, à Will et à elle, rien d'autre que du bonheur, de l'amour et de l'humour pour affronter tout ce que la vie mettra sur leur chemin. Nous vous aimons tous les deux.

Mike est en larmes. Bordel, même moi je commence à pleurer un peu. Sarah pousse un cri pour acclamer l'homme qui est maintenant dans les bras de sa fille, tout comme le reste de l'assemblée.

Le suivant est Will, qui reçoit un tonnerre d'applaudissements avant d'avoir dit un seul mot. Il se tient là, savourant le moment comme s'il venait de remporter un prix.

—Merci, Mike, pour ces mots gentils. Au nom de ma femme et de moi-même – acclamations du public –, je souhaite vous signifier à quel point nous sommes heureux de votre présence ici pour partager notre jour si spécial. Je vous conseille aussi de garder vos verres remplis, car j'ai l'intention de porter un toast à de nombreuses personnes dans les minutes qui suivent. À commencer par mes parents, Diana et Brutus…

Brutus ? Son père est gladiateur ?

Will tient sa promesse, levant son verre en l'honneur de quasiment toutes les personnes présentes, de celles qui ne pouvaient pas l'être, de celles qui travaillent ici et même des membres de la famille qui sont morts bien avant qu'il ne rencontre Greta.

—Et enfin, ma splendide partenaire de crime, Greta.

Il lui prend la main, et elle le regarde comme s'il n'y avait personne d'autre dans la pièce.

—Merci d'avoir choisi de prendre le métro ce matin pluvieux, il y a cinq ans. Merci d'avoir laissé sa chance à un homme qui t'a offert son parapluie à la sortie. Merci d'être le premier visage que je vois chaque matin et le dernier chaque soir… et plus que tout, merci d'accepter de rester à mes côtés pendant que nous poursuivons cette folle et magnifique aventure qu'on appelle *la vie.* Tu es la personne qui me fait pousser des ailes, la lueur dans mon regard, la chanson coincée dans ma tête.

Je vois Sarah se pincer les lèvres, s'efforçant désespérément de ne pas pouffer.

— Waouh, c'était vraiment beau, tu ne trouves pas ? lui dis-je, un large sourire aux lèvres. Tant d'émotion… de poésie…

— Arrête tout de suite.

— Quelle jeune mariée ne rêverait pas d'être comparée à une mélodie entêtante durant un discours de mariage ?

Elle craque, plaquant aussitôt une serviette sur son visage pour dissimuler son hilarité.

— Oh mon Dieu, nous sommes vraiment d'odieux personnages, insisté-je. D'odieux personnages fous et magnifiques…

Shondra jette un coup d'œil à Sarah qui se cache presque sous la table.

— Elle va bien ?

— Elle est bouleversée, expliqué-je en frottant le dos de Sarah qui tremble à force de rire. Ça lui passera.

Sarah finit par se calmer pendant le discours suivant. Cinq discours plus tard, il est temps de couper le gâteau, qui est servi avec le café. Avec une heure de battement pour se rafraîchir avant la fête et l'arrivée des invités de la soirée, ceux qui séjournent à l'hôtel se retirent dans leurs chambres, tandis que Sarah et moi sortons prendre l'air dans le jardin.

— Bon sang, je me sens tellement mal d'avoir ri, dit Sarah pendant que nous faisons une petite promenade. J'ai tellement l'impression d'être une vieille fille blasée ces temps-ci.

— Ne t'autoflagelle pas, rétorqué-je. Tu es humaine. C'est dur de ne pas ricaner face à tant de mièvrerie.

— Tu es sorti avec Greta, non ?

Je hoche la tête.

— Il y a des années.

— Intéressant. Donc ça aurait pu être toi là-bas, en train de plagier Elvis.

— J'en doute, gloussé-je. Notre relation a été très brève et sans remous, ce qui explique sans doute pourquoi nous sommes restés amis.

— Pas de cœurs brisés ?

— Exactement.

Sarah réfléchit à ma réponse.

— Et quand as-tu su qu'il manquait… quelque chose ? Je veux dire, toutes les histoires d'amour ne sont pas du genre BIM ! Ça peut évoluer avec le temps.

— Exact, concédé-je. Mais qui a envie d'attendre les soixante prochaines années pour en arriver là ? Ou pire, de se mettre en couple seulement pour ne pas être seul ? Tu as vu la façon dont elle regarde Will… Elle ne m'a jamais regardé comme ça.

— Pourtant tu le mérites, toi aussi, souffle Sarah. Tu mérites qu'on te regarde de cette façon.

Hélas, elle baisse les yeux en prononçant ces mots.

— Tu as raison, répliqué-je. Et un jour, quand je m'y attendrai le moins, je trouverai mon Will à moi.

Elle arbore un grand sourire.

— Je n'en doute pas. Retournons à l'intérieur ; ce Dom Pérignon ne va pas se boire tout seul.

La première danse de Greta et Will est surprenante. Connaissant Greta depuis aussi longtemps, je ne m'attendais pas à une chorégraphie, et encore moins à ce qu'elle choisisse le morceau *You Make my Dreams Come True* de Hall and Oates.

— Qu'est-ce qui te fait rire ? demande Sarah lorsque je grogne inopinément.

— C'est juste que… Greta est le genre de fille à aimer les ballades. Je m'attendais à Etta James ou à un grand classique romantique. Ça, c'est… marrant !

Elle affiche un grand sourire, tout en regardant Will faire tourner sa toute nouvelle épouse sur la piste. Ils irradient de bonheur.

— La nôtre, c'était *Annie's Song*. Mon deuxième prénom est Annie donc… C'est un peu bizarre quand j'y pense, d'opter pour une première danse uniquement dédiée à la mariée. Ça devrait vraiment se faire dans un esprit d'équipe.

— Sympa, cela dit, fais-je remarquer. Même si on ne peut pas danser comme ça sur *Annie's Song*.

Je lui indique Greta qui écrase joyeusement ses chaussures hors de prix contre le sol tout autant hors de prix. Putain, on dirait une femme complètement différente avec Will. De toute évidence, il fait ressortir un côté d'elle que je n'aurais jamais soupçonné.

— Qu'est-ce que tu choisirais ? me demande Sarah. Comme première danse ? J'imagine que tu prendrais… quelque chose de super cool, comme Bowie ou les White Stripes. J'ai vu tes playlists Spotify.

J'éclate de rire.

— En fait, non. Ce serait quelque chose de simple. Comme *Should I Stay or Should I Go* des Clash.

Elle fronce les sourcils et me donne un coup dans le bras.

— J'ose espérer que tu ne comptes aller nulle part le jour de ton mariage. Je comprends mieux pourquoi tu es célibataire.

— … ou peut-être *God Only Knows* des Beach Boys. Non pas que j'y aie beaucoup réfléchi.

Elle paraît surprise.

— Eh bien, tu as réussi à te rattraper in extremis ; celle-là est hyper romantique.

— Je peux être romantique, rétorqué-je avec un sourire en coin. Je suis un peu le Barry White du monde légal. Je peux donner l'impression à une femme de marcher sur des nuages.

—À moins que tu planques un haricot magique dans ton pantalon, j'en dis que c'est des conneries.

Je ris un peu trop fort, m'attirant les foudres de Shondra qui vit le plus beau moment de sa vie au travers de la robe de Greta. Heureusement, la mère et le père de Greta les ont rejoints sur la piste de danse, et tout le monde se motive pour faire de même.

—Je crois que j'ai besoin de picoler un peu plus avant d'aller sur la piste, confessé-je. T'es partante pour un autre verre ?

—Carrément, répond-elle. N'importe quoi avec une double dose. Cette robe ne fait son petit effet que lorsque je n'en ai rien à foutre.

Je me dirige vers le bar, en m'efforçant de rester optimiste. J'ai beau passer un moment génial avec Sarah, au fond, je sais que ça ne peut pas aller au-delà. Peu importe à quel point elle est drôle ou belle, notre relation est purement platonique.

—Nick ! Au moins un de mes amis proches a fait l'effort de venir !

—Tu es magnifique ! m'exclamé-je en souriant à la mariée, et tu sais pertinemment qu'ils seraient là s'ils le pouvaient. À moins que tu n'aies envie que Harriet vomisse sur ta robe…

Greta, légèrement éméchée par le vin et l'adrénaline, et sans ses chaussures, me prend dans ses bras avant de s'asseoir à notre table.

— Je meurs d'envie de discuter un peu avec vous depuis le début de la journée ! Vous avez pris de la pièce montée ? Il faut que vous y goûtiez.

Sarah soulève sa part emballée dans une serviette en guise de confirmation.

— Je partagerai avec Alfie.

— Oh, prends-en plus pour lui ! rétorque-t-elle. Elle fait quatre étages, inutile de se rationner. Je suis tellement contente que tu sois venue avec Nick ; c'est le plus marrant des deux, de toute façon, ajoute Greta en faisant un clin d'œil.

— Alors, madame Howard, où va se passer la lune de miel ? demandé-je, ravi moi aussi que Sarah soit ici avec moi.

— Howard-Lang, rectifie-t-elle, et nous partons aux Maldives demain soir. Deux semaines de soleil, de sexe et de cocktails avec des parasols. Il me tarde.

— Ça a l'air génial, Greta. Tu le mérites, dis-je en me penchant pour l'embrasser sur la joue. Je suis tellement heureux pour toi.

Elle me fait un nouveau câlin.

— Merci, Nick. Tu es un homme tellement adorable. Celle qui te choisira sera une veinarde.

Elle s'écarte et me sourit.

— Oh, Shondra, tu veux bien prendre une photo de nous ?

Greta me fait signe de tendre mon téléphone pendant que nous nous serrons les uns contre les autres, arborant nos plus beaux sourires pour la photo, moi au milieu avec le bras de Sarah enroulé autour de mon dos.

— Ooh, elle est adorable, fait remarquer Greta quand nous regardons le résultat. Tu es tellement jolie, Sarah. Matt va s'en mordre les doigts quand il verra ça.

— Merci, répond-elle, mais je ne vois qu'une seule beauté sur cette photo.

— C'est gentil de ta part, répliqué-je. Il était temps qu'on reconnaisse ma magnificence.

Greta éclate de rire avant d'annoncer qu'il faut qu'elle aille faire pipi.

— Ça fait une éternité que je me retiens. Cette culotte gainante est trop galère à enlever et à remettre pour un petit pipi.

— Euh, vas-y, rétorqué-je en faisant une grimace. Je n'ai vraiment aucune envie d'entendre parler de tes petits pipis.

— Amusez-vous bien, les amis. Et souvenez-vous, emportez plus de gâteau et venez me voir avant de partir, d'accord ?

Nous acquiesçons tandis qu'elle cavale jusqu'aux toilettes. Je transfère la photo à Greta, Matt et Harriet.

— Tu veux bien me l'envoyer aussi ? demande Sarah. Elle est super. Il me faut plus de photos de mes amis.

Beurk. « Amis ». Merde à la fin, je ne veux pas être rangé dans la case « ami » ; je veux être dans la case « sexe ». Ou même, la case « pelotage-tout-habillé ». Tout, sauf la case ami.

Soudain, Sarah se lève d'un bond.

— J'adore cette chanson. Ramène tes fesses sur la piste de danse immédiatement.

Je la suis joyeusement sur le son de *Crazy in Love*, prêt à passer le reste de la soirée à transpirer sur la piste de danse avec les autres ivrognes sur leur trente et un. Nous dansons pendant deux bonnes heures, nous arrêtant seulement pour faire des sauts rapides au bar pour demander de l'eau ou un autre shot de tequila.

— Je me suis bien amusée ce soir, crie-t-elle dans mon oreille tandis que je mords dans mon citron vert. Vraiment un super moment. Merci.

— Il nous reste encore deux heures !

J'éclate de rire et la traîne de nouveau sur la piste de danse.

— Je sais, répond-elle. Je voulais seulement que tu le saches. Je suis désolée que tu te sois retrouvé avec moi et que tu n'aies pas pu emmener quelqu'un de spécial.

— Ne sois pas stupide, rétorqué-je en souriant jusqu'aux oreilles.

Elle fait le robot. Je n'arrive pas à garder un visage sérieux.

Putain. Ma folle envie de lui dire que *si*, j'ai bien amené quelqu'un de spécial, est presque accablante. Que je suis ici avec la seule femme au monde que je veux.

— On est potes. Je suis très heureux que tu sois là.

Trois chansons de plus et nous allons nous asseoir. Sarah fait l'impasse sur le champagne en faveur d'un peu d'eau.

— Il paraît que c'est ton anniversaire dans deux semaines, dit-elle en utilisant une serviette comme éventail. Tu as des projets ?

— Matt essaie de me convaincre d'organiser une fête, mais, pour être honnête, j'en ai un peu marre des grands comités en ce moment. J'aimerais faire quelque chose de drôle. Quelque chose d'idiot. On n'a pas trente et un ans tous les jours.

— Les parcs d'attractions vont bientôt rouvrir pour la saison estivale, suggère-t-elle. Une journée entière à crier et à manger de la nourriture que tu reverras dix minutes plus tard… Suffisamment idiot pour toi ?

— Je n'ai pas mis les pieds dans un parc d'attractions depuis des années. Ce n'est pas une mauvaise idée. Tu penses qu'Alfie serait partant ?

— Euh, oui, mais c'est ton anniversaire, ne te sens pas obligé de…

— Parfait, dans ce cas. Je préviendrai Matt.

Elle affiche un grand sourire.

— Tu es sûr que tu as envie qu'on vienne ?

— Il le faut. Matt n'est pas très friand des sensations fortes. Il va me falloir un partenaire de crime. Lui n'aura qu'à faire les manèges pour enfants avec Alfie.

Elle accepte aussitôt, claquant des mains d'excitation comme une gamine de cinq ans. J'espère seulement que Matt sera aussi emballé que nous.

Plusieurs shots plus tard, le DJ annonce la dernière chanson de la soirée. Sarah se relève, enlevant ses chaussures d'un coup de pied, tandis que je grimace d'épuisement.

Elle fronce les sourcils, une main posée sur sa hanche, l'autre tendue vers moi.

— Je ne compte pas faire la dernière danse toute seule. Debout, soldat !

J'accepte à contrecœur et elle me hisse debout, à l'instant même où *Knocks Me Off My Feet* de Stevie Wonder commence à résonner. Sarah semble vaguement gênée – de toute évidence, elle ne s'attendait pas à un morceau aussi lent. Je souris, espérant que ce sourire atteint mes yeux, puis lui prends la main, l'attirant contre moi pour l'inévitable mouvement d'avant en arrière des danseurs peu expérimentés. Après un moment de malaise, sa tête finit par s'appuyer contre mon torse, et je me sens lutter pour déglutir, croisant les doigts pour qu'elle ne m'entende pas haleter. Putain, pourquoi ses cheveux sentent aussi bon ? Je puise au tréfonds de moi la force nécessaire pour résister à mon envie d'enfouir mon visage dans ses boucles. Je me demande si elle arrive à sentir à quel point mon cœur bat vite. Et là, alors que je regarde par-dessus sa tête, elle lève les yeux vers moi et, soudain, nos lèvres ne sont plus qu'à quelques centimètres. Quand elle croise mon regard, je bondis en arrière, comme si on venait de m'ébouillanter, de peur que, si je continue à la toucher une seconde de plus, je sois incapable de résister à mon envie de l'embrasser.

Mal à l'aise, je me mets à tousser.

— Désolé, il faut que j'aille aux toilettes. Tu prends tes chaussures ? Je nous appellerai un Uber en revenant.

Je fuis littéralement.

Une fois retranché dans les toilettes pour hommes pour reprendre mes esprits, j'appuie mon visage contre le carrelage mural froid, en dépit des germes dégueulasses de ces toilettes. Je ne peux pas continuer à me mettre dans des situations pareilles avec Sarah. Ça devient physiquement douloureux.

Chapitre 27

— Je te hais, vocifère Matt, ses mains agrippées autour de la barre de sécurité des montagnes russes. Je te hais plus que tout.

L'enthousiasme initial de Matt quant au fait de passer mon anniversaire à *Thorpe Park* semble s'être quelque peu dissipé.

— Tu n'as pas besoin de faire quoi que ce soit de trop violent, l'ai-je informé. J'ai juste eu envie de faire quelque chose d'un peu différent cette année. Au lieu de la cuite habituelle.

— Oh, ne t'en fais pas pour moi, a-t-il assuré, le teint clairement verdâtre. Je monterai sur tout et n'importe quoi. Plus ça va vite, mieux c'est.

— Mais la fois où on est allés à Blackpool, tu as failli pleurer quand…

— Mec, c'était il y a six ans. J'avais une intoxication alimentaire. J'étais seulement contrarié qu'on m'ait embobiné pour y aller. Rien à voir avec les attractions.

Durant le trajet en train jusqu'ici, il a parlé avec excitation à un Alfie impatient des attractions que le petit bonhomme serait assez grand pour faire, puis a enchaîné sur des anecdotes d'un autre temps, à l'époque où son propre père l'emmenait faire des tours de manège à la foire agricole locale.

— Tout en haut de la grande roue, avec des bottes en caoutchouc, une vue imprenable sur la campagne. C'était le bon temps.

Parfois, je me dis que Matt a raté une vocation de fermier.

— Tu n'avais pas dit qu'il détestait les manèges ? a murmuré Sarah pendant que Matt et Alfie regardaient les vidéos des visiteurs du parc sur YouTube. Il a l'air carrément emballé.

— Je l'ai peut-être mal jugé, ai-je répondu, sachant pertinemment que ce n'était pas le cas.

Son attitude reposait sur quatre-vingt-dix pour cent de frime dans l'optique d'épater Sarah et Alfie, et peut-être dix pour cent d'amnésie, à la suite du traumatisme subi sur l'attraction « Big One » du *Blackpool Pleasure Beach*.

— Tu n'es pas obligé de faire ça, l'informé-je, quoique à contrecœur, vu que nous sommes déjà harnachés et prêts à démarrer. J'ai dit que je continuerais tout seul.

— Quoi ? Et passer pour une mauviette devant Alfie et Sarah ? Hors de question.

— Je ne pense pas que…

— Je te tiens pour responsable de tout ça. D'ailleurs, pas seulement de ça…

Je conseille à Matt de se détendre et d'essayer de s'amuser tandis que les dernières vérifications de sécurité sont faites, faisant un rapide salut de la main à Sarah et Alfie qui nous regardent. Alfie semble irrité de ne pas avoir atteint la taille minimum requise – un mètre vingt-neuf –, mais observe avec attention lorsque l'attraction se met en marche.

La puissance initiale avec laquelle le train est propulsé comme une fusée est surprenante, même pour moi, mais le hurlement sonore de Matt me fait rire plus que de raison. L'élan nous emmène au-delà des arbres puis dans un petit tunnel, avant que nous arrivions face à une pente abrupte que nous montons lentement, ce qui me donne l'occasion de jeter un coup d'œil à Matt qui, les yeux bien fermés, est en train de jurer ou de prier dans sa barbe.

— Mec, tu manques la vue.

— Ferme ta gueule.

— Je croyais que tu aimais les belles vues.

— Je te jure que si je meurs, je reviendrai te hanter, connard.

Lorsque nous atteignons enfin le sommet, quelques intrépides à l'avant lèvent les bras, et nous dévalons la pente à toute allure, nos fesses se soulevant, laissant nos estomacs au fond de nos sièges, jusqu'à ce que Matt pousse un cri suraigu particulièrement impressionnant. Après plusieurs boucles et plusieurs spirales, nous nous arrêtons et Matt ouvre enfin les yeux.

— Tu es toujours avec nous ? m'enquiers-je.

Son visage n'a même plus de couleur ; il est quasiment transparent.

Il fait « non » de la tête.

— Je suis censé marcher après ça ?

Il titube et nous nous dirigeons vers la sortie du manège, où Sarah et Alfie nous attendent pour recueillir nos impressions.

— Ça allait teeeellement vite ! déclare Alfie. Ça faisait peur ?

Matt hoche la tête piteusement.

— Eh bien…

— Il n'a même pas crié ! Je ne sais même pas comment c'est possible d'être aussi courageux, mais lui l'a été. J'étais terrifié !

— Waouh ! s'exclame Sarah. Impressionnant ! Il me faudrait une anesthésie générale pour monter sur cette attraction. Quel champion !

Alfie fait un sourire radieux à Matt, comme s'il venait juste de sauver la planète. C'est le moins que je puisse faire ; après avoir affronté sa hantise des montagnes russes pour mon seul plaisir, Matt est pratiquement un héros de toute manière.

— Matt… est-ce que tu peux m'accompagner sur le petit grand huit ? Il fait un peu peur aussi.

— Bien sûr, mon pote, dit-il en prenant Alfie par la main. Avec grand plaisir.

Tandis que nous passons à côté de l'étal de produits dérivés, Sarah éclate de rire et m'arrête, m'indiquant les écrans contre le mur.

— Il n'a pas crié, tu disais ?

Il me faut une seconde pour le trouver, mais juste là, en haute définition, je vois un Matt pétrifié, la bouche ouverte, en train de s'égosiller.

— Continue à avancer, dis-je en passant mon chemin. Il va baliser s'il voit ça.

— Quoi, tu veux dire comme ça ?

Sarah essaie d'imiter son visage sur la photo, et je hurle de rire. Heureusement, Alfie a réussi à traîner Matt suffisamment loin pour qu'il ne me voie pas me plier en deux.

— Il s'éclate, m'informe Sarah tandis que nous regardons Alfie sautiller à côté de Matt. Merci de nous avoir invités, héros du jour.

— De rien, répliqué-je. Vous avez rendu un vieil homme très heureux. Probablement pas ce que la plupart des adultes choisiraient pour leur trente et unième anniversaire, mais je passe un moment génial.

— Pff, j'ai repeint ma cuisine pour mes trente et un ans, rétorque Sarah. D'ailleurs, c'est le genre de trucs d'adulte que je devrais être en train de faire.

Cela dit, j'avais un bébé à la maison à l'époque. Toi, tu as seulement Matt.

— Quoi ? Je te croyais plus jeune que moi, encore dans la vingtaine !

Elle éclate de rire.

— Dieu vous bénisse, toi et ta vue défaillante. J'aurai bientôt trente-quatre ans.

— Donc tu es une cougar ? dis-je, un grand sourire aux lèvres. Matt est un sacré veinard.

— Va te faire voir ! s'exclame-t-elle en gloussant. Trois ans d'écart, c'est rien du tout ! Je n'ai rien d'une cougar-serveuse de café.

Alors que Matt emmène Alfie sur le Poisson Volant, Sarah pointe du doigt une attraction à côté qui semble relativement rasoir en comparaison des montagnes russes que je viens de faire.

— On va faire celle-là, insiste-t-elle. Je ressens le besoin d'être secouée dans tous les sens.

Je regarde les passagers actuels, dont la plupart s'égosillent à n'en plus finir, ce qui paraît excessif pour une attraction qui ne fait qu'aller d'avant en arrière.

Nous prenons place sur la rangée de devant, à côté d'un couple de jeunes adolescents qui trépignent déjà d'excitation. Elle glousse lorsque l'attraction prend de la vitesse et lui fait basculer la tête en arrière. C'est un vrai bonheur à regarder.

— Allez, on lève les mains ! s'écrie quelqu'un.

Et tout le monde s'exécute, y compris Sarah et moi, riant maintenant comme des fous tandis que nos estomacs sont propulsés hors du wagon.

Après une courte pause jus de fruits, Alfie décrète que nous devrions tous aller faire des autotamponneuses, qui se trouvent être l'attraction que j'aime le moins dans le parc.

— Euh, je vais peut-être me contenter de vous regarder… pour prendre des photos ? suggéré-je.

Mais Alfie ne veut rien entendre, insistant pour que je monte avec lui.

Essayer d'expliquer à un enfant de quatre ans le concept du coup du lapin est inutile.

Matt et Sarah prennent une voiture, me laissant me tasser à côté d'Alfie qui empoigne le volant tel un mini Michael Schumacher. Lorsque la sonnerie du démarrage retentit, Alfie appuie sur l'accélérateur, poussant un cri de joie quand nous percutons en premier Matt et Sarah, qui font un bond en arrière sous le coup de l'impact.

— Voyons si tu peux faire le tour de la piste sans tap…

Un gamin avec une casquette de base-ball nous prend en traître, et je sens mon torse heurter violemment la ceinture de sécurité. Alfie glousse et nous propulse de nouveau en avant. Mais qu'est-ce que ça a de drôle ?

Quatre crashs plus tard, je sors en titubant, me demandant si mes organes internes sont toujours à leur place initiale. Heureusement, Sarah et Matt semblent plutôt secoués et déclarent avant moi qu'ils ne monteront plus jamais là-dedans. Alfie, toujours indemne, gambade vers un stand de nourriture.

Deux heures plus tard, nous sommes repus, heureux et légèrement trempés par les averses. Je me fiche un peu de cette dernière partie, étant donné qu'un petit enfant m'a vomi sur le pied tout à l'heure et que, grâce aux trombes d'eau, ma chaussure est maintenant presque propre. Matt et Alfie décident de faire un dernier tour sur le grand huit pour enfants, tandis que Sarah et moi nous dirigeons vers Saw, une attraction inspirée du film d'horreur.

— Ça a l'air brutal, fait remarquer Sarah pendant que nous nous asseyons. Tu as vu cette traînée de sang ?

— À trente mètres de distance, dis-je, un sourire en coin. Dis adieu à ce burger que tu as avalé tout à l'heure. Oh regarde, il y a même Billy, cette marionnette merdique. Ça n'augure rien de bon.

Avant que j'aie le temps d'ajouter quoi que ce soit, le tour commence, et nous nous retrouvons au pied d'une montée.

— Oh putain, souffle Sarah alors que nous commençons notre ascension. C'est parti.

La gravité fait de son mieux pour nous ramener la tête la première au point de départ. Sarah tend le bras pour me prendre la main gauche. Nous jetant un dernier coup d'œil, nous atteignons le sommet puis dégringolons jusqu'au sol comme Thelma et Louise, mais avec beaucoup plus de cris. Nous tournons, nous retournons, cognons nos têtes contre les côtés des sièges, mais nous nous agrippons l'un à l'autre. Même en pleine étreinte mortelle, j'ai l'impression que sa main va parfaitement dans la mienne. Quand nous nous arrêtons enfin, les barrières de sécurité se relèvent, et nous sommes contraints de nous séparer.

— Putain, c'était intense ! s'exclame-t-elle en sortant du wagon. Désolée de t'avoir pris la main, j'ai paniqué.

— Pas de problème, assuré-je, même si personne ne m'a tenu aussi fort depuis Nadine Foster, la fois où elle m'a emmené au fond du gymnase.

— Je n'arrive pas à croire que tu viennes de blaguer sur une branlette dans un parc d'attractions pour enfants, réplique-t-elle en sortant son téléphone. Tu finiras en enfer… Oh, Matt vient de m'envoyer un message, ils attendent à côté du Dôme.

— Il a été super avec Alfie aujourd'hui, fais-je remarquer tandis que nous traversons le parc. Tu dois être contente qu'ils s'entendent aussi bien.

— Bien sûr, concède-t-elle, même si je suis un peu réticente à l'idée qu'ils deviennent trop proches… juste au cas où. Je ne veux pas que des hommes défilent dans la vie d'Alfie. Il a besoin de stabilité.

—Matt est l'incarnation de la stabilité, rétorqué-je. Il est parfaitement sensé… C'est presque surhumain à ce stade.

Elle émet un petit rire.

—Je sais, mais je ne suis pas naïve, Nick. Soit les relations durent toute la vie, soit elles se terminent… il n'y a pas vraiment d'entre-deux, et la majorité des couples appartiennent au second cas. En plus, j'ai pour habitude de rendre les choses nettement plus compliquées que nécessaire… Visiblement, je n'arrive jamais à faire ce qu'il faut.

—Hmm, tu parles au roi du sabotage, là…, lancé-je. Loin de moi l'idée de porter des jugements.

—Ne parle pas de mon ami comme ça! insiste Sarah en me donnant un coup de coude.

Elle fait un signe de la main à Alfie qui s'attaque à une barbe à papa, tandis que Matt, visiblement épuisé, est affalé sur un banc à côté.

—Je le trouve plutôt… spécial, ajoute-t-elle. Je refuse d'entendre un seul commentaire désobligeant à son sujet.

—Moi aussi, je te trouve plutôt spéciale, répliqué-je. Mais mes mots tombent dans le vide vu qu'elle court déjà pour enlacer Alfie et Matt, me laissant à la traîne.

Quand nous arrivons à la maison, je suis tout disposé à m'écrouler devant la télévision, mais Matt, Sarah et Alfie en ont décidé autrement.

— Joyeux anniversaire, Nick, gazouille Alfie en me tendant un cadeau avec un superbe emballage que je m'empresse de déchirer.

— Waouh ! m'exclamé-je, m'émerveillant du cadeau à l'intérieur. J'ai toujours voulu une enceinte de salle de bains en forme de sous-marin jaune ! Comment l'avez-vous su ?

Sarah éclate de rire lorsque Alfie, perplexe, la regarde en quête d'une réponse.

— Un petit oiseau m'a raconté à quel point tu chantes merveilleusement bien sous la douche, m'informe-t-elle en jetant un coup d'œil à Matt. Donc Alfie et moi nous sommes dit que tu pourrais vouloir écouter de la musique.

Matt affiche un sourire en coin en secouant lentement la tête.

— Épouvantable ! J'ai dit que sa façon de chanter était épouvantable ! Ça va être un vrai cauchemar maintenant.

— Arrête de heurter ma sensibilité, rétorqué-je en examinant mon nouveau jouet. En plus, c'est toi qui écoutais les Destiny's Child l'autre matin… Ça aurait été grossier de ma part de ne pas me joindre à toi.

— Ouais, cause toujours, Beyoncé, lance-t-il, l'air un peu embarrassé. Bref, celui-ci est de ma part.

Je fronce les sourcils lorsqu'il me tend un petit paquet argenté.

— Qu'est-ce que c'est ? On ne s'offre pas de cadeaux d'habitude. On ne s'est jamais offert de cadeaux.

Il hausse les épaules.

— Tu as passé une année atroce. Je fais une exception.

Méfiant, je déchire le papier, espérant que ce n'est pas quelque chose d'horriblement déplacé qui traumatiserait à vie Alfie. À l'intérieur se trouve une montre Armani.

— Mec… tu n'aurais pas dû, dis-je en admirant le cadran solaire bleu foncé et le bracelet en cuir. Sérieusement. C'est beaucoup trop !

— Non, rétorque-t-il, c'est seulement mieux que ta montre merdique. Oh, ne commence pas à pleurnicher ; contente-toi de la mettre.

Je sens mon estomac se nouer lorsque je détache la montre et l'attache autour de mon poignet. Matt mérite vraiment un meilleur ami que moi.

Chapitre 28

Harriet et Noël ont emménagé dans une charmante maison mitoyenne avec trois chambres à Brighton, ce qui me laisse deux heures de train pour éplucher un peu le travail que j'ai rapporté à la maison pour le week-end.

— Besoin d'un coup de main ? s'enquiert Matt en me voyant me frotter le front. Sur quoi tu travailles ?

— Bah, ne me pose même pas la question, dis-je. Une fusion à la con qui paraît hyper louche. Il faut que tout soit en règle pour lundi.

— Tu veux une bière ? propose Matt en sortant une canette de Heineken de son sac à dos. Elles sont encore fraîches.

— Il est 11 h 30, rétorqué-je. Je crois que je vais passer mon tour.

Il éclate de rire.

— Ne fais pas comme si tu ne buvais pas du Baileys au petit déjeuner il y a quelques semaines de ça.

— Exact, concédé-je, mais je n'étais pas un merveilleux avocat en charge de fusions suspectes à l'époque. Putain, je n'aurais jamais cru que jouer le Père Noël me manquerait.

— Ça fait à peine deux mois que tu es dans cette nouvelle boîte, mec. Donne-toi du temps. La Kensington Fox n'était pas évidente non plus les premières semaines, tu t'en souviens ? Tu vas faire ton trou.

J'en doute, me dis-je intérieurement. Comparée à cet endroit, la Kensington Fox était pratiquement une colonie de vacances. Au moins là-bas, nous étions respectés. Je ne pense même pas que ma patronne connaisse mon nom, vu qu'elle se contente de m'appeler : « Hé, toi là-bas. »

Matt met ses écouteurs et commence à siroter sa bière du matin, pendant que j'essaie de me concentrer. Je ne veux pas que mon week-end entier chez Harriet soit gâché par le boulot.

Noël, le futur papa, vient nous chercher à la gare dans une Hyundai austère mais fiable, et nous conduit dans la rue la plus remplie de familles modèles et de barrières blanches que j'ai jamais vue de ma vie. Nous nous garons devant une maison mitoyenne en briques devant laquelle est garé un camion de déménagement.

— Ils déchargent les derniers cartons, nous informe Noël. Ne faites pas attention au désordre. Entrez, j'arrive dans une seconde.

L'énorme bidon de Harriet nous accueille en premier quand nous passons la porte. Je suis choqué de constater à quel point elle a grossi. Derrière moi, j'entends un Noël inquiet supplier le chauffeur de faire attention avec son ordinateur de bureau.

— Vous voilà enfin ! s'écrie-t-elle en se mettant de côté pour nous enlacer. Désolée, c'est le bordel, nous pensions que nous serions nettement mieux installés maintenant. Je ne peux rien soulever, donc c'est Noël qui gère presque tout.

— Bon sang, Harriet, s'exclame Matt, tu attends des jumeaux ? Il doit y avoir au moins deux humains parfaitement développés là-dedans.

— Non, juste un, répond-elle. Et avant que tu poses la question, on ne connaît pas le sexe. On veut avoir la surprise.

— La surprise de découvrir des jumeaux ?

— La ferme, Matt.

Hormis quelques cartons, la maison est en réalité plus rangée que notre appartement, ce qui est quelque peu embarrassant. Même une femme à deux doigts d'accoucher et son mari anxieux sont plus soigneux que nous.

— Waouh, m'exclamé-je quand nous entrons dans le salon qui semble sorti tout droit de *Maison & Jardin*. C'est impressionnant.

Putain, ils ont même une cheminée ouverte.

— Joli plancher, fait remarquer Matt. La dernière fois que j'ai vu autant de bois dur, c'était dans l'historique du navigateur de Nick.

— C'est choquant, hein ? reprend Harriet. Qui aurait cru que je finirais mère au foyer en banlieue, avec une putain de véranda et une allée pavée ? Ils nous ont laissé le jacuzzi, même si je n'y foutrai pas un pied avant qu'on l'ait fumigé. Je les connais, ces Brightoniens de classe moyenne : ils ont de belles pelouses et des vide-poches pour ranger leurs clés de voiture, mais qui sait ce qu'ils ont fichu là-dedans.

— Ça te va bien, lui dis-je, regardant par la fenêtre en quête d'un attirail d'échangistes. Bordel, entre Greta qui s'est mariée et Matt qui a rencontré Sarah, on dirait bien que je suis le seul à devoir encore devenir un membre utile de la société.

— Mais oui, c'est vrai ! s'exclame Harriet en rivant les yeux sur Matt. J'ai entendu parler de cette Sarah ! Ce bébé m'a fait manquer tous les potins. J'exige de tout savoir !

— Laisse-moi enlever mon manteau, Harriet, rétorque Matt. En plus, le fiasco de Nick avec Angela est nettement plus intéressant.

Je lève les yeux au ciel tandis que Harriet se concentre sur moi. Matt est un maître dans l'art de l'esquive.

Nous nous faisons livrer des plats chinois pour dîner, vu que Harriet a récemment développé une passion insatiable pour les *wontons* avec une sauce au canard et du riz sauté. Nous nous installons dans leur salle à manger à moitié décorée, mangeant directement dans les contenants à emporter.

—Cette Angela a toujours été un peu superficielle, me dit-elle. Quelqu'un qui choisit d'être dans *Big Brother* a besoin de se faire soigner. Je ne comprendrai jamais ce besoin d'être célèbre. Je n'apprécie même pas les interviews d'auteur.

—Comment se fait-il que tout le monde ait attendu jusqu'à maintenant pour me dire qu'il la déteste? rétorqué-je en grignotant un morceau de travers de porc. Vous êtes censés me soutenir. Cette information aurait pu m'être utile avant.

—On te soutient, reprend Harriet. Mais nous ne sommes pas ta mère, nous sommes tes amis. Nous respectons ta décision de fréquenter des femmes horribles mais nous nous gardons le droit de nous moquer de toi ensuite quand ça part en cacahuète. Ce sera pareil avec la nouvelle petite amie de Matt.

—Excusez-moi, mais elle n'est pas horrible, intervient Matt. C'est même la femme la plus gentille que j'ai jamais fréquentée, donc vous ne pouvez pas lui casser du sucre sur le dos.

—Je ne sais pas si ça en dit plus sur toi ou sur elle, rétorque Harriet en riant. Mais je suis impatiente de la rencontrer.

Punaise. Harriet est plus directe que d'habitude ce soir.

— Comment se passe ce nouveau boulot, Nick ? s'enquiert Noël. C'est sympa d'être de nouveau dans la course ?

— C'est épuisant, à vrai dire, avoué-je. Je fais minimum quatorze heures par jour en ce moment. Ma patronne est…

— … épuisante ? Essaie un peu d'emménager dans une nouvelle maison et de te trimbaler une boule de bowling sept jours sur sept, grommelle Harriet. Et de devoir pisser toutes les trente secondes quand tu essaies de travailler… Vous, les hommes, vous ne connaissez pas votre chance.

Noël manque de s'étouffer avec son *chow mein.*

— Harriet ! Inutile de…

Voilà qu'elle se met à pleurer. D'énormes larmes dévalent de ses yeux et coulent le long de ses joues.

— Je suis d… désolée, dit-elle en prenant une serviette. Je ne comprends pas ce qui ne tourne pas rond chez moi. Je suis méchante ! Grosse et méchante !

Noël se lève pour prendre sa femme dans ses bras.

— Tu n'es pas méchante, chérie. Tu es enceinte. Les hormones doivent être…

— Qu'est-ce que tu sais de mes hormones ? Combien de fois as-tu été enceinte ? Putain, je pourrais tuer pour un verre de rouge !

— Je… je… euh…

— Nom de Dieu, Harriet ! s'écrie Matt. Tu es possédée ou quoi ? Faut-il que j'appelle un prêtre ? Nick, prends-lui ses couverts avant qu'elle nous dévore tout crus.

Les pleurs de Harriet se transforment en sanglots entrecoupés de francs éclats de rire. Elle prend la main de Noël et l'embrasse.

— Pardonne-moi. Je suis une harpie. Et il faut que j'aille pisser. Je reviens tout de suite.

Nous entendons Harriet marcher lourdement jusqu'à la salle de bains au premier étage.

— Désolé, les gars, reprend Noël, tout penaud. Elle a été comme ça toute la semaine. Je voulais annuler ce week-end, mais elle a insisté.

— Tout va bien, le rassure Matt. Elle doit en avoir marre maintenant. Le terme est pour quand ?

— Maintenant, plus ou moins, répond-il. Enfin, le week-end prochain pour être précis. Mais ils disent que les premiers bébés sont souvent en retard.

— Tu es impatient ? lui demandé-je en me concentrant de nouveau sur mon plat. Ça doit faire bizarre de savoir que tu vas devenir papa d'un jour à l'autre.

— C'est sacrément terrifiant, confesse-t-il. Non pas que je l'admette devant Harriet.

— Ce n'est peut-être pas le moment, répliqué-je avec un sourire en coin. Mais de toute évidence, elle est stressée, elle aussi.

— Sarah m'a dit que la phase bébé est en fait la plus facile, l'informe Matt. Quand ils commencent à marcher, à se cogner contre les meubles et à coller leurs doigts dans les prises, c'est là que le vrai boulot commence. Elle dit que la phase bébé consiste seulement à s'assurer de ne pas les faire tomber et de survivre aux nuits de trois heures.

— Sarah a un enfant ?

Matt se retourne, l'air terrifié.

— Putain, Harriet. Tu es descendue de l'étage sur ton balai ?

Elle éclate de rire et se rassied à table.

— Les marches ne grincent plus quand tu viens de perdre sept litres de fluides corporels. Ma question reste en suspens, cela dit.

— Oui, répond Matt. Elle a un fils de quatre ans, Alfie.

— Waouh ! s'exclame-t-elle en retournant à ses *wontons*. Mère célibataire, hein ? Je ne t'ai jamais vu comme le type paternel.

— Pourquoi ? s'enquiert-il. Je suis doué avec les enfants. Alfie et moi passons tout notre temps ensemble.

Elle croque dans son *wonton* en haussant les épaules.

— Je ne sais pas trop. Tu ne donnes pas cette impression, c'est tout. Nick, oui. Je le vois tout à fait courir après six enfants dans un parc. Toi, tu serais plutôt le propriétaire du parc.

— « Six enfants » ? gloussé-je. Je ressemble à un catho ?

— Plutôt à un scato, maugrée Matt dans sa barbe.

Je souris. C'est vrai que j'aimerais avoir une grande famille, sûrement parce que la mienne est toute petite, mais trois enfants me paraissent suffisants. Six gamins, c'est la banqueroute assurée.

— C'est Greta la prochaine, de toute façon, nous dit-elle, à en juger par le nombre de parties de jambes en l'air pendant sa lune de miel. Elle vient voir la maison le mois prochain.

Noël manque de s'étouffer de nouveau.

— Oui, enfin, ce n'est pas vraiment le genre de confidence qu'elle fait à ses amis mecs, déclare Matt, mais tu as sûrement raison. Comment ça a pu arriver ? Nous sommes des adultes. Je me souviens encore quand on se bourrait la gueule tous les soirs et qu'on arrivait à peine à aller aux cours de 11 heures.

Avec la plus petite chambre en travaux pour devenir une nurserie, Matt prend le lit de l'autre chambre disponible, tandis que Noël me prépare le canapé dans le salon. J'aurais pu dormir avec Matt, mais hors de question de passer la nuit à côté de lui après quelques verres de vin. On pourrait l'entendre ronfler depuis l'espace.

Même si c'était chouette de rattraper le temps perdu avec Harriet, ça m'a donné un coup de pied au cul ô combien nécessaire. Je vais passer à côté de ma vie si je ne commence pas à la vivre… à la vivre *dignement*.

Chapitre 29

— Nick, où est le débriefing ? Combien de temps faut-il pour pondre un putain de débriefing ? Je vous jure, je suis entourée d'abrutis. Ce sont les papiers de la fusion ? Il faut que tout soit prêt avant que vous partiez. Le client arrive à la première heure demain matin.

— Bien sûr, Sophia, dis-je en jetant un coup d'œil à l'horloge de mon PC, mais j'ai vraiment besoin d'être parti à 18 h 30 au plus tard. C'est l'anniv…

— Laissez-les sur mon bureau avant de partir, ou inutile de revenir demain.

Sophia Goddard, la seule femme au monde qui me fait sincèrement regretter de ne pas avoir Géraldine comme patronne, abandonne sa tasse de café à moitié vide sur mon bureau et s'éloigne, hurlant à son téléphone d'appeler un certain Alan. Je n'ai aucune idée de qui est Alan, mais je peux garantir qu'elle le hait, lui aussi. Là où Géraldine était une gardienne impassible et inflexible du service client, Sophia est un requin froid et détaché qui n'exige rien de moins que tout, et encore, ce n'est même pas suffisant. La semaine dernière, elle m'a demandé de reprendre intégralement une proposition de trente pages pendant le week-end, puis l'a jetée à la poubelle devant moi parce qu'elle avait finalement décidé d'utiliser l'originale. Je n'en suis qu'à la moitié du congé maternité de six mois, et je suis déjà impatient que ça se termine.

Je concentre de nouveau mon attention sur ma paperasse, maintenant conscient que j'ai seulement deux heures pour tout boucler avant de retrouver Matt, Sarah et Alfie pour dîner. C'est l'anniversaire de Sarah, et j'ai attendu ce repas toute la semaine.

À 18 h 45, j'ai enfin terminé et je dépose les trois dossiers sur le bureau de Sophia en partant. Elle est rentrée chez elle depuis un bail, mais il y a au moins cinq membres de son équipe qui travaillent encore, leurs bureaux jonchés de papiers et de sandwichs entamés. Je leur souhaite une bonne soirée et sors prendre un taxi.

Quand j'arrive vingt minutes en retard au *Thaï Palace,* je repère rapidement Alfie, dont le visage est collé au gros aquarium dans le coin de la pièce. Derrière lui à gauche est assis Matt, les yeux baissés sur le menu, tandis que Sarah regarde fixement son fils. C'est Alfie qui me remarque en premier.

— Tu choisis un poisson à manger pour le dîner ? lui demandé-je.

Il enroule son bras autour de ma taille et il ricane.

— On ne peut pas manger ces poissons ; ces poissons sont des animaux de compagnie.

— Hmm, je ne sais pas, le blanc juste là a l'air bien charnu.

— Enfin ! s'exclame Matt. Je viens de t'envoyer un message.

— Je suis désolé, m'excusé-je, embrassant Sarah sur la joue avant de prendre une chaise.

Putain, elle sent tellement bon.

— Je suis parti dès que j'ai pu. Joyeux anniversaire !

Je lui tends une carte d'anniversaire arborant un couguar portant une tiare, et elle éclate de rire, la posant fièrement debout sur la table.

— Oh, merci, et ne t'en fais pas, insiste Sarah. Je suis seulement contente que tu sois là ! J'ai l'impression qu'on ne t'a pas vu depuis des lustres.

Je pose ma veste sur le dossier de la chaise et me sers de l'eau.

— Je sais. Ç'a été la folie au boulot ; j'en bave, et ma patronne… eh bien…

J'émets un grognement étrange pour exprimer mon dégoût.

Elle fronce les sourcils.

— C'est à ce point ?

Je hoche la tête.

— Pire encore. Imagine le requin des *Dents de la mer* avec du vernis décoloré et de l'autobronzant. Franchement, c'est interminable. Au moins quand j'étais à la Kensington Fox, j'aimais ce que je faisais, même si c'était beaucoup de travail, mais ce nouveau boulot est atroce – je commence à me dire que j'étais plus heureux en refilant des cadeaux à des morveux.

— Oui, peut-être, mais tu étais nettement plus pauvre, me rappelle Matt.

— C'est vrai… mais là, tout ce que je fais c'est de m'assurer que des connards de riches le restent en enfreignant plusieurs lois, et certaines des fusions-acquisitions que je traite sont sérieusement suspectes. Quand j'ai décidé de faire du droit, je voulais faire une différence. C'est naïf, je le sais bien, mais c'est vrai. Le travail que je fais maintenant ne fait pas la moindre différence, tout du moins, aucune qui ait de l'importance – en fait, non, oublie ça, ce boulot rend sans doute le monde encore pire qu'il ne l'est déjà. Quoi qu'il en soit, c'est complètement inhumain.

— Alors peut-être que ce n'est pas la carrière le problème ? suggère Sarah. Peut-être que c'est juste ce boulot ?

— Enfin, tu ne changeais pas vraiment le monde à la Kensington Fox, et pourtant tu étais heureux là-bas, non ? Et puis qu'est-ce que tu pourrais faire d'autre ? demande Matt. Travailler pour une ONG ? C'est payé une misère.

— L'argent ne fait pas tout, chéri, souffle Sarah.

Je me demande s'il s'agit d'une pique subtile pour nous rappeler qu'elle gagne moins que nous.

Un serveur nous apporte du vin et nous passons la commande, tandis que Sarah fouille dans son sac et en sort un livre de coloriage et des crayons de couleur pour attirer Alfie loin de l'aquarium.

— Je n'arrive pas à croire qu'il va entrer à l'école dans quelques mois. Il ne sera bientôt plus mon bébé.

Matt la prend dans ses bras en riant.

— Si on écoute ma mère, il sera toujours ton bébé. Évite seulement de mentionner ses draps entre les âges de… treize et vingt-huit ans. Il ne te le pardonnera jamais.

Alfie s'assied et commence à gribouiller furieusement, ses petites jambes se balançant au bord de la chaise avec contentement.

— Oh, en parlant de bébé, continue Matt. Harriet a accouché d'une fille cet après-midi ! Noël m'a téléphoné.

— Génial ! s'enthousiasme Sarah. Comment l'ont-ils appelée ?

Il hésite.

— Hmm, je crois qu'ils l'ont appelée Irish.

— Irish ? répète-t-elle. Tu veux dire qu'ils lui ont donné un prénom irlandais ? Comme Niamh ou Siobhan ?

— Non, son prénom est « Irish ». C'est ce que Noël m'a dit.

Je penche la tête d'un côté.

— Heureusement que tu es beau garçon, mec. Ils l'ont appelée *Iris.* Crétin.

Il marque un temps d'arrêt.

— Ça paraîtrait plus logique.

Je fais défiler mes messages pour retrouver celui de Noël, confirmant que le nom du nouveau-né est bien Iris. Pour un homme aussi intelligent, Matt vit vraiment dans un monde à part.

Pendant que nous mangeons, je remarque que Matt est plus investi que jamais avec Alfie. Sa gêne initiale a cédé la place à une approche de terrain plus assurée à laquelle Alfie réagit bien, et Sarah les observe interagir avec un plaisir grandissant. Putain, ça fait mal. Je regarde une famille s'épanouir juste sous mes yeux, et la seule chose qui me vient égoïstement à l'esprit est à quel point je voudrais être à la place de Matt. Je pensais que moins voir Sarah m'aiderait à passer à autre chose, mais ça ne change rien. Même la plus courte des entrevues me ramène au point de départ. Chaque fois que je les vois ensemble, mon cœur se brise inéluctablement. Je n'ai pas été heureux depuis longtemps, et tant que je resterai dans leur sillage, je ne le serai jamais. Il est temps pour moi de partir. J'ai besoin de tourner la page. J'ai besoin d'un nouveau départ.

Chapitre 30

ANNONCER À MON MEILLEUR AMI MON INTENTION de déménager a suscité plus d'émotions que je le pensais.

D'abord le choc, qui ressemblait aussi beaucoup au déni :

— Mec ? C'est quoi ce bordel ? Tu n'es pas sérieux ?

— J'ai besoin d'un loyer moins cher, Matt, ai-je répondu en mordant dans ma tartine, me sentant soudain terriblement coupable d'avoir gâché son petit déjeuner.

Il a hésité un moment, avant qu'un immense sourire ne se dessine sur son visage.

— Ta gueule, sale con, tu n'iras nulle part.

— Oh que si ! Quoi, tu pensais qu'on vivrait ensemble pour toujours, comme Bert et Ernie ? J'ai besoin de changement, mon pote. Je ne peux pas rester ici à faire inlassablement la même chose et m'attendre à ce que ça bouge tout seul.

Puis est arrivée la colère. Mais en plus violent :

— C'est quoi ces conneries, Nick ? Qu'est-ce que ça veut dire ? Qu'est-ce qui est censé bouger ? Je n'arrive pas à croire que tu me fasses un truc pareil.

La chaise de Matt a grincé lorsqu'il est parti en trombe dans le salon, tandis que je restais là, à la table de la cuisine, à me demander si j'allais partir plus tôt que prévu. Peut-être par la fenêtre.

Il est resté silencieux pendant ce qui m'a paru une éternité avant de revenir à grands pas dans la cuisine, et là, la négociation a commencé.

— Écoute, si tu as besoin de te faire de l'épargne, je peux couvrir ton loyer pendant un temps. Ne prends pas de décision précipitée, on peut carrément trouver une solution…

— J'ai besoin de faire ça tout seul, ai-je répondu. Tu prends une toute nouvelle direction avec Sarah ; ce n'est qu'une question de temps avant que vous emménagiez ensemble. Concentre-toi sur toi, mec, ne t'en fais pas pour moi.

Je l'ai accompagné dans le salon, pile au moment où la tristesse a frappé.

— Mec, je suis tellement triste, a-t-il dit. Bordel. Ça va faire bizarre de ne plus t'avoir ici. Qu'est-ce que je vais faire sans toi ? Nous sommes comme les deux mousquetaires.

— Les mousquetaires sont trois, mon pote. Mais je ne suis pas mourant. Je déménage, c'est tout. On continuera à se voir.

Matt a souri timidement et m'a serré contre lui de toutes ses forces.

— Tu sais ce que je veux dire, a-t-il ajouté en reniflant. Tu vas me manquer. Mais je comprends. Fais ce qui te rend heureux.

Et, enfin, l'acceptation.

Il est parti à la salle de sport depuis une heure, et je me sens toujours en conflit avec tout ça. L'annoncer à haute voix l'a rendu plus réel, et même si me construire un nouvel avenir est excitant, tout laisser derrière est intimidant. Je vais voir Greta demain matin à la première heure pour savoir si elle a des postes en vue un peu plus loin. Pourquoi pas Reading ? Ou Winchester…

— Que dirais-tu de Slough ?

Greta tourne son écran pour me montrer un poste d'avocat d'affaires spécialisé en fusions-acquisitions.

Je fronce les sourcils.

— J'espérais quelque chose d'un peu plus vertueux.

— Bon…

— Et pas vraiment basé à Slough.

Elle pousse un grognement.

— D'accord. Maintenant, quand tu dis « vertueux », on parle de prêtres ou de missionnaires ? Genre les Avocats sans frontières ?

J'affiche un sourire en coin.

— Peut-être quelque chose de non lucratif… Je ne sais pas trop, juste quelque chose où je ferais une différence.

Elle hoche la tête et continue de faire défiler les annonces.

— C'est admirable, Nick. Je suis contente pour toi… Ah, j'en tiens une. Avocat humanitaire dans une association caritative pour les sans-papiers. Basée à Oxford. En fait, le salaire est plutôt décent. Début du contrat dans trois semaines.

Je passe en revue les spécificités du poste et ressens un petit sursaut d'excitation. Elle voit l'expression de mon visage et sourit.

— Tu veux que j'envoie ton C.V. ?

— Oui, accepté-je. Allons-y.

Je quitte le bureau de Greta et traverse Covent Garden en me sentant optimiste et plein d'espoir. Oxford n'est pas si loin, donc je serais en mesure de rendre visite à Matt, et je pourrais peut-être même me permettre quelque chose de plus spacieux qu'une chambre en colocation. Aujourd'hui est une bonne journée, un pas dans la bonne direction. Un pas vers le fait de tout quitter et… merde, c'est Angela ?

Je m'arrête et me tourne pour faire semblant de regarder le menu par la fenêtre d'un restaurant, surprenant la femme qui dresse les tables à l'intérieur. Lorsque je jette un coup d'œil à ma gauche, je vois Angela interrompre sa conversation pour se diriger dans ma direction. C'est bien elle; elle porte le poncho blanc que je lui ai offert à Marbella. Nous ne nous sommes pas revus depuis le réveillon du nouvel an, et ça m'allait très bien comme ça.

Flûte. J'ai deux options : je peux me retourner et foncer dans la direction opposée, ou je peux passer à côté d'elle et espérer qu'elle sera aussi mal à l'aise que moi. Me préparant au pire, je me retourne et marche dans sa direction. Nous sommes presque côte à côte quand nos regards se croisent, mais je continue d'avancer.

—Nick! s'exclame-t-elle lorsqu'elle prend conscience que je ne m'arrête pas. Je me disais bien que c'était toi!

Fait chier. Je m'arrête lentement et me tourne face à elle.

—Salut, Angela. Comment vas-tu?

Elle se passe une main dans les cheveux puis la pose sur une de ses hanches.

—Oh, tu sais, je n'ai pas à me plaindre. Comment ça va, toi? Tu as l'air en forme.

—Merci, dis-je avec nonchalance. Je vais bien.

Elle attend que je lui retourne le compliment avant de comprendre que ça n'arrivera pas. Elle fronce les sourcils.

—Bon… et comment va le pôle Nord?

Je ne réagis pas.

—Je suis sûr que tout va bien, même si là, je suis en route pour Bond Street.

— Tu travailles à Bond Street ? demande-t-elle, sur un ton désinvolte à présent. Waouh ! Impressionnant ! Bien joué, bébé, je savais que tu pouvais… attends… c'est un… c'est un costume Tom Ford ?

— En effet, acquiescé-je en vérifiant mon téléphone. Faut que je file, je suis en retard. Content de t'avoir revue.

Je déguerpis tandis qu'elle me dit qu'elle est contente de m'avoir revu aussi. Elle dit ça seulement parce qu'elle me trouve de nouveau digne d'intérêt. Je souris en pensant au commentaire sur Tom Ford. Ce costume vient de chez *Marks and Spencer*. C'est marrant comme l'obsession de l'argent peut altérer la vision.

Quand j'arrive au boulot, le bureau est déjà en effervescence, mais heureusement, mon faux rendez-vous chez le dentiste justifie mon arrivée tardive. Immobile, Sophia me regarde passer en faisant les gros yeux, dans la seule optique de me rappeler que je suis constamment sur la corde raide – personne n'est à l'abri ici. Je m'assieds et commence à survoler les dossiers qui sont apparus comme par magie sur mon bureau pendant la nuit. La moitié de ces trucs ne rentrent même pas dans le champ de mes attributions, mais je m'y mets tant bien que mal, parce que j'aimerais au moins avoir une recommandation élogieuse à remettre à un nouvel employeur qui ne dise pas « imite très bien le rire du Père Noël ».

Arrivé à 19 heures, j'ai l'impression d'être resté assez longtemps pour compenser mon rendez-vous matinal et n'importe quels autres péchés dont Sophia pense pouvoir m'accabler. J'ai promis à Sarah et Matt de faire le baby-sitter ce soir, donc ça me laisse encore une heure pour arriver chez elle. Au moment où je pars, je reçois un message.

Salut bébé, c'était vraiment super de te revoir. On peut peut-être aller boire un verre un de ces quatre ? Tu me manques :(bisous bisous Angie

J'en ai ras le bol de cette bonne femme. Nous avons rompu depuis des mois et elle me hante toujours. Qu'elle aille se faire voir.

Allez-vous faire mettre, toi, tes émojis tristes et tes conneries de « bisous bisous ». C'est terminé.

Je bloque son numéro, prends mes affaires et rentre chez moi. J'aurais dû faire ça depuis des mois.

— Ça t'a fait du bien ? De l'envoyer sur les roses ? demande Matt tandis que nous attendons que Sarah finisse d'aider Alfie à se préparer pour le coucher.

— Oui, pendant environ une minute. Maintenant je regrette de ne pas l'avoir ignorée. Elle se délecte des drames.

— Qui se délecte des drames ? s'enquiert Sarah en nous rejoignant dans le salon.

— Angela, répond Matt. Notre ami juste ici l'a enfin bloquée. Il lui a dit d'aller se faire voir.

— Tant mieux pour toi, réplique-t-elle. Faire table rase, etc.

Je hoche la tête.

— Espérons-le…

Matt me donne une tape dans le dos.

— C'est dur d'aller de l'avant quand on traîne son passé comme un boulet.

Sarah fronce les sourcils.

— D'accord, Platon… Qu'est-ce que ça veut dire exactement ?

— Je t'expliquerai dans la voiture, il faut qu'on y aille.

Je dis au revoir, puis vais voir Alfie qui dort déjà comme une pierre à 20 h 30. Faisant attention à ne pas le réveiller, je ressors à pas de loup et prends un Coca dans le frigo, me sentant un peu coupable d'être content qu'il dorme, mais merde à la fin, moi aussi je suis fatigué. Je m'installe dans le canapé et zappe à la télé, bien déterminé à garder les yeux ouverts.

Sarah et Matt reviennent de leur rencard plus tôt que prévu et me trouvent captivé par le dernier épisode de *Killing Eve*.

— Salut, lancé-je lorsqu'ils entrent dans le salon. Elle vient juste de buter le type qui joue dans *The Mighty Boosh ;* j'en suis tout retourné ! Tout va bien ? Il n'est même pas 22 heures.

— Sarah ne se sent pas très bien, m'informe Matt en lui caressant le dos. Je me suis dit qu'il valait mieux écourter.

— Ça va aller, assure-t-elle. Sûrement un petit virus. Alfie s'est bien comporté ?

— Oui, affirmé-je, sage comme une image. Je peux t'aider avant de partir ?

— Je peux rester si tu veux, ajoute Matt. Ça ne me dérange pas.

Elle secoue sa tête toute pâle.

— Non, mais merci quand même. Allez-vous-en, tous les deux. Je ne veux pas vous contaminer si j'ai attrapé un vilain truc. J'ai seulement besoin de dormir. Je vous appellerai demain.

Nous lui souhaitons une bonne nuit et sortons retrouver le taxi qui nous attend.

— Ça te tente, de boire un verre ? propose Matt quand nous montons en voiture. Ou tu comptes te faire toute la saison de *Killing Eve* ce soir ?

— Je peux faire les deux, rétorqué-je, un large sourire aux lèvres. Je suis un homme aux multiples talents.

Je n'ai pas mis les pieds au *Black Bar* depuis les fiançailles de Greta l'an dernier, mais maintenant que je travaille de nouveau, je peux tranquillement commander une bière sans d'abord vérifier mon compte en banque.

Nous commandons avant de nous installer à la dernière table libre au fond de la pièce. Le caquetage ambiant semble indiquer un enterrement de vie de jeune fille ou un genre de groupe de soutien aux femmes. Dans un cas comme dans l'autre, elles opèrent à plein volume.

— Je meurs de faim, dit Matt, je vais me prendre des frites sur le chemin du retour.

— Dommage que vous ayez dû annuler le dîner, répliqué-je en sifflant ma bière. Elle avait l'air mal en point, cela dit.

Il hoche la tête.

— Le plus bizarre, c'est que nous avons pris un verre de vin au bar pendant qu'ils dressaient la table, et elle se sentait bien. Puis d'un seul coup, elle m'a demandé si on pouvait partir parce qu'elle était malade.

— Peut-être que le vin n'est pas passé ?

— Probablement. Je l'appellerai demain. Je lui apporterai de la soupe ou autre, si elle n'est toujours pas dans son assiette.

Je fais la moue.

— Tu ne m'apportes jamais de soupe quand je suis malade.

— Il n'y a pas assez de soupe dans ce monde pour soigner ce qui cloche chez toi. Je reviens tout de suite, faut que j'aille pisser.

En attendant que Matt revienne des toilettes, je suis tenté d'envoyer un message à Sarah pour savoir si elle va bien, mais je décide que ce n'est pas mon rôle ; peu importe à quel point je voudrais que ce soit le cas. En plus, je ne me fais pas confiance pour ne pas envoyer accidentellement un « bisou » à la fin du message, en bon crétin transi d'amour.

Le lendemain matin, je vais au bureau pour 7 h 30, pensant être un des premiers arrivés, mais je constate que les autres aussi ont décidé de faire du zèle. Jane Bridges, la grande femme à l'énorme chevelure qui a commencé une semaine après moi, semble épuisée. En fait, c'est le cas de tout le monde. Plus j'apprends à connaître mes collègues, plus je comprends qu'ils sont aussi faux culs que moi. La façade dure qu'ils affichent est étonnamment fragile et pourrait se fissurer à tout moment. Bien sûr, il y en a toujours quelques-uns qui prospèrent dans ce genre d'environnement, comme Sophia… ou Duncan Walker, qui s'assied près de la bonbonne à eau et appelle tout le monde « sa clique ». Ou Matt… Matt serait-il en fait un requin ? Au moment où je commence à me demander comment j'ai pu croire un jour qu'il s'agissait du monde dans lequel je voulais exister, mon téléphone sonne.

— Nick, c'est Greta. Ils veulent te faire passer un entretien. Je pense que c'est bien parti.

Chapitre 31

La dernière (et unique) fois où je suis allé à Oxford, j'avais huit ans et je me faisais traîner contre mon gré au jardin botanique, par ma mère et trois de ses amies excessivement parfumées. Je n'ai pas beaucoup de souvenirs de cette virée, hormis le fait de m'être ennuyé à mourir, mais je me rappelle combien ma mère rêvait d'avoir un jardin quand nous sommes rentrés. Les appartements ne se prêtent pas vraiment à l'horticulture, mais elle a rempli le nôtre d'autant de fleurs et de plantes bon marché que le permettait son budget.

Pour mon deuxième voyage à Oxford, je suis infiniment plus excité, quoiqu'un tantinet nerveux – pas seulement au sujet de l'entretien, mais du fait que ce boulot pourrait littéralement transformer mon univers. Nouvelle direction, nouvelle ville, nouvelle vie – c'est assez étourdissant rien que d'y penser, donc je mets mes écouteurs et me réfugie dans la musique.

Le train arrive à 9 h 35, me laissant amplement le temps de trouver le bureau où mon entretien est prévu à 10 heures. Google Maps m'indique une marche de neuf minutes, donc je prends un café à la gare et me dirige vers l'entrée principale.

Ne pas devoir partager le même trottoir avec des milliers de personnes est la première case que je coche sur ma liste « Oxford versus Londres » – ça, et le fait que ce soit incroyablement joli. Londres n'est pas une ville *moche* ; il y a juste trop de tout, et partout.

Je suis mon itinéraire, longeant un tas de bâtiments historiques couleur crème, de boutiques et d'immeubles récents, avant d'arriver enfin à Action Sans-Abri, dont les bureaux semblent très modernes, mais pas du tout imposants.

— Bonjour ! Puis-je vous aider ?

La réceptionniste me sourit comme si elle était sincèrement heureuse de me voir, tandis que derrière elle, un personnel composé d'au moins une vingtaine de personnes occupe un bureau en open space. Je compte au moins sept visages épanouis, et vois même une femme portant un tee-shirt Nirvana – je sens déjà des bonnes ondes.

— J'ai rendez-vous avec Joseph Dalton à 10 heures.

Elle tape sur son clavier, hochant la tête en trouvant mon rendez-vous.

— Nick, c'est bien ça ? Super. Asseyez-vous, je vais prévenir Joe que vous êtes là.

Je la remercie et m'installe sur un énorme canapé violet, en me demandant si je suis bien au bon endroit. Si quelqu'un portait un tee-shirt d'un groupe de rock dans mon bureau, Sophia le ferait virer, voire balancer du haut du toit. Tout ça est très déconcertant. Même la sonnerie des téléphones semble enjouée.

Un homme en chemise bleue avec un badge autour du cou s'approche et me tend la main.

— Nick. Joe Dalton. Merci d'être venu.

Nous nous serrons la main, et je le suis dans une grande salle de réunion vert pâle, agrémentée d'un yucca et d'une bonbonne à eau. Joe ouvre son classeur, révélant mon C.V., et je prends une profonde inspiration.

— Impressionnant, fait-il remarquer en survolant les pages avec son stylo. Diplômé avec mention « très bien », un an chez Rose Allen, puis cinq ans à la Kensington Fox. Vous avez orchestré la fusion Broadshore, n'est-ce pas ?

— Oui, dis-je, légèrement désarçonné car cette information ne figure pas sur mon C.V.

Broadshore était un client particulièrement difficile dans l'industrie pharmaceutique, qui menaçait quotidiennement de confier ses affaires à d'autres cabinets. De toute évidence, il a mené son enquête.

— C'était un projet intéressant.

— Pourquoi avoir quitté la Kensington ?

— Il était temps, dis-je en mentant. Je trouve que c'est important d'explorer de nouveaux horizons.

De « nouveaux horizons »... Depuis quand tu parles comme ça ? Tu te prends pour la reine ? C'est ça, ton nouveau départ ?

— Et vous travaillez actuellement pour Portman Brown... Il paraît que ce n'est pas un environnement facile.

Je hoche la tête. Il n'a pas idée à quel point.

— Parfois, mais vous savez ce que c'est... Travailler dur, profiter à fond.

À peine ces mots sont sortis de ma bouche que j'ai aussitôt envie de les ravaler. *Réponse de connard. De connard fini.*

Il pose son stylo sur la table et s'enfonce dans son fauteuil. Il me fait penser à Matt Damon, si Matt Damon faisait un mètre soixante-dix et était presque entièrement chauve. Cet entretien est catastrophique ; je n'ai qu'une envie, c'est de m'enfuir.

— Vous avez vu la fiche de poste : de toute évidence, nous ne sommes pas une grande organisation comme le Secours catholique, mais nous avons besoin de quelqu'un qui nous assiste en tout, du conseil aux textes de loi, en passant par des procédures fiduciaires et de l'assistance juridique auprès de ceux qui pourraient se retrouver sans domicile. Vous êtes sans doute largement capable de faire l'affaire avec une petite formation en interne.

— Je suis certain de pouvoir prendre le rythme relativement vite avec les consignes appropriées, répliqué-je aussitôt, espérant qu'il a oublié tout ce que j'ai dit précédemment. J'ai l'habitude de travailler dans des disciplines légales variées.

Il sourit et referme son dossier.

— Cela n'aura rien de commun avec tous les endroits où vous avez travaillé jusqu'ici. J'ai besoin de quelqu'un qui soit capable de traiter avec Joe Bloggs – qui dort devant le *Tesco* depuis un an – avec autant de savoir-faire qu'il gère la partie business. Notre souci premier, ce sont les gens, Nick. Les vrais gens avec des histoires, des familles et des problèmes, notamment ceux à côté desquels vous passez en vous rendant à votre bureau. Même si vous auriez un rôle important à jouer, comme tout le monde ici, de Briony à la réception aux leveurs de fonds qui font du porte-à-porte, je préfère engager des personnes qui sont disposées à partager leur histoire, tout comme ceux que nous aidons.

— Mon « histoire » ?

Joseph hoche la tête.

— Parlez-moi de vous, Nick. Qu'est-ce qui ne figure pas sur votre C.V. ?

Des trucs qui font mauvaise impression, Joe, c'est pour ça qu'ils ne sont pas dessus. Question suivante ?

Mal à l'aise, je gigote sur ma chaise.

— Eh bien… euh, malheureusement, je ne suis pas très intéressant, mais je suis certain de pouvoir mettre en application ce que j'ai appris dans mes postes précédents pour apporter quelque chose d'unique et…

Oh mon Dieu, son regard vient de devenir vitreux, là ?

— Peut-être un nouveau regard sur les pratiques actuelles qui…

Je le vois jeter discrètement un coup d'œil à sa montre. C'est quoi, ce bordel ? En quoi ma foutue histoire a-t-elle de l'importance ?

— Bon, je pense que c'est probablement tout…

— Le Père Noël ! balbutié-je. J'ai été le Père Noël.

Il fronce les sourcils.

— Continuez…

À peine ai-je tout dit à Matt Damon de mon boulot au centre commercial *Southview* que je sais déjà que j'ai tout fichu en l'air. Un employeur qui passe d'impressionné à ennuyé, puis à légèrement amusé, n'inspire pas exactement confiance. Idem pour le candidat qui vient de lui raconter que sa vocation était de jouer le Père Noël.

— J'apprécie que vous vous montriez aussi franc avec moi. Sacrée expérience, dit-il, affichant toujours un sourire en coin. Vu que vous êtes aussi ouvert, j'ai une dernière question pour vous.

Pourquoi suis-je toujours assis ici ?

— La Kensington Fox. Pourquoi en êtes-vous *vraiment* parti ?

Je marque un temps d'arrêt et baisse les yeux sur la table. *Nous y voilà…*

— J'ai quitté la Kensingon Fox parce qu'on me l'a demandé.

En relevant les yeux, je vois Joseph hocher la tête, attendant que je poursuive.

— Je pense que j'ai fini par déchanter face à l'absurdité qui accompagnait un travail comme celui-là. Et même si on pourrait débattre du fait que mon renvoi n'était pas *entièrement* ma faute, ils ont eu absolument raison de me demander de partir. J'ai beau regretter la façon dont je me suis comporté, je ne changerais rien, parce que ça m'a montré que je suis capable de faire mieux… d'accomplir des choses que je n'aurais pas cru possibles, et je sais que cette expérience pourrait servir le rôle que j'ai à jouer ici. Je pense que tout le monde mérite une seconde chance.

Joseph me serre la main et me dit qu'il restera en contact, mais ma nausée me dit le contraire. Je le remercie du temps qu'il m'a accordé et retourne à la gare, sachant que la prochaine fois que j'entendrai parler de lui, ce sera par le biais d'une lettre de refus brève et virulente, potentiellement suivie d'une recommandation pour un thérapeute.

Ce soir, j'accepte de garder de nouveau Alfie pour que Sarah et Matt puissent finir le rencard qu'ils ont à peine commencé l'autre soir. J'en suis ravi ; la dernière chose dont j'ai besoin, c'est bien de rester à la maison à me demander si mon entretien était aussi catastrophique que je le crois.

— Je me suis dit qu'on pourrait regarder *Jumanji*, annoncé-je à Alfie. Il paraît que la nouvelle version est vraiment bien.

— On peut manger du pop-corn ? On en a dans le placard.

— Ça me va, acquiescé-je. Mais demande d'abord à ta mère.

« Parlez-moi de vous, Nick. Qu'est-ce qui ne figure pas sur votre C.V. ? »

— Oui, pas de problème pour le pop-corn, assure-toi seulement qu'il se brosse les dents, me crie Sarah depuis sa chambre.

Alfie court dans la cuisine, tandis que j'essaie d'empêcher les voix dans ma tête de ressasser mon entretien en boucle. Matt remarque l'expression de mon visage.

— Tu vas arrêter de t'inquiéter ? Je suis sûr que ça ne s'est pas passé aussi mal que tu l'imagines.

— Mec, je leur ai dit que je pensais que c'était ma vocation d'être le Père Noël ! rétorqué-je. Ma façon de rendre à la communauté. C'était comme si je ne pouvais pas m'empêcher de dire n'importe quoi. « MA VOCATION » ! Quel genre d'idiot se dit destiné à travailler dans un autre secteur pendant un putain d'entretien d'embauche ?

Il arbore un sourire en soutien.

— Je ne suis pas sûr que travailler comme Père Noël compte comme un autre secteur, si ? Mais ce sont des bons samaritains. Ils vont adorer ces conneries.

C'est toujours mieux que de dire que personne ne t'engagerait…

— Nick ! J'arrive pas à attraper le pop-corn !

Je laisse Matt et vais dans la cuisine rejoindre Alfie qui est sur la pointe des pieds, s'étirant pour atteindre l'étagère du haut, même si elle est à un bon mètre de sa portée. Je ne peux m'empêcher de sourire lorsque je l'attrape pour lui. Je lui demande de prendre deux bols dans le lave-vaisselle pendant que je mets le pop-corn au micro-ondes.

Ce n'est pas souvent que j'entends parler d'avocats qui jouent au Père Noël.

— Je suis prête ! annonce Sarah. Désolée, je n'arrivais pas à trouver mes boucles d'oreilles.

— Pas de souci, répond Matt. On devrait y aller, cela dit, la réservation est pour 19 heures.

Je leur crie « au revoir » depuis la cuisine tandis qu'ils sortent précipitamment. Je n'ai pas besoin de voir à quel point elle est superbe ; j'en suis déjà conscient. En plus, j'ai assez de choses en tête sans rajouter Sarah en robe moulante à ce chaos.

— Maman dit que Mme Grainger s'occupera de moi quand tu partiras, dit calmement Alfie pendant que nous regardons le film. J'ai pas envie, elle joue jamais avec moi. Elle fait que parler à ses chats.

— Ta maman t'a dit que je partais ?

Il hoche la tête.

— Elle a dit que tu pourrais avoir un travail loin d'ici. Tu nous aimes plus ?

— Bien sûr que si, mon grand ! m'exclamé-je, sentant mon estomac se nouer en voyant sa lèvre inférieure trembler. Seulement, parfois les adultes ont besoin de changement.

Il me regarde d'un air ahuri.

— Bon… je vais essayer de mieux m'expliquer. Tu aimes bien la crèche, pas vrai ? C'est sympa. Tu connais tout le monde, tu sais où sont tous les bons jouets.

Il hoche la tête.

— Mais un jour, tu partiras et tu entreras à l'école. Pas parce que tu détesteras la crèche, mais parce que tu seras prêt à passer à autre chose. Tu conserveras toujours tes anciens amis, mais tu t'en feras de nouveaux ! Tu auras de nouveaux défis, de nouveaux jouets, et tu deviendras un grand garçon capable de faire plus de choses par lui-même. C'est ce que je suis en train de faire. J'essaie d'être un grand garçon, moi aussi.

Il réfléchit avant de reprendre :

— Je ne veux pas que tu t'en ailles. Je ne veux pas que maman soit de nouveau malheureuse.

Je lui fais un câlin.

— Oh, Alfie, pourquoi serait-elle malheureuse ? Regarde comme elle s'amuse avec Matt maintenant, et tous les trucs que vous faites ensemble. C'est ça qui l'a rendue heureuse. En plus, où que j'aille, je te promets que ce sera accessible en voiture, donc je pourrai revenir te voir tout le temps. C'est d'accord ?

À proprement parler, ce n'est pas une fausse promesse. Même si je partais à Aberdeen, techniquement, ce serait toujours accessible en voiture, mais de toute manière, Alfie semble satisfait. Il sourit et acquiesce, ce qui me fait me sentir un peu mieux même si je suis quelque peu déconcerté que Sarah lui ait parlé de la possibilité que je parte sans m'en avoir touché deux mots directement. Peut-être que le seul effet que cela aura sur elle sera de perturber ses aménagements de garde d'enfant. La seule idée de ne plus la voir régulièrement me tue, et je sais que c'est précisément la raison pour laquelle il faut que je m'en aille. Néanmoins, vu l'entretien d'aujourd'hui, j'ai le sentiment qu'il pourrait s'écouler un bon moment avant que ça arrive.

« La Kensington Fox. Pourquoi en êtes-vous vraiment parti ? »

Bordel de merde, pourquoi ai-je joué la carte de l'honnêteté ? Pourquoi je ne m'en suis pas tenu au truc d'explorer des horizons ? Pourquoi je n'ai pas juste raconté que je voulais essayer quelque chose de nouveau ? Tout, mais pas ces conneries mélodramatiques. Je devrais appeler Greta pour voir si le poste à Slough est toujours à prendre.

Ce samedi matin démarre avec une assiette du célèbre pain perdu de Matt. Il s'est passé deux jours depuis mon entretien, et mon degré d'anxiété est passé d'un bon dix à un quatre plus supportable. J'ai des leçons à tirer de cette situation, et dès que j'aurai compris lesquelles, je ferai en sorte de les mettre à profit. Matt me tend le sirop d'érable tout en allumant la radio.

— Faut-il vraiment qu'on écoute ça ? pleurniché-je en noyant mon petit déjeuner de sucre.

Matt adore les émissions de libre antenne – presque autant que le pain perdu – mais je les déteste passionnément. C'est un peu la version radio de Facebook.

Matt s'assied, un grand sourire aux lèvres.

— Comment peux-tu ne pas aimer cette merde ? Des Britanniques en colère qui poussent des coups de gueule par téléphone à qui veut bien les entendre ? C'est comme une douce musique à mon oreille.

— Je préférerais de la vraie musique dans les miennes, marmonné-je.

Heureusement, mon téléphone sonne, et je pars dans ma chambre à l'instant même où Geoff du Kent commence à s'exprimer sur le Brexit.

— Nick, ici Joe Dalton, désolé de vous déranger aussi tôt le matin. Les samedis deviennent dingues ici, plus tard dans la journée. J'espère que je n'interromps pas votre petit déjeuner ?

— Oh… bonjour ! Non, aucun problème.

— Super, je voulais seulement vous appeler rapidement pour vous dire que j'ai été très impressionné par notre entretien.

Je sens la confusion m'envahir.

—Ah oui? Je veux dire, merci. Merci beaucoup.

—Le fait que vous ayez fait l'expérience d'à quel point le contexte peut changer est une qualité que je trouve indéniablement bénéfique pour ce travail. Et s'il y a bien quelque chose en quoi nous croyons ici, ce sont aux secondes chances. Ainsi, j'aimerais vous offrir le poste.

Je m'écroule sur mon lit, abasourdi et muet, apparemment. Dans quel monde cet entretien est-il un succès?

—Vous êtes toujours là? Nick?

—Oui, dis-je avant de me racler la gorge. Désolé, pouvez-vous répéter?

Je l'entends ricaner doucement.

—Le poste est à vous, Nick, si vous êtes toujours intéressé. Nous souhaiterions que vous commenciez dans quinze jours, ça vous paraît faisable?

—Je pense que oui, assuré-je. Je peux m'arranger.

—Parfait, vous avez égayé ma matinée. Je ferai parvenir tous les papiers à GL Recrutement quand Sigita arrivera lundi. Si vous avez besoin d'aide pour trouver un logement, elle sera en mesure de vous recommander des agences de location.

—Génial, répliqué-je.

Cette conversation entière est comme un rêve. Si Matt n'était pas dans la pièce d'à côté, je croirais sincèrement à une blague de sa part.

— Je suis très content de vous avoir à bord, Nick, ajoute-t-il. On se rappelle bientôt. Passez un bon week-end.

Je raccroche et retourne dans la cuisine. La mine de Matt m'indique qu'il sait déjà ce que je m'apprête à lui annoncer.

— Tu l'as eu, hein ?

— Deux semaines, annoncé-je. Ils veulent que je commence dans deux semaines.

Il croque dans son pain perdu.

— Ou alors… écoute-moi bien… tu pourrais commencer… *jamais* et te contenter de rester ici.

— Hmm, ça fout un peu en l'air tout ce truc de nouveau départ que j'ai prévu.

Il hoche la tête et continue de manger, mais je vois bien que le cœur n'y est pas. Putain, il a l'air tellement… *triste.* Je me rassieds à table, prends ma fourchette et reste les yeux rivés sur ma nourriture.

— Je garderai la chambre libre… juste au cas où tu changerais d'avis, lance-t-il. Il se pourrait que tu arrives là-bas et que tu détestes. Après tout, c'est rempli d'étudiants hautains et de conneries à l'effigie de Harry Potter. Tu vas devenir fou.

— Mais tu aimes bien Harry Potter !

— J'aime bien *Alien* aussi. Ça ne veut pas dire pour autant que j'ai envie de vivre dans l'espace.

J'esquisse un sourire.

— Allez, mon pote, tu es censé être heureux pour moi.

Matt hoche la tête.

— Je le suis, Nick. Sincèrement. C'est seulement, enfin… la fin d'une ère. Ça va me manquer. Tu vas me manquer.

— Je sais, mec, et tu vas me manquer…

Lorsqu'il me serre fort dans ses bras, je n'ai plus besoin de finir ma phrase. Il n'y a rien que je puisse dire qui rendrait les choses plus faciles. Tout ce que je peux faire, c'est lui rendre son câlin.

Chapitre 32

— POURRAIS-JE AVOIR UN PEU DE CALME, JE VOUS prie ! Bon, comme vous le savez tous, j'ai rencontré Nick à l'université et nous avons traversé beaucoup de choses ensemble. Des bonnes… des mauvaises… des franchement embarrassantes, et des moches à l'occasion – nous avons survécu à tout.

Je souris, tandis que Matt réclame l'attention dans notre appartement plein à craquer de visages familiers : Greta, Noël, Harriet, Sarah bien sûr, sans parler d'Izzy et des types avec qui j'ai travaillé l'an dernier à la Kensington Fox – tous éméchés, heureux et réunis ici pour me souhaiter le meilleur pour mon nouvel emploi à Oxford.

— Mais, comme il a décidé de se barrer et de faire de l'assistance juridique pour une foutue association caritative, je me suis dit que ce serait une bonne idée de faire une petite collecte avant qu'il parte. Nous savons tous combien gagnent ces pauvres types.

Tous ceux qui ne sont pas avocats sourient poliment, tandis que les avocats éclatent de rire en entendant la blague de Matt, y compris moi. Mon salaire n'est pas exactement révolutionnaire, mais pour quelqu'un, mon travail pourrait l'être.

—Alors s'il vous plaît, levez vos verres et souhaitez au meilleur homme que je connaisse tout le succès et le bonheur que la vie puisse lui apporter. Il est vraiment saint Nick. Même si cette fois, la garde-robe sera un peu plus flatteuse, ajoute-t-il en me faisant un clin d'œil. À Nick !

Entendre la pièce entière porter un toast en mon honneur me fait monter les larmes aux yeux. Même Alfie lève sa petite brique de jus de fruits. Ça va faire bizarre de laisser tout ça derrière moi, mais, pour la première fois depuis des lustres, je suis impatient de découvrir ce que l'avenir me réserve.

—Un discours… UN DISCOOOURRRS !

J'éclate de rire et prends une gorgée de ma bière, consentant à dire quelques mots. Heureusement, j'ai un coup dans le nez ; ça rend l'exercice moins pénible.

—Je suis nul pour ce genre de truc, mais merci à tous d'être venus, commencé-je. Honnêtement, je ne m'attendais pas à ce qu'autant d'entre vous soient présents, mais je vous en suis très reconnaissant. Cette fête aurait été à chier sinon… oups, pardon, Alfie.

Je vois Sarah plaquer ses mains sur les oreilles d'Alfie pour plaisanter, tandis que tout le monde glousse.

— Vous savez tous que l'année dernière a été pour le moins éprouvante, mais j'ai l'impression que les choses évoluent enfin dans la bonne direction… Quoi qu'il en soit, je ne serai qu'à deux heures de route, donc vous n'aurez aucune excuse pour ne pas venir me rendre visite quand le besoin irrépressible de voir ma tronche deviendra trop dur à supporter.

Je me tourne vers Matt et lève mon verre, sentant une boule se former aussitôt dans ma gorge.

— Et Matt… que dire, mon frère ? Tu es le *yin* de mon *yang*, la *piña* de ma *colada* et, enfin, sans moi, tu n'aurais jamais rencontré la charmante Sarah, donc j'espère bien avoir un cadeau de crémaillère absolument énorme et très cher.

Matt éclate de rire et enroule son bras autour de Sarah, tout en brandissant son pouce vers le haut. À son tour, Sarah enroule son bras autour d'Alfie, qui a l'air épuisé. Ce sont leurs bouilles qui vont le plus me manquer.

— Ça suffit comme ça. Merci de boire jusqu'à plus soif. Santé, tout le monde !

Une demi-heure plus tard, Sarah annonce qu'elle va devoir ramener Alfie à la maison, et je la suis dans ma chambre pour l'aider à retrouver leurs manteaux dans la pile monstrueuse qui s'est accumulée sur mon lit. Pendant ce temps, Alfie trouve un deuxième souffle et décide de sauter comme un fou sur le lit.

Le pauvre n'a pas connu autant d'action depuis des mois.

— Ça fait beaucoup de cartons, fait remarquer Alfie, pointant du doigt le fond de la pièce tout en faisant du trampoline.

— En effet, acquiescé-je. J'ai beaucoup d'affaires.

— Est-ce que Nick peut m'emmener au zoo demain ? demande-t-il en atterrissant comme une bombe sur une veste en cuir hors de prix. Il y a des gorilles, et même une plage de pingouins !

— Pas demain, mon chéri, répond Sarah en mettant la main sur le manteau d'Alfie. Nick s'en va, tu te rappelles ? C'est pour ça que ses affaires sont dans des cartons. C'est sa soirée d'adieu.

Alfie arrête de sauter et se laisse glisser du lit.

— Mais je ne veux pas qu'il s'en aille, marmonne-t-il. Je veux que Nick reste.

Je m'assieds à côté de lui sur le lit et l'aide à enfiler son manteau.

— Tu sais ce qui est encore mieux qu'un zoo ? m'enquiers-je.

Il secoue la tête, l'air abattu.

— Une ferme. Ils te laissent nourrir les animaux et monter sur les tracteurs, et il paraît même qu'on peut caresser les bébés lapins. Quand tu viendras me voir, on pourra faire tout ça ensemble !

Son visage s'illumine d'un coup.

— Ils ont des pingouins ?

J'éclate de rire.

— Non, mais tu peux faire la course avec les oies. Tu as de bonnes chaussures pour courir ?

Il hoche la tête avec enthousiasme.

— Maman ! On peut y aller ? S'il te plaaaîît ?

— Absolument, répond-elle. Mon ange, va dire bonne nuit à Matt, il faut qu'on rentre à la maison.

Alors qu'il se précipite dehors pour trouver Matt, Sarah sourit.

— Je vois que tu as fait tes devoirs.

J'arbore un grand sourire.

— Bien sûr. Je ne pars pas seulement là-bas pour le prestigieux nouveau boulot ; le décor champêtre typique a été le facteur déterminant. Qui refuserait de faire la course avec une oie ?

Sarah trouve enfin sa veste et la met aussitôt.

— Je ferais mieux de ramener le petit homme à la maison, dit-elle en me prenant rapidement dans ses bras. Prends soin de toi, Nick.

— Toi aussi, Sarah.

Elle se tourne pour suivre Alfie, mais hésite à la porte de la chambre.

— Il n'est pas le seul à ne pas vouloir que tu partes, tu sais. Tu vas vraiment me manquer, Nick.

— On se verra toujours, rétorqué-je en souriant, espérant masquer ma soudaine envie de pleurer. Après tout, tu es la petite amie de Matt. Impossible qu'il…

Elle s'approche, visiblement contrariée à présent.

— C'est tout ce que je suis, Nick ? demande-t-elle. Tu me vois uniquement comme la petite amie de Matt… rien de plus ?

— Eh bien, nous sommes amis aussi. Pas vrai ?

Elle ne répond pas, mais nos regards restent rivés l'un sur l'autre. J'ai l'impression que mon cœur va jaillir hors de ma poitrine.

— C'est ce que nous sommes ? Tu crois vraiment que nous sommes « amis » ?

C'est quoi, cette question ? J'examine son visage en quête d'un indice, mais elle me détaille tout aussi minutieusement en retour.

— Sarah, je ne sais pas ce que…

— Si, tu le sais, rétorque-t-elle d'une voix tremblante. J'ai besoin de savoir, Nick. J'ai besoin de savoir, avant que tu partes, si je suis juste une amie ou si…

J'ai le cerveau en ébullition. Ça veut dire qu'elle ressent la même chose ? Putain, qu'est-ce qui se passe ?

Sarah approche encore, et je retiens mon souffle. Je vois ma main se diriger de son propre chef vers son visage. Elle pleure carrément maintenant, et elle n'a jamais été aussi belle. Elle est littéralement en train de me briser le cœur. Je n'ai qu'une envie, la prendre dans mes bras, mais…

— Je… Sarah… je ne sais pas quoi dire… je suis désolé. Je ne comprends pas… je ne peux pas… Matt…

Ma voix se brise.

— Mon bonnet !

La voix d'Alfie nous surprend tous les deux, et je retire aussitôt ma main du visage de Sarah, trébuchant contre le lit, tandis qu'Alfie et Matt font irruption dans ma chambre.

— J'ai oublié mon bonnet de singe... Maman, pourquoi t'es triste ?

Je sens mon visage commencer à brûler en voyant Matt à la porte, observant Sarah qui sèche discrètement ses larmes.

— Tout va bien ici ? s'enquiert-il.

Son visage est impénétrable ; sa voix, sans la moindre émotion.

Sarah hoche la tête.

— C'est juste moi qui suis bête. Tu sais comment je suis avec les au revoir.

— Elle essaie de me faire du chantage en pleurant, m'empressé-je d'ajouter, mais l'attrait des lumières de la banlieue d'Oxford est bien trop fort.

Il prend Sarah contre lui.

— Ne sois pas triste pour cet idiot. Il reviendra nous embêter en un rien de temps.

Son ton est farceur, mais son expression est neutre et ses yeux n'ont pas quitté mon visage. J'ai l'impression qu'ils me transpercent. Est-ce qu'il sait ? A-t-il enfin compris que je cours après sa copine, quasiment depuis le jour où je l'ai rencontrée ?

— Je sais, assure-t-elle. Seulement, c'est dur de trouver un bon baby-sitter ces temps-ci.

Elle éclate de rire et je souris, mais, à l'intérieur, j'ai l'impression de mourir. Nous mentons tous les deux à Matt, et je ne pourrais pas me sentir plus mal.

Sarah sort juste après, Matt les suivant, Alfie et elle, jusqu'au rez-de-chaussée, me laissant retourner à la fête où je trouve Harriet et Noël assis à la table. Harriet tourne au jus de pomme vu qu'elle allaite.

— Je vais devoir m'avouer vaincue, dit-elle à contrecœur. Mes seins n'arrêtent pas de suinter. Ça va ? Tu es un peu pâle.

— Je vais bien, dis-je en mentant, m'efforçant de maîtriser le tremblement dans ma voix. Juste un peu déphasé. Où est-ce que vous dormez ?

— À l'hôtel au bout de la rue, répond Noël. Ma mère y est avec Iris. Passe demain avant qu'on parte si tu veux la rencontrer.

— Ta mère ?

— Iris, dit-il en riant.

Putain, mon cerveau est officiellement en bouillie.

— Je pars pour Oxford demain matin, mais je vous promets de venir vous voir bientôt, assuré-je en les prenant tous les deux dans mes bras. J'apprécie que vous ayez fait le déplacement, cela dit. Ça me touche beaucoup.

— Ben on voulait aussi rencontrer la copine de Matt, confesse malicieusement Harriet. Ça valait le coup de prendre le train. Elle est tellement mignonne ; qui l'aurait cru ? Je ne pensais pas que je le reverrais aussi heureux un jour, après… enfin, tu sais.

— Oui, il a trouvé la bonne, concédé-je platement. Tous les espoirs sont permis, hein ?

Je regarde Harriet et Noël se diriger vers la porte et je me demande quand les autres vont enfin se barrer, eux aussi. J'ai beau apprécier que tout le monde soit venu me souhaiter bon vent, j'ai juste envie qu'ils s'en aillent. Il est temps que je parte.

Chapitre 33

Se réveiller avec la gueule de bois est assez immonde comme ça, mais avec la culpabilité et la confusion en prime, je crois que je suis juste bon à abattre. J'écrase mon oreiller sur ma tête et pousse un profond soupir. Je n'aurais jamais dû organiser cette foutue fête. J'aurais dû me contenter de partir. Pas d'histoires. Pas d'effusions à la con. Pas de raison que Sarah…

— Le camion sera là à 10 heures, me crie Matt depuis le couloir, sur un ton curieusement froid et plat, tandis que mon oreiller reprend sa forme initiale.

Je repense aussitôt à hier soir ; à la tête qu'il a faite en nous voyant, Sarah et moi… au visage de Sarah lorsqu'elle m'a demandé ce que je ressentais pour elle… *Merdemerdemerde.* Ironie du sort, j'ai décidé de quitter Londres pour éviter précisément que ce genre de truc n'arrive.

Mon téléphone m'indique qu'il est 9 h 35, ce qui ne me laisse pas le temps de prendre une douche, donc je me lève péniblement et enfile des vêtements, zigzaguant entre les cartons déjà prêts à être chargés dans le camion de déménagement. Matt reste dans le salon, imposant des limites à ne pas franchir avec son énorme casque audio, tandis que je fais un saut dans la salle de bains et me sers un petit déjeuner, même si j'y touche à peine en fin de compte. Même sans la gueule de bois, je ne serais pas d'humeur à manger. Tout va mal.

Le temps que le camion arrive, Matt m'a à peine décroché deux mots. Ça ne peut pas être ça, l'ultime matin, le « Bye bye Londres » que j'avais espéré. Je ne peux me résoudre à lui demander ce qui ne va pas, parce que nous connaissons déjà tous les deux la réponse, et ensuite, je devrais encore lui mentir. Lui raconter que ce qu'il a vu n'était rien et qu'il interprète trop. Putain, je suis tellement lâche, mais je préfère partir pour Oxford en sachant mon meilleur ami en colère après moi plutôt que sans meilleur ami du tout.

Les déménageurs désespérément guillerets descendent les meubles, tandis que Matt et moi nous occupons des cartons et des sacs qui encombrent ma chambre et le couloir depuis une semaine. Au moins, il m'aide à déménager et ne se contente pas de balancer mes affaires par la fenêtre en hurlant : « Va te faire voir ! » Je jette un dernier coup d'œil à ma chambre ;

elle paraît si austère à présent : les meubles ont disparu, les photos sont décrochées et emballées ; toutes mes affaires sont dans des cartons. C'est presque comme si je n'avais jamais vécu ici.

Nous descendons d'un pas lourd et arrivons à l'extérieur, le soleil du matin réchauffant le sommet de ma tête tandis que je traîne les trois derniers sacs-poubelle jusqu'au camion. Normalement, par une journée pareille, Matt et moi aurions soigné notre gueule de bois en buvant une bière en terrasse quelque part. Mon estomac se noue à l'instant même où je me demande si ça arrivera de nouveau un jour.

— Tout est prêt ? demande Matt lorsque les déménageurs referment les portes du camion. Si tu as oublié quoi que ce soit, je te l'enverrai.

— Ouais, dis-je, m'efforçant de rester aussi enjoué que me l'autorise mon estomac. Je crois que j'ai tout.

Il hoche la tête, dansant d'un pied sur l'autre, les mains fermement enfouies dans ses poches, comme un enfant qui préférerait être n'importe où ailleurs qu'ici. Je connais Matt depuis onze ans, mais je n'ai jamais eu autant l'impression d'être un étranger.

— Prêts quand vous l'êtes, jeune homme.

Tandis que je fais signe au conducteur que j'en ai pour une seconde, Matt sort ses clés de sa poche, les agitant pour signifier qu'il est prêt à partir, lui aussi.

— Bon voyage.

— Merci. Je peux peut-être t'appeler plus tard ?

— Bien sûr, répond-il en haussant les épaules. Je serai dans le coin.

Je ne pensais pas pouvoir me sentir plus mal, mais là, j'ai l'impression de toucher le fond. Il fait demi-tour et repart vers l'appartement.

— Matt ! S'il te plaît, on ne peut pas se quitter comme…

Il s'arrête et se retourne vers moi en se frottant la nuque. Je ne saurais dire s'il est en colère ou confus, mais quand il s'approche brusquement de moi, je me crispe, me préparant à encaisser ce qui vient. Matt passe un bras autour de moi et me fait une accolade presque menaçante de prime abord – avant d'enrouler son deuxième bras et de devenir un peu plus tendre.

Nous restons ainsi quelques secondes avant que Matt s'éloigne, reniflant bruyamment et s'essuyant les yeux sur la manche de son sweat à capuche. Mes yeux brillants le font sourire. Il me donne une tape joueuse sur le bras, puis reprend ses esprits.

— Prends soin de toi, Nick, compris ? Et ne te fais pas trop rare.

— Promis, assuré-je. Putain, c'est tellement bizarre. Je n'arrive pas à croire que je suis vraiment en train de faire ça… Tu me souhaites bonne chance ?

Il affiche un grand sourire et recule vers la porte.

— Non, tu n'en as pas besoin ; tu vas tout déchirer.

— Merci, mec.

— Passe chez le coiffeur, par contre…

J'éclate de rire et fais demi-tour, lui adressant un doigt d'honneur en montant dans la voiture de location garée derrière le camion de déménagement. J'ai conscience que je suis parti pour rester coincé deux heures sur l'autoroute avec un trafic ininterrompu, mais franchement, ça m'est égal. Ça n'a pas d'importance. Tout ce qui compte, c'est que Matt et moi soyons en bons termes. Dieu merci, on est en bons termes.

Il est presque 1 heure du matin quand j'arrive dans mon nouvel appartement à Headington, et je me sens extrêmement reconnaissant en constatant que, de l'extérieur tout du moins, il ressemble trait pour trait aux photos fournies par l'agence. Un petit T2 en briques, en rez-de-chaussée, dans une résidence moderne à huit kilomètres de mon nouveau bureau. Putain, « mon nouveau bureau ». Je ressens un élan d'excitation, rapidement suivi d'un sursaut d'angoisse, parce que pour la première fois, je suis totalement seul. Pas de colocataires, pas de partage des factures, pas de disputes en mode passif-agressif autour de la vaisselle – rien que moi.

Après avoir récupéré les clés dans une boîte sécurisée, nous déchargeons rapidement le contenu du camion dans l'appartement qui, en dehors de l'électroménager, est entièrement non meublé. Une fois les déménageurs partis, j'erre sans but de pièce en pièce, me demandant quoi foutre ensuite. Même avec ma chambre installée, ça fait tellement vide. L'idée de transformer cette toile vierge en un foyer est intimidante, mais l'endroit est propre et fraîchement repeint, et, quand les meubles de salon que j'ai commandés arriveront, je suis certain que la tâche paraîtra moins colossale. Probablement. Bon sang, j'ai trente et un ans et je ne me suis jamais occupé d'un appartement tout seul. Putain, je n'ai même jamais acheté de spatule. Il y en avait toujours une… là.

Je lance Spotify, mets de la musique et m'assieds au bord de mon lit pas encore fait. Je peux y arriver ; il suffit d'être organisé. De faire des listes. De trouver le supermarché le plus proche pour ne pas mourir de faim. Ça doit pas être sorcier – les gens font ces conneries-là tous les jours.

Alors que je commence à déballer mes vêtements, *Without You* de David Guetta commence en fond et me coupe dans mon élan. C'est la chanson sur laquelle j'ai dansé avec Sarah à l'anniversaire de Matt, et, l'espace d'un instant, je m'y revois, riant, buvant et tombant amoureux d'elle. Putain, si les choses étaient différentes, peut-être que…

Je laisse ces pensées en suspens et me rassieds sur le lit, appuyant ma tête contre mes mains. Peu importe ce qui s'est passé hier soir, peu importe les sentiments qu'il y a entre nous, tout est fini maintenant.

Chapitre 34

— Tout le monde, voici Nick. Nick, je vous présente tout le monde.

Je lève une main et salue mes nouveaux collègues, me sentant beaucoup trop bien habillé dans mon costume bleu marine. Même mon patron, Joseph, porte des Converse.

Il me fait faire le tour de la pièce, me présentant à au moins trente personnes dont j'aurai oublié le nom dans une demi-heure, en dehors de celui de la responsable administrative, Sigita, une Lituanienne avec la pointe des cheveux rose qui s'est montrée incroyablement serviable pour la recherche d'appartement en urgence et la signature de mon contrat.

— Bon, ici, c'est le cœur de la machine, m'informe-t-il, mais nous avons aussi des bureaux plus calmes à disposition, juste après les portes à droite de la réception. Nous préférons travailler en équipe ici – les politiques de hiérarchie et de fermeture peuvent être contre-productives dans ce type d'environnement. Les salles de réunion sont là-bas au fond, tout comme la cuisine. Café ?

—Avec plaisir, accepté-je, ma tête tournant légèrement tandis que j'essaie de tout intégrer.

Je n'ai pas l'habitude que les gens avec qui je travaille soient aussi accessibles, encore moins ceux de la direction. Pitié, faites que ce ne soit pas un bizutage étrange ; j'ai presque hâte de porter un jean au travail demain.

Les cafés à la main, Joseph m'emmène dans la salle de réunion numéro 2 et commence mon initiation.

—Bon… Je sais que nous avons évoqué les spécificités du poste pendant votre entretien, dit-il en me faisant signe de m'asseoir, mais je voulais entrer un peu dans le détail de ce que nous faisons ici.

—Bien sûr, acquiescé-je.

—Avoir un toit sur la tête n'est pas un luxe, commence-t-il en enlevant le couvercle de son café. C'est un besoin humain primaire. Nous travaillons avec des groupes de personnes variées, allant de clochards à des personnes dans des refuges, en passant par des familles menacées d'expulsion, et tout ce qui s'ensuit. Nous traitons avec des propriétaires, le conseil municipal, la police, des travailleurs sociaux, des unités de soin en addictologie, la sécurité sociale, ainsi que de nombreuses autres organisations spécialisées dans la gestion de la crise du logement que nous connaissons à Oxford.

— On dirait bien que je vais avoir du pain sur la planche, répliqué-je. Je suis impatient de commencer.

— Content de vous l'entendre dire, poursuit-il en me tendant deux fichiers. Tous sur le pont à n'importe quelle heure du jour ou de la nuit. Même si vous travaillerez la majeure partie du temps avec Martin Goodwin, notre assistant juridique principal, il est important que vous saisissiez les tenants et les aboutissants du travail que nous faisons.

Tout en prenant une gorgée de café, j'ouvre le premier fichier. Maria Cooper, vingt-neuf ans, deux enfants. Avis d'expulsion de son propriétaire.

— Son propriétaire, c'est quelque chose, m'informe Joseph. Je pense que ça vaut le coup de jeter un coup d'œil au bail, et d'enquêter sur ses pratiques douteuses.

J'acquiesce et ouvre le dossier suivant. John Parker, dix-sept ans.

— Ce gamin a besoin d'aide, explique Joseph, sans même me laisser le temps de lire le descriptif. Ses deux parents sont drogués, et il dort par terre depuis un an. Il s'est fait pincer avec un tout petit peu d'herbe sur lui ; quantité qui ne les aurait pas fait sourciller s'il avait été étudiant, mais ils l'ont quand même arrêté. Il passe en jugement mercredi.

Mon enthousiasme s'évanouit d'un seul coup. Je ne plaide pas. Il s'attend à ce que j'aille au tribunal ? Putain, je ne suis pas du tout dans mon élément ici.

— Pas de panique, poursuit Joseph, ayant visiblement remarqué mon expression. Christina et Gordon, que vous venez de rencontrer, ont environ cinquante ans d'expérience de la cour à eux deux – du pénal au civil, et j'en passe. Utilisez-les, apprenez d'eux, piochez dans leurs cerveaux. Ils vous feront subir le même traitement, croyez-moi.

Je pousse un petit soupir de soulagement et souris.

— Il n'y a pas deux cas identiques, Nick, et tout le monde doit coopérer pour que ça fonctionne. C'est le travail le plus exigeant, le plus impactant et le plus épuisant mentalement que vous ferez jamais, mais je vous garantis que c'est aussi le plus gratifiant. Alors… êtes-vous prêt à nous aider à changer des vies ?

Je souris et hoche la tête avec enthousiasme. Ça, c'était un discours. J'ai l'impression d'être un superhéros. Alfie serait fier.

Chapitre 35

— Nick, j'ai un certain Matt Buckley pour vous.

— Merci, Briony, dis-je en mettant mon téléphone sur haut-parleur.

Je suis dans le bureau du fond, je n'ai avalé que la moitié de mon déjeuner et j'ai une faim de loup. Je n'ai pas arrêté depuis mon arrivée à 8 heures ce matin.

— Salut, mon pote, lancé-je en mordant dans mon sandwich. Comment va ?

— Pourquoi tu ne réponds pas au téléphone ? demande-t-il froidement. Je n'ai pas arrêté d'envoyer des messages et d'appeler.

— Du calme, papa, répliqué-je en gloussant. J'étais en réunion toute la matinée. Quoi de neuf ?

— C'est l'anniversaire d'Alfie la semaine prochaine, et il insiste pour qu'on aille visiter la ferme dont tu lui as parlé. Est-ce qu'il faut réserver des tickets ? Je ne veux pas rater le coche.

— Quelle « ferme » ? Je ne me rappelle pas lui avoir parlé d…

« Tu sais ce qui est encore mieux qu'un zoo ? Une ferme. Ils te laissent nourrir les animaux et monter sur les tracteurs, et il paraît même qu'on peut caresser les bébés lapins. »

— Ah si, au temps pour moi, continué-je. Je m'en souviens maintenant.

Matt éclate de rire.

— À peine sept semaines à Oxford, et tu perds déjà la boule. Flûte, il faut que je file, mon client vient d'entrer. Envoie-moi le lien du lieu et note la date dans ton agenda.

Je sens ma poitrine se serrer légèrement.

— Je suis invité ?

— Bien sûr ! répond-il. Alfie insiste. Je crois que tu lui manques. Je ne sais vraiment pas pourquoi, mais il fait des soirées pyjama dans ton ancienne chambre. Enfin bref, on se rappelle plus tard.

Matt raccroche et je m'enfonce dans mon fauteuil, maugréant dans ma barbe. Je n'étais pas préparé à les revoir, pas encore. Je pensais que le temps écoulé et les quatre-vingt-dix kilomètres de distance provoqueraient une guérison émotionnelle en accéléré, mais ça a été plus dur que je le pensais. Si Alfie a fait des soirées pyjama, ça doit devenir sérieux entre eux. Soudain, je n'ai plus faim. Bordel, la seule idée de revoir Sarah me rend nerveux, mais ça aurait l'air suspect que je ne vienne pas, et je ne donnerai pas à Matt une seule raison de douter de moi.

J'essuie mes mains moites sur mon jean et attends l'arrivée de Matt, Sarah et Alfie, ignorant les regards suspicieux des passants qui entrent dans la ferme pédagogique, à la vue de l'homme en nage planté à l'entrée. J'aimerais seulement transpirer un peu moins – ça parfait le portrait du pervers à deux doigts d'enlever un gamin dans un van. Vu qu'il fait presque 30°C et que j'ai eu la bêtise de mettre des manches longues, je dois avoir l'air aussi mal à l'aise que je le suis en réalité, mais ça ne vient pas uniquement de la chaleur. Je suis plus nerveux que prévu, sachant que ça fait huit semaines que je n'ai revu aucun d'entre eux, même si Matt et moi sommes restés en contact presque tous les jours. Aucun de nous n'a mentionné ma soirée de départ, et rien n'indique qu'on l'évoquera d'une façon ou d'une autre.

Avec Sarah, ça n'a pas été aussi simple. Je n'ai pas eu de ses nouvelles depuis ce soir-là – enfin, en dehors d'un malheureux « Bonne chance » par message pour mon premier jour, auquel j'ai répondu par un tout aussi crispé « Merci ». Tout ce qui a été dit et laissé en suspens cette nuit-là doit appartenir au passé, pour notre bien à tous les deux. Parfois le soir, seul dans mon lit, je me rejoue inlassablement cette conversation, imaginant tout ce que j'aurais pu dire ou faire différemment.

J'imagine le visage de Sarah quand je lui avoue que je l'aime, que je n'ai jamais ressenti pour qui que ce soit ce que je ressens pour elle. Je l'imagine me répondre que je suis le bon, que je ne peux pas partir, parce qu'elle est désespérément amoureuse de moi. J'imagine le contact de ses lèvres sur les miennes.

Et ensuite, inévitablement, Matt fait irruption dans mon rêve qui se change aussitôt en cauchemar, et je me représente le visage de mon meilleur ami lorsqu'il me surprend en train d'embrasser sa petite amie ou de lui déclarer ma flamme. Peu importe que ce ne soit pas réel – chaque fois, je suis rongé par la honte et la culpabilité.

Ne pas garder contact avec Alfie m'a donné l'impression d'être le plus gros connard de la planète. C'est un enfant génial qui ne mérite pas qu'on l'ignore, mais je ne pouvais pas tenir ma promesse, pas tant que j'évitais sa mère. Cette fois, par contre, je peux assurer ; ce qui implique que Sarah et moi prenions sur nous aujourd'hui, pour passer ce qui s'annonce comme un après-midi de torture absolue ensemble.

Je repère Matt en premier, qui balaie la foule du regard par-dessus la famille devant lui ; Sarah et Alfie apparaissent alors à côté de lui, main dans la main. Elle porte une robe d'été jaune et des bottines, et, l'espace d'un instant, mon cœur bat un peu plus vite. Je ne sais pas trop à quoi je m'attendais, mais il semble que mon désir n'ait pas faibli autant que je l'espérais, voire pas du tout.

— Nick! s'écrie Alfie en courant dans ma direction.

Il porte un insigne bleu trop grand revêtant le numéro 5. J'affiche un grand sourire et lui fais un signe de la main.

— Hé, mon pote, lancé-je tandis qu'il me fonce dessus pour me faire un câlin. Joyeux anniversaire! Laisse-moi voir si tu as grandi... Ça alors, tu es pratiquement un géant!

Je le serre fort dans mes bras. Bon sang, sa petite bouille m'a manqué.

— Presque trois centimètres, répond Sarah. Nous l'avons mesuré la semaine dernière.

Elle ne croise pas mon regard pendant un long moment, concentrant plutôt son attention sur Matt, qu'elle prend par le bras. Je sens mon estomac se nouer lorsqu'il l'embrasse sur le sommet du crâne. *Comment j'ai pu penser que ce serait une bonne idée ?*

— Tu as l'air en forme, mec, fait remarquer Matt quand nous nous enlaçons.

— Je suis super content de te voir, mon pote, tu m'as manqué.

Et c'est la stricte vérité, ils m'ont tous manqué, sans doute plus que je n'ai bien voulu l'admettre ces deux derniers mois.

— C'est pour moi ? demande Alfie en pointant du doigt le papier d'emballage coloré que je triture depuis dix minutes.

— Bien sûr ! m'exclamé-je. Tu veux l'ouvrir maintenant ou attendre que nous…

Tout excité, il déchire déjà le papier et pousse un « Youpi » en voyant le contenu du paquet.

— Une casquette Spiderman ! Regarde, maman !

— Trop génial ! s'exclame Sarah. Voyons un peu comment elle te va !

Elle règle le tour de tête puis Alfie se met à parader avec sa casquette, arborant le plus gros sourire que je lui ai jamais vu.

— Merci, Nick ! s'écrie-t-il en m'attrapant par la taille. J'adore Spiderman !

— Content que ça te plaise, mon pote ! Elle te va bien. Allons voir ce qu'en pensent les vaches.

Nous entrons dans la ferme, et j'espère aussitôt que mes narines vont vite s'acclimater à l'odeur de fumier qui m'assaille de plein fouet. Je souris en voyant Alfie froncer le nez.

— Le boulot se passe bien ? s'enquiert Sarah. Matt dit qu'ils te mènent la vie dure.

Pas vraiment, Sarah, c'est juste plus facile de dire ça que d'admettre que je prends mes distances avec vous tous.

— Oui, dis-je en mentant. Pas de repos pour les braves. C'est intéressant, cela dit, donc je ne me plains pas. Beaucoup de…

— COCHONS ! s'exclame Alfie. Maman, on peut aller voir les cochons ?

Il la prend par la main et la tire vers le premier des nombreux enclos que nous verrons aujourd'hui, tandis que Matt et moi suivons derrière.

— Il était tellement excité dans la voiture, me raconte Matt en souriant, tout en faisant bien attention d'éviter tout ce qui ressemblerait de près ou de loin à une bouse de vache. Sarah n'était pas très causante, par contre. Je n'ai pas l'impression que les promenades à la ferme par cette chaleur soient son truc.

— Probablement pas, renchéris-je, sachant que son humeur avait sans doute plus à voir avec le fait de me revoir après toutes ces semaines de silence qu'avec le climat. De toute manière, Alfie a l'air bien décidé à s'amuser pour nous tous.

Une foule s'est déjà formée autour des porcelets, tandis que de plus gros porcs profitent d'un peu de répit des « Ahhhh » et des « Ohhh » qui émanent des visiteurs émerveillés. Sarah parvient à trouver une place à Alfie près de l'enclos, où, ravi, il pointe du doigt les mignons petits porcs en train de renifler autour de leur mère qui se tient là, pas impressionnée pour un sou. Je ricane doucement en voyant un jeune père éloigner la main de son enfant du groin d'un cochon, marmonnant quelque chose quant au fait de ne pas avoir envie d'expliquer à sa femme pourquoi il manque des doigts à leur fils.

Matt fait le tour de chaque enclos, admirant les bêtes qui s'ébrouent, tandis que Sarah se colle à Alfie, s'assurant qu'il ne saute pas par-dessus la barrière pour mieux voir celui qu'il s'entête à appeler Wilbur. Je recule, me sentant un peu mal à l'aise. J'ai peur de rendre la situation encore plus inconfortable qu'elle ne l'est déjà. Même l'odeur du fumier ne couvre pas la puanteur des non-dits qui subsistent entre Sarah et moi.

— On peut aller voir les lapins maintenant ? demande Alfie, sa capacité d'attention diminuant à vitesse grand V.

Sarah accepte, le prenant par la main tandis qu'il la traîne à l'extérieur de la grange, pendant que j'attends Matt, occupé à caresser un porc marron assez gros.

— Ils sont plus mignons qu'ils ne sentent mauvais, chantonne-t-il tandis que nous suivons Sarah et Alfie vers l'enclos des soins. Ça me désole presque de les manger.

— Plus de roulés au bacon alors ?

Il affiche un grand sourire.

— Presque, mon pote… J'ai dit « presque ».

Heureusement, la zone de soins décorée de couleurs criardes est bien plus clémente avec les organes olfactifs, et nous y trouvons des lapins, des cochons d'Inde, des souris, des rats, des poneys nains, ainsi qu'une tortue géante prénommée Ken. Dans chaque espace, un soigneur souriant s'assure que les enfants les plus jeunes n'essaient pas de lécher les petits animaux, tandis que d'autres leur tendent de la nourriture à utiliser pour tisser un lien avec les bêtes. Nous commençons par Ken, qui avance lourdement vers son déjeuner, mais, comme nous nous en apercevons, regarder une tortue manger une fraise devient vite ennuyeux.

Alfie se dirige ensuite vers les lapins et se plante à côté d'une petite fille qui tient dans ses bras un gros lapin gris au poil soyeux, attendant patiemment son tour. Il est tellement fasciné par l'animal que mon cœur semble sur le point d'exploser.

— Il a toujours voulu un lapin, mentionne Sarah en lui faisant un signe de la main, ou un chien… en fait, plus ou moins n'importe quel animal domestique…

Elle baisse les yeux un moment et pousse un soupir.

— Un enfant devrait avoir un animal, ajoute-t-elle. Un jour, quand je pourrai me permettre d'avoir un endroit à moi…

Matt enroule son bras autour de sa taille et lui fait un câlin qui signifie : « Tu fais de ton mieux, tu vas y arriver. » Sarah sourit et se concentre sur Alfie, qui a maintenant le plaisir d'avoir la responsabilité de Cogneur.

En balayant les environs du regard, je m'aperçois que la grange est remplie de familles, toutes générations confondues : des mamies avec des poussettes, des papys avec les mains dans le dos, des mamans et des papas pourchassant leurs aînés qui n'ont pas l'intention de se calmer avant l'heure du coucher. Ça a l'air d'être un sacré boulot. Putain, ça a l'air merveilleux. Peut-être que si les choses s'étaient passées différemment, ce serait moi en train de courir derrière Alfie pendant que...

— Regardez un peu ces rats, lance Matt, sa voix me ramenant brutalement à la réalité.

— Pardon, tu disais ?

Il indique un endroit à sa droite en frissonnant.

— Les rats. Ce n'est pas ce que je préfère.

Je me tourne et vois un employé soulever deux rats marron et blanc ; émerveillés, les enfants observent les rongeurs qui se ruent sur ses mains et grimpent sur son polo. Personne ne semble pressé de les prendre dans ses bras, cela dit.

— Oh, non, pas ça, gémis-je en reculant d'un pas. Quand j'étais plus jeune, notre H.L.M. a eu un problème de rats. Ils étaient dégoûtants. Le temps que je déménage, pratiquement tout le monde dans l'immeuble avait investi dans un chat.

— Ceux-là sont plutôt mignons, par contre, fait remarquer Sarah. Ils ne sont pas trop miteux. Tu sais, pas comme ces rats des villes qui chassent en bandes et se trimbalent avec des couteaux à cran d'arrêt.

— Aimeriez-vous en tenir un ?

Sarah recule d'un pas lorsque l'employé de la ferme nous fait signe d'approcher, visiblement impatient de montrer ses rats. Son badge indique que son nom est Dean, mais ses lunettes et sa raie au milieu évoquent clairement un Sheldon.

Je fronce les sourcils.

— Euh, non… Ça va.

Dean éclate de rire.

— Ils sont très sociables ; ils ne vont pas vous mordre.

Sarah se tourne vers Matt qui recule déjà.

— Je ne serais pas contre, mais il faut vraiment que j'aille aux toilettes. Je reviens tout de suite !

Elle fronce les sourcils en le voyant décamper vers les toilettes, mettant autant de distance que possible entre lui et les rats.

— Euh… eh bien, il faut que je garde un œil sur Alfie, donc peut-être une autre fois…

Elle se tourne vers Alfie qui en a terminé avec le lapin et surgit derrière nous.

— C'est lui, Alfie ? s'enquiert Dean. Je demandais justement à ta maman si elle voulait tenir un de nos adorables rats !

Alfie affiche un sourire radieux.

— C'est trop cool ! J'ai vu *Ratatouille* quatre fois, pas vrai, maman ? Je peux en tenir un aussi ?

Sarah acquiesce en signe de défaite. Alfie vient de la qualifier de cool. Impossible de se défiler. Je peux toujours dire non, par contre. Après avoir joué le Père Noël, ma coolitude est déjà en négatif, de toute manière. Pour la première fois aujourd'hui, Sarah et moi échangeons un regard solidaire en nous dirigeant lentement vers Dean et sa vermine domestique.

Alfie fonce dans le tas, laissant les petits rongeurs le renifler et l'explorer, pendant que Sarah et moi restons plantés là avec des sourires forcés, souhaitant que Dean annonce soudain que les heures de visite sont terminées. Malheureusement, ce n'est pas le cas.

— Nick, prends-en un aussi ! insiste Alfie. Allez !

Nettement plus courageuse que moi, Sarah se penche et commence à caresser délicatement le rat qu'Alfie lui tend. Je parviens à tenir le plus petit rat pendant trois secondes avant qu'il sente mon aversion et décide de son propre chef de retourner voir Dean. Je me sens un peu offensé.

— Maman ! Je pense qu'il t'aime bien ! s'écrie Alfie en voyant le rat se hisser pour renifler le visage quelque peu tendu de Sarah, ses petites moustaches lui chatouillant le nez.

— Il s'appelle Byron, explique Dean à Alfie, et je crois que tu as raison.

Sarah affiche un grand sourire.

— Il est plus doux que je ne le pensais… voire plutôt… Woooahh !

Aussi rapide que l'éclair, Byron saute des mains d'Alfie, disparaît sous le haut de Sarah et descend vers sa taille, son petit corps bougeant rapidement sous l'étoffe.

— Pas de panique, insiste Dean d'une voix légèrement tremblante. Pas de quoi s'inquiéter.

Alfie, trouvant la scène hilarante, ne tarit pas de commentaires pour deviner où le rat va se diriger ensuite.

— Ha ha ha, il est dans ta culotte maintenant ? Je crois que j'arrive à voir son oreille.

Sarah pousse un petit cri lorsque nous devinons la silhouette de Byron sous sa robe, s'attardant sur ses hanches avant de repartir vers le nord.

— Pas de quoi s'inquiéter, répète Dean en plongeant la main dans son sachet de nourriture. Byron joue, c'est tout. Ils adorent les tunnels et la chaleur, donc il est très heureux là où il est.

Dean, qui transpire légèrement à présent, secoue une friandise au beurre de cacahuètes près du col de la robe de Sarah, mais, dans sa précipitation, il la fait maladroitement tomber dans son décolleté.

— Vous vous FICHEZ DE MOI ? Vous venez de lui donner un en-cas. Il n'a aucune raison de partir maintenant !

Dean fouille dans son sachet pour en prendre un autre, s'excusant à profusion.

— J… je suis désolé, je vais essayer de…

— Peut-on enlever Byron de mes seins ? grommelle-t-elle discrètement à Dean. Je préférerais repartir avec les deux.

Mortifié, Dean se triture le visage.

— Euh, idéalement, il faudrait que quelqu'un mette la main *là-dessous* pour l'attraper, mais je ne pense pas que ce serait approprié de…

Sarah jette un regard vers les toilettes où Matt se cache visiblement, avant de river les yeux sur moi pour me supplier en silence.

— Moi ? demandé-je, en plein désarroi. Non ! Je veux dire, je ne peux pas aller farfouiller là-dedans ! Je suis sûr que Matt sera là dans une…

— Oh, allez ! implore-t-elle. Je le ferais pour toi !

— Tu ne peux pas juste… gigoter pour le faire tomber ? suggéré-je en pointant bizarrement sa poitrine du doigt. Dean, mon pote. Vous n'avez pas un manager ou une souricière ou n'importe quoi d'autre ?

— Je vais le faire ! propose Alfie en tendant une main vers Sarah, qui a maintenant l'air à deux doigts de fondre en larmes.

Putain. Entre la lèvre inférieure tremblante de Sarah et la perspective de voir Alfie accidentellement mordu par Byron, il n'y a aucun autre choix. Je vais devoir être un homme et m'imposer.

— C'est bon, je vais le faire, mon grand, dis-je à Alfie. J'ai de plus grandes mains… si ta mère est d'accord ?

Sarah hoche la tête avec reconnaissance.

— D'accord, Dean, dites-moi quoi faire.

— Oui… alors, madame, si vous pouviez juste tirer sur votre robe autant que possible et vous, monsieur, mettez la main dessous pour attraper Byron sous les pattes avant. Ne le tirez surtout pas par la queue.

Tandis que Sarah étire sa robe, je me rapproche, faisant de mon mieux pour ignorer son soutien-gorge blanc en dentelle et me concentrer sur le clandestin poilu ; mais mon « mieux » n'est pas suffisant, et elle le sait pertinemment. Nous nous mettons tous les deux à rougir.

Nom de Dieu, Nick, ce sont juste des seins ! C'est vraiment pas le moment. Concentre-toi !

Repérant Byron l'air confortablement installé, je tends doucement le bras, ma main effleurant sa peau lorsque je l'attrape délicatement. Elle frissonne et émet un soupir à peine audible, mais suffisamment fort pour me pousser à me demander si c'est dû au contact de ma main ou simplement à de la bonne vieille peur.

Lorsque je ressors Byron, Alfie pousse un petit cri de joie, à l'instant même où Matt se fraie un chemin parmi la foule de badauds amusés.

— Qu'est-ce qui se passe ? s'enquiert-il en me regardant tenir Byron. Qu'est-ce que j'ai manqué ?

— Je t'expliquerai plus tard, répond Sarah tandis que je tends le rat à un Dean extrêmement soulagé. Putain, il y a une femme qui filme ; on peut s'en aller ? Je suis morte de honte !

Alors que nous partons, Dean marmonne d'autres mots d'excuses, visiblement aussi traumatisé que Sarah, tandis qu'Alfie s'empresse de raconter l'anecdote à Matt.

— C'était INCROYABLE ! s'exclame Alfie, trottinant à côté de sa mère quand nous quittons prestement l'espace des soins.

— « Incroyable », hein ? répète-t-elle en époussetant sa robe. Je n'irais pas jusque-là, mon chéri.

Matt éclate de rire.

— Je me vois dans l'obligation de confirmer. Nick tenait ce petit rat comme s'il s'agissait de Simba dans *Le Roi Lion*.

Alfie fait un petit bond d'excitation.

— LE MEILLEUR ANNIVERSAIRE DU MONDE !

Ravie, Sarah sourit et l'embrasse sur la joue.

— Eh bien, c'est tout ce qui compte ! Et si on allait voir les poneys ? Je pense arriver à me débrouiller avec eux.

À 15 heures, nous avons rendu visite aux alpagas, aux vaches, aux poneys et aux moutons, nous avons fait le tour de la ferme en tracteur et nourri des oies particulièrement mignonnes. Mes baskets sont bonnes pour la poubelle, mais jusqu'ici, la journée est une véritable réussite. À l'exception de l'épreuve du rat, Sarah et moi avons réussi à nous éviter la majeure partie du temps, Matt et Alfie faisant parfaitement diversion.

Nous nous dirigeons vers le café où Sarah s'est arrangée pour faire garder un gâteau d'anniversaire derrière le comptoir. Nous laissons d'abord Alfie jouer dans l'aire de jeux pour enfants, pendant que nous prenons une dose de caféine bien méritée.

— Quelqu'un a faim ? demande Matt en jetant un coup d'œil au menu affiché au mur. Je pense qu'ils ont des sandwichs.

Sarah fait « non » de la tête.

— Non, merci, juste un *latte*.

— Je peux avoir un Coca, mec ? m'enquiers-je. J'ai trop chaud pour du café. Je risque de prendre feu.

Matt part chercher nos boissons, nous laissant seuls, Sarah et moi, pour la première fois de la journée. La tension est à couper au couteau.

— Alors..., lancé-je pour tenter de briser la glace. Ces rats, hein ? Sacrés petits garnements.

— Beurk, répond-elle en frissonnant, j'arrive encore à le sentir sur moi. Mais au moins, ça a fait sourire Alfie. J'apprécie que tu te sois proposé.

Elle me jette un rapide coup d'œil avant de baisser de nouveau les yeux sur la table.

— Inutile d'en reparler. Oui, je pense qu'Alfie s'éclate, ajouté-je, content que nous nous parlions, même si c'est un peu gênant. Je n'arrive pas à croire à quel point il a grandi depuis la dernière fois que je l'ai vu... et comment va tout le reste ? Le boulot ?

— Super bien, répond-elle en souriant timidement. Vraiment super bien, ça ne pourrait pas aller mieux.

— Génial…

Elle lisse les plis de sa robe tandis que le silence se réinstalle. Je n'ai pas souvenir d'un moment passé ensemble où nous avons parlé aussi peu. Lorsqu'elle regarde par-dessus mon épaule pour surveiller Alfie, je remarque que son visage est légèrement bruni par le soleil, des taches de rousseur parsèment son nez, et en dépit de tous mes efforts, je ne peux m'empêcher de laisser mon regard s'attarder un peu trop longtemps. Elle me prend sur le fait et fronce les sourcils.

— Nick… arrête, s'il te plaît.

— Je ne… je veux dire, je n'étais pas…

— Ce n'est pas juste. On a dépassé tout ça maintenant.

— Honnêtement, je ne voulais pas… Tu me manques, c'est tout ; d'accord ?

Elle soupire – elle n'est pas d'accord du tout – et se lève.

— Je vais aider Matt à porter les boissons et voir comment ça se passe avec le gâteau. Peux-tu garder un œil sur Alfie ?

Je hoche la tête et elle se dirige vers Matt qui se rapproche du début de la file d'attente. Tout en me tournant vers Alfie, je me réprimande en silence. Elle n'avait pas besoin de savoir qu'elle me manquait ; je présume que j'ai perdu le droit de lui dire ce genre de choses depuis la fête. Et merde, je me sens encore plus mal maintenant.

Au bout de quelques minutes, je vois Matt revenir avec les boissons, tandis que Sarah apporte un énorme gâteau d'anniversaire avec cinq bougies. Elle a l'air tendue. C'est censé être la journée d'Alfie et j'ai l'impression de tout gâcher. Je propose d'aller le chercher dans l'aire de jeux pendant qu'ils allument les bougies.

— Joyeux anniversaire, joyeux anniversaire ! Joyeux anniversaire, Alfie. Joyeux anniversaire !

Alfie n'arrive pas à cacher sa joie quand le café entier se joint à nous pour lui souhaiter un joyeux anniversaire, applaudissant lorsqu'il parvient à souffler ses bougies d'un seul coup. Sarah coupe le gâteau et lui tend la première part avant de nous servir. Mon appétit est au ras des pâquerettes, mais je prends la part et en picore un morceau, me rassurant en me disant que la ferme pédagogique ferme dans une heure, et que nous pourrons tous reprendre des chemins séparés. Je suis prêt à en finir avec tout ça.

Lorsque la ferme commence à se vider, nous rendons une dernière visite aux poneys avant de retourner jusqu'à la voiture de Matt, tous profondément épuisés. Matt prend Alfie dans ses bras et le porte par-dessus son épaule.

— On peut te déposer, me propose Matt tandis qu'Alfie se frotte les yeux. Monte.

— Non, ça va, assuré-je. Vous avez assez de route à faire comme ça. Je vais prendre un taxi.

Je me penche et fais un câlin à Alfie.

— Bon anniversaire, mon pote. On se voit bientôt.

— Promis ?

— Bien sûr. Je reviendrai à Londres avant que tu aies le temps de dire « ouf ».

— Je t'appelle demain, mec, lance Matt en déverrouillant la voiture. Ça m'a fait vraiment plaisir de te voir.

— Oui, acquiescé-je. On s'appelle bientôt.

— Au revoir, Nick, dit Sarah pendant que Matt installe Alfie dans la voiture. Prends soin de toi.

— Toi aussi.

Elle hésite avant de me prendre dans ses bras.

Je la serre contre moi, une fraction de seconde de trop. Elle recule et entre dans le véhicule. Nos regards se croisent brièvement à travers la vitre, et je vois ses yeux commencer à s'emplir de larmes juste avant qu'elle tourne la tête.

Chapitre 36

Quatre mois plus tard

> Je serai absent du bureau du 22 décembre au 3 janvier et ne consulterai pas mes e-mails. Pour les demandes urgentes, merci d'écrire à l'adresse josephdalton@ATHLAoxford.co.uk.
> Joyeux Noël !
> Nick Harris

J'ÉTEINS MON ORDINATEUR PORTABLE ET LE GLISSE dans mon sac, impatient de commencer mes vacances. Même si je ne vis plus avec Matt, ses parents ont insisté pour que je me joigne à eux comme d'habitude pour le réveillon. Passer Noël tout seul à Oxford n'est visiblement pas une option. Je ne me plains pas, cela dit. Quelques jours à rattraper le temps perdu avec Matt à Londres, suivis d'un festin dans le Surrey avant de rentrer chez moi, me semblent un projet parfait pour les fêtes.

Lorsque je me lève de ma chaise, j'entends un petit grognement sous mon bureau.

—Allez, bonhomme, dis-je à Spot, l'épagneul à trois pattes qui me renifle le pied, il est temps d'y aller.

Je me lève et prends ma valise.

—Je m'en vais, tout le monde. Passez un merveilleux Noël !

—Toi aussi, Nick, me crie Briony, ses bois de renne lumineux s'agitant frénétiquement au-dessus de sa tête. J'ai laissé un sac de friandises pour Spot à côté de la porte !

Comparé à tous les bureaux dans lesquels j'ai travaillé, cet endroit est une bouffée d'air frais. J'adore ce lieu. Pas d'ego surdimensionnés, pas de commentaires désobligeants, pas de compétitions à la con… Le rôle de chacun est important et valorisé, sans considération de son statut. Pour la première fois depuis toujours, je pars du travail en ayant l'impression d'avoir fait une différence. Je veux dire, jouer le Père Noël m'a parfois procuré un sentiment de joie, mais techniquement, je n'étais pas responsable des cadeaux sous le sapin. En plus, ils m'autorisent à amener mon chien sur mon lieu de travail, ce qui n'est que justice si on considère que c'est eux qui m'ont poussé à l'adopter après le décès de son maître. Je laisse Yvette de la compta gratter le ventre de Spot, tandis que je prends mon manteau et le petit paquet de friandises au poulet de Briony qu'il dévorera plus tard, entendant les autres membres du personnel s'échanger gaiement leurs vœux en partant.

Avec encore quarante minutes devant moi avant le départ du train de 14 heures pour Londres, j'emmène Spot faire une courte balade et le laisse faire la grosse commission – la seule partie qui ne m'enchante pas vraiment dans le fait d'avoir un chien. Le reste est plutôt chouette. Il s'avère que j'aime les chiens en fin de compte. *Va bien te faire voir, Debbie, j'aurais été un super atout pour ta ridicule entreprise de toilettage.*

Vivre seul pour la première fois m'a ouvert les yeux. Mon envie de devenir un homme indépendant a souligné le fait que je ne me sens pas si bien que ça tout seul, mais Spot a rendu mon existence moins solitaire. Je ne l'ai que depuis quatre mois, mais c'est un super colocataire. C'est aussi un super aimant à filles, qui remue la queue à profusion dès que la moindre femelle s'arrête pour dire bonjour à sa petite tête de débile.

Doucement mais sûrement, je me suis fait quelques amis. La plupart des vendredis, la clique du bureau sort boire des verres dans un des pubs à proximité. En plus, mon supérieur, Joseph, et sa femme, Claire, m'ont pour ainsi dire adopté, et j'ai une invitation permanente à leur dîner mensuel, au cours duquel ils essaient toujours de me caser avec tout un tas de célibataires naïves. Jusqu'ici, j'ai rencontré Sheila, la cheffe d'agence bancaire ; Déborah, l'actrice ; Ambre, la courtière en assurance ; Imogène, l'artisane-boulangère ; Charlie, l'officière de police ; et Maggie, la professeure d'histoire du féminisme. J'ai réussi à repousser leurs avances en gardant ma dignité quasi intacte. Je n'ai tout simplement pas la tête aux rencards en ce moment. Ça a beau faire des mois que je n'ai pas vu Sarah, j'ai toujours un pincement au cœur chaque fois que je pense à elle.

Le trajet en train jusqu'à Euston est rapide, et Spot est incroyablement bien élevé, restant sagement assis à mes pieds en laissant volontiers tout le monde s'attendrir sur lui et ses trois pattes.

Matt vient me chercher à la gare dans sa nouvelle voiture de société. Décrocher une promotion a certainement ses avantages. Spot se précipite dans sa direction, m'entraînant derrière lui.

— Salut, bonhomme ! s'écrie Matt, tandis que Spot bondit d'excitation pour le saluer. Tu as l'air bien nourri.

— Ne traite pas mon chien de gros, grondé-je en riant, tout en m'avançant pour le prendre dans mes bras. Comment vas-tu, mon pote ? J'ai l'impression qu'on ne s'est pas vus depuis une éternité.

Matt ouvre la portière et laisse Spot monter sur le siège arrière.

— C'était quand, la dernière fois qu'on t'a vu ? En août ?

Je hoche la tête.

— Le week-end d'anniversaire d'Alfie.

J'ai seulement vu Alfie et Sarah cette fois-là depuis que j'ai déménagé, à la ferme, et nous n'avons pas échangé un seul mot depuis. Je me sens toujours aussi minable de manquer à ma promesse de rendre visite à Alfie tout le temps, mais c'est mieux ainsi. Au moins, j'arrive à dormir la nuit. Nous montons en voiture et Matt démarre le moteur.

— Désolé, je n'ai pas pu venir pour ton anniversaire, dis-je pendant que nous nous dirigeons vers le London Bridge. C'est assez chaotique d'être le dernier arrivé dans la boîte.

— Ce n'est pas un problème, insiste-t-il. Tu n'as pas manqué grand-chose. Seulement la bande habituelle. Content que tu sois là maintenant. Comment se passe le boulot ? Et comment est ton appartement ?

— Très bien, réponds-je, et l'appart est génial. Chambre de taille décente, petit jardin, et parking privé pour quand j'aurai un jour une voiture. Je suis heureux. Très heureux.

— Ravi de l'entendre. J'ai du nouveau, moi aussi.

— Vraiment ? Genre quoi ? m'enquiers-je, mon esprit tirant déjà des millions de conclusions.

Je parie que Sarah et lui se marient. Putain, peut-être qu'elle est enceinte. Je jette un coup d'œil à Matt, mais il est concentré sur la circulation et son visage ne laisse rien paraître.

— Allons d'abord prendre des bières au supermarché. Je t'en parlerai quand on arrivera chez moi. C'est plutôt une saga, ajoute-t-il avec un sourire penaud.

Nous laissons Spot dans la voiture avec une fenêtre entrouverte et entrons dans *Tesco*, nous dirigeant droit vers le rayon picole. Je prends des canettes de Stella tandis que Matt attrape une bouteille de rosé et un mix de daïquiri et framboise givrée.

— Sarah vient ? demandé-je en le voyant mettre les articles en question dans son panier.

Cette sensation familière de soubresauts dans mon estomac revient soudain avec virulence. Je n'étais pas encore prêt à la revoir. Est-ce qu'elle vit avec lui maintenant ? Comment a-t-il pu ne rien me dire ?

Matt fait une grimace.

— Ce n'est pas pour Sarah, avoue-t-il en rougissant. C'est justement de ça que je voulais te parler. Ces bouteilles sont pour Karen.

— Karen qui ?

— *Karen*, Nick. Nous nous sommes remis ensemble. Je ne sors plus avec Sarah.

Les canettes de bière m'échappent des mains et tombent sur le sol dans un tel fracas que tout le monde réagit à part moi. Impossible d'être choqué quand tu es déjà sonné.

— Mais je croyais… Vous aviez l'air tellement heureux ensemble !

Il hoche la tête.

— Je voulais que ça fonctionne, crois-moi ; je l'aimais, j'aime Alfie, mais il a toujours manqué quelque chose. Je me disais que c'était seulement moi me comportant comme, enfin… moi. Je pensais qu'avec suffisamment de temps, tout se mettrait en place. Puis Karen s'est pointée à ma porte il y a trois semaines.

Matt choisit une bouteille de champagne tandis que je reste planté là. Abasourdi.

— Elle venait juste de rentrer de New York et voulait me voir. Nick, à l'instant même où je l'ai vue devant moi, j'ai su. J'ai su que je ne trouverais jamais ce qui manquait avec Sarah. Bref, je l'ai invitée à entrer, et notre ancienne connexion était toujours là pour elle aussi. J'ai eu beau lutter de toutes mes forces, je crois que je n'ai jamais cessé de l'aimer, mec, et elle ressent la même chose. Pour résumer, on a fini au lit. Dieu sait que je n'ai jamais eu l'intention de tromper Sarah mais…

Mon poing fonce droit sur son nez avant qu'il ait le temps de finir sa phase, et il s'écroule brutalement, mon état de torpeur cédant aussitôt la place à la panique.

Tous les gens au rayon alcool se sont figés, bouche bée sous le coup du choc.

— Oh merde, mec, je suis tellement désolé ! m'exclamé-je en l'aidant à se relever. Merde, merde, merde ; je ne sais pas ce qui m'a pris.

— À quoi tu joues, Nick ? beugle-t-il, la main plaquée sur son nez en sang. Bordel, ce n'est pas toi que j'ai trompé !

Alors que le service de sécurité arrive en courant pour nous expulser du magasin, ma main commence à trembler comme une feuille. Le nez de Matt pisse le sang sur son tee-shirt, et j'ai l'impression d'être un moins-que-rien.

Le temps d'arriver à la voiture de Matt, le saignement a diminué en un filet régulier, mais son nez n'a pas belle allure. Heureux de nous revoir, Spot aboie sur le siège arrière.

— Je pense qu'il te faut un médecin, mon pote, dis-je en essayant de lui toucher le nez.

Mais il recule en grimaçant.

— Va te faire mettre, rétorque-t-il en regardant dans le rétroviseur. Putain, qu'est-ce qui ne tourne pas rond chez toi ?

— Je suis tellement navré, répété-je. Je ne sais pas ce qui m'est passé par la tête. Désolé, mon pote.

Nous retournons dans la voiture et restons assis en silence pendant un moment avant que Matt finisse par dire :

— C'est pas bien grave. Je le mérite, pour être honnête. J'ai fait une vilaine crasse. Même si, pour info, Sarah a mieux accueilli la nouvelle que toi.

— Tu lui as tout dit ? m'enquiers-je.

Comment la seule mention de son nom peut-elle me faire trembler ?

Il hoche la tête, s'essuyant le visage sur un morceau propre de son tee-shirt.

— Le lendemain matin, je suis allé chez elle et j'ai tout avoué. J'ai essayé de lui expliquer pour Karen, que ce n'était pas qu'une amourette quelconque, mais Sarah m'a coupé la parole et m'a ordonné de partir. Je me suis senti terriblement mal. C'est toujours le cas, d'ailleurs. J'ai essayé de l'appeler le lendemain, mais elle n'a pas décroché. Je lui ai envoyé un message pour tout lui expliquer – elle l'a lu, mais j'imagine qu'elle est toujours fâchée. Ce qui se comprend.

Il se touche délicatement le nez.

— Je devrais peut-être aller me faire examiner. J'ai l'impression qu'il est cassé. Ta main n'a pas l'air en grande forme non plus.

— On ne peut pas attendre tous les deux aux urgences en laissant Spot dans la voiture, rétorqué-je en regardant sa petite tête. Va te faire examiner. J'attendrai avec lui.

— Karen est à la maison. Elle pourrait le surveiller. Elle aime les chiens. L'appart n'est pas loin des urgences.

— Tu l'as déjà fait emménager ?

— Non ! Du calme ! Elle reste juste le temps que je rentre dans ma famille pour les fêtes. Son appartement est en train d'être repeint.

À contrecœur, j'accepte et nous nous rendons à l'appartement de Matt, promettant à une Karen visiblement inquiète que nous n'en aurons pas pour longtemps. Matt marmonne quelque chose au sujet d'un accident, tandis que j'essaie piteusement de dissimuler mon énorme main gonflée.

Les urgences sont relativement calmes, et, après avoir transmis nos données personnelles, nous nous asseyons en face d'une femme avec une vilaine brûlure à la main, et d'un homme qui tousse tellement qu'il en pleure.

— Alors pourquoi tu ne m'as pas parlé de tout ça ? m'enquiers-je. Je vis à une heure et demie de route, pas sur la Lune. C'est une putain de grosse nouvelle, mec.

— Je n'avais pas vraiment de quoi me vanter d'être une pourriture infidèle. Même auprès de toi. Tu es à Oxford, tu vis comme un moine, chaste et…

— Je ne suis pas chaste, bordel ! m'écrié-je, indigné, même si après presque un an, ça commence à donner cette impression.

— Pauvre, en train d'aider les nécessiteux, alors que je fais un boulot peinard et que je trompe une mère veuve. Je ne pouvais pas supporter l'idée que tu me juges alors que j'avais déjà l'impression d'être un minable. Je me suis dit que tu l'apprendrais bien assez tôt, de toute manière – quoique, si j'avais su *comment* tu le prendrais, je te l'aurais définitivement annoncé par téléphone. J'ai aussi supposé que Sarah t'en aurait peut-être parlé ?

— Pourquoi ça ? demandé-je.

— Vous étiez proches. J'ai toujours pensé que vous étiez restés en contact.

— Non, dis-je, soudain mal à l'aise. J'ai été tellement débordé, tu sais, et nous n'étions pas si proches que ça…

— Hmm, rétorque-t-il en se touchant de nouveau le nez. Mon nez est peut-être cassé, mais j'arrive encore à renifler les conneries.

— Qu'est-ce que tu veux dire? insisté-je, mon cœur tambourinant dans ma poitrine.

Je fais de mon mieux pour ne pas avoir l'air paniqué.

— Vous n'étiez « pas si proches que ça »? Ton crochet du droit indique le contraire. On ne met pas un coup de poing pareil quand il n'y a aucun sentiment derrière.

Je regarde Matt et comprends que la partie est finie.

— Peut-être qu'il y avait quelques petits sentiments, avoué-je. Genre… des sentiments du type « plus-que-des-amis ».

Les sourcils de Matt commencent à pointer vers le ciel.

— Sérieusement? De quel côté?

— Du mien… Peut-être du sien… je ne sais pas. Je n'en ai jamais été vraiment sûr. Pas tout à fait.

— Bon sang, Nick. Comment se fait-il que ce soit moi qui prenne un coup de poing dans ce scénario?

Si tu n'avais pas une main de la taille d'un putain de chou-fleur, je t'aurais sérieusement botté les fesses. Pourquoi tu m'as arrangé le coup avec elle si tu l'aimais bien ?

Matt me dévisage d'un air incrédule, et sa voix est montée d'une octave.

La femme à la brûlure nous écoute attentivement maintenant, la bouche légèrement entrouverte.

— Ben, je ne savais pas que j'allais tomber amoureux d'elle, marmonné-je, conscient du regard insistant de Madame Brûlée.

Putain, voilà que ses sourcils ont quasiment atteint la racine de ses cheveux maintenant. Ses dents claquent chaque fois qu'il expire. Je pense qu'il pourrait encore décider de me casser la gueule.

— Attends. Laisse-moi résumer : tu étais amoureux de ma petite amie ? Tu te fous de moi ?

— Je suis désolé, plaidé-je. Je n'ai rien fait pour que ça arrive.

Il reste silencieux un moment, digérant la nouvelle.

— J'ai une question, finit-il par dire. Lors de ta soirée de départ, quand je suis entré dans la chambre et que Sarah pleurait, est-ce que c'était... vous avez...

— Il ne s'est rien passé, expliqué-je aussitôt. On parlait, c'est tout. Elle m'a demandé si nous étions seulement amis. Alfie et toi êtes entrés avant que j'aie pu vraiment répondre quoi que ce soit, mais je te le promets, Matt, je n'aurais jamais rien fait qui puisse détruire notre amitié ou ta relation. Je te le jure.

— Matt Buckley ?

Matt se lève, me lance un regard désapprobateur, puis suit l'infirmière jusqu'à la salle de soins, tandis que j'attends avec Madame Brûlée et Curieuse qui feint à présent de s'intéresser à son magazine. Cette journée entière semble surréaliste. J'ai frappé mon meilleur ami, je lui ai avoué que j'avais des sentiments pour sa petite amie et j'ai potentiellement détruit ma relation avec lui pour toujours.

Sans me laisser le temps d'y réfléchir plus longuement, une deuxième infirmière m'appelle, et j'emmène prestement ma main enflée de l'autre côté des doubles portes.

Quarante-cinq minutes plus tard, nous sommes de nouveau en voiture. Heureusement, Matt n'a que des bleus et des contusions, alors que je me retrouve la main dans le plâtre avec une ordonnance pour des antidouleurs à dose de cheval. Matt trouve ça amusant.

— Désolé, ce n'est pas vraiment de *toi* que je ris, mais tu as fini dans un état pire que moi, alors que je suis celui qu'on a frappé. Mon nez t'a cassé la main. Tu es une personne ridicule, Nick Harris.

— Je me sens toujours très mal pour cette histoire…, dis-je en tentant d'ouvrir une bouteille d'eau avec ma main gauche.

— Eh bien, arrête, réplique-t-il, toujours en ricanant. Tu souffres assez comme ça.

Il démarre la voiture et prévient Karen que nous sommes sur le retour.

— Bon, j'ai une autre question, reprend Matt en m'ouvrant ma bouteille, prenant une gorgée au passage.

Je sens mon cœur accélérer de nouveau. *Que veut-il savoir d'autre ?*

— D'accord…

— Pourquoi ce pauvre chien s'appelle Spot ?

J'éclate de rire.

— Aucune idée. C'est son ancien propriétaire qui a choisi. C'est à ce nom-là qu'il répond.

Matt glousse.

— Si tu le dis. Ça me travaillait, c'est tout.

Alors que nous tournons dans la rue de Matt, il s'arrête au bord du trottoir et coupe le moteur.

— J'ai encore une question, dit-il en examinant son œil dans le miroir. Tes sentiments pour Sarah. Ça a commencé quand ?

Je me fige un instant et réfléchis.

— Honnêtement ? À ta fête d'anniversaire. Putain, je sais de quoi ça a l'air, mais tu voulais la vérité.

— Je crois qu'il ne reste plus qu'une seule chose à faire, dit-il en détachant sa ceinture.

Oh mon Dieu, il va me frapper à son tour. En prévention, je ferme les yeux et me prépare à l'impact.

— Il faut que tu ailles le lui dire.

J'ouvre un œil prudent.

— Lui dire quoi ?

— Lui dire que tu l'aimes. Crétin.

Chapitre 37

L'APPARTEMENT DE SARAH EST À VINGT MINUTES de voiture de chez Matt et pourtant, quand j'essaie en vain de commander un Uber de la main gauche, Matt lève les yeux au ciel et m'ordonne de ranger mon téléphone.

— Attends ici.

Il fait un saut dans son appartement et revient avec Spot dans les bras.

— Karen a dit qu'il te réclamait, m'informe Matt pendant que nous quittons la place de parking. J'ai reçu un message quand on partait des urgences, demandant pas très aimablement qu'on vienne le chercher *illico*. Elle n'est pas aussi fan des chiens que je le pensais. Je crois qu'il a chié dans le couloir.

Spot baisse la tête d'un côté comme s'il avait compris chaque mot, tandis que je rattache ma ceinture de sécurité, mon cœur battant frénétiquement en considérant la pure folie de ce que je m'apprête à faire.

— Et si elle ne veut pas me voir ? m'enquiers-je, considérant un million d'éventualités dans ma tête. Et si j'ai mal lu tous les signaux et qu'elle ne m'a jamais apprécié ? Et si elle n'est pas chez elle ?

— Calme-toi, mon pote. Elle sera en train de faire ses bagages pour aller chez ses parents, m'informe-t-il. Elle ne part pas avant demain matin. Arrête de t'inquiéter.

Je m'inquiète quand même. Et si elle a déjà oublié les quelconques sentiments qu'elle a pu avoir pour moi ? Et si j'avais tout gâché pour de bon en ne lui disant pas ce que je ressentais la veille de mon départ pour Oxford ? Et si elle me tenait pour responsable du fait que Matt lui ait brisé le cœur ? Et si…

— Nous y sommes.

En prenant une profonde inspiration, je me prépare à sortir de la voiture.

— Nick ?

— Oui ? dis-je en me tournant vers Matt.

— Commence par sortir de cette putain de voiture, reprend-il en me faisant un grand sourire.

Je me glisse timidement hors de la voiture et remonte le chemin gelé qui mène à sa porte d'entrée, manquant de tomber sur le derrière. Je reprends mon souffle et tape à la porte.

Je frappe encore.

— Sarah ? crié-je. C'est moi, Nick, il faut que je te parle.

— Elle est partie pour les fêtes, mon beau.

Surpris, je lève les yeux et vois une vieille femme penchée par la fenêtre du dessus. Ce doit être Mme Grainger.

— Oh. Quand est-elle partie ?

— Il y a une quinzaine de minutes. Vous venez de la manquer.

Dieu bénisse les voisins intrusifs. Je la remercie et retourne à la voiture en courant.

— Elle est partie depuis environ un quart d'heure. Il faut que j'aille à la gare.

— Laquelle ? demande Matt. Il y a douze gares importantes à Londres.

— Je suis sûr qu'elle a mentionné un jour que ses parents habitaient à Kemble…

Nous commençons tous les deux à faire des recherches sur Google, même si Matt est nettement plus rapide avec ses deux mains en état de marche.

— Paddington ! déclare-t-il. Il y a des trains toutes les heures. Le prochain est dans quarante-cinq minutes. Si on se dépêche, on peut y être.

Matt commet au moins trois infractions au code de la route, mais il semble bien déterminé à m'amener à la gare, me laissant m'occuper d'acheter un billet en ligne pour franchir les barrières.

Quand nous atteignons le dépose-minute, Matt me souhaite bonne chance, et je m'élance hors de la voiture, casant Spot sous mon bras pleinement fonctionnel.

J'ai encore cinq minutes devant moi mais il faut que je trouve le bon quai. Le temps d'arriver aux panneaux d'affichage des départs, je suis rouge écarlate et hors d'haleine. Pas l'allure que j'espérais.

Je parcours l'écran des yeux et vois que le train se situe voie 5, mais quand j'y arrive, le quai est déjà vide. Aucune trace de Sarah et Alfie. Ils ont déjà dû monter à bord.

Avec moins de deux minutes devant moi, je saute dans le train et pose Spot par terre. Je traverse les wagons en courant, dévisageant toutes les personnes à côté desquelles je passe, tandis que Spot trottine gaiement derrière moi, comme s'il s'agissait d'une journée tout à fait normale.

Quand j'atteins l'avant-dernier wagon, je les repère enfin. Sarah est à une petite table en face d'Alfie, qui balance ses jambes au bord du siège. Elle est superbe, encore mieux que dans mon imagination, même vêtue d'un grand pull-over et d'un bas de survêtement.

J'arrive presque à son niveau lorsqu'elle lève les yeux et prend conscience que c'est moi. On dirait qu'elle a vu un fantôme. Elle est littéralement bouche bée.

— Nick ? Qu'est-ce que tu fais ici ?

— J'ai parlé à Matt, haleté-je. Il fallait que je te voie.

Le chauffeur du train commence à annoncer le départ.

— Donc Matt t'a envoyé parler à sa place ? Pourquoi est-ce qu'il n'est pas… attends une seconde. C'est ton chien ?

— Quoi ?

Je me retourne et vois Spot tenter de grimper sur la jambe d'un homme mécontent deux rangées derrière moi. Je l'attrape aussitôt en marmonnant des excuses.

— Euh… oui, c'est…

Soudain, le train commence à bouger, puis s'arrête d'un seul coup, me faisant basculer en arrière. Je me cogne la tête contre la table et hurle de douleur, faisant se retourner le reste du wagon.

— Flûte, assieds-toi, dit-elle en mettant ses bagages à ses pieds. Mais qu'est-ce que tu t'es fait à la main ?

— Maman, je crois qu'il m'aime bien.

Nous regardons tous les deux Alfie qui glousse pendant que Spot, ayant sauté sur le siège d'à côté, lui lèche le visage.

— Ne le laisse pas te lécher la bouche, chéri… Sérieusement, Nick, qu'est-ce que tu fais ici ?

Je pose ma main endolorie sur la table et prends une profonde inspiration.

— Je ne suis pas venu parler au nom de Matt, commencé-je. Même si c'est ma faute si tu t'es engagée avec lui au départ. Et je n'arrive pas à croire qu'il t'ait fait ça. Je suis tellement navré, Sarah. Bon sang, la dernière chose que je voulais, c'était bien que tu souffres. Si j'avais su qu'il était toujours amoureux de Karen…

— Ce n'est pas ta faute, Nick, objecte-t-elle, baissant le ton dans l'espoir que je comprenne l'allusion et en fasse autant.

Alfie ne fait pas attention à nous, à l'inverse d'une bonne moitié des passagers du wagon.

— Écoute, je vais bien, poursuit-elle. Oui, j'étais en colère contre Matt… enfin, « furieuse » est peut-être plus approprié… mais il s'est passé presque un mois depuis. En plus, il m'a envoyé un long message le week-end dernier pour tout m'expliquer correctement. Je ne suis pas sûre que quiconque savait à quel point il avait le cœur brisé après qu'elle l'a quitté. Il le cachait bien. Mais je sais ce que ça fait d'aimer comme ça…

Sa voix chevrote et s'éteint lorsqu'elle pose les yeux sur Alfie. Je vois bien qu'elle essaie de tenir le coup.

— Écoute, Matt a la chance d'être aimé en retour, poursuit-elle. Je ne compte pas venir le lui reprocher, à toi non plus d'ailleurs. En plus, sortir avec Matt m'a remis le pied à l'étrier. Il a rendu tout ça moins effrayant.

— Waouh, répliqué-je. Tu le prends vraiment bien. À la fac, Matt a trompé une fille, et elle a balancé son ordinateur portable par la fenêtre.

Elle éclate de rire.

— Peut-être qu'il y a dix ans, j'aurais fait la même chose. Écoute, j'apprécie que tu essaies de bien faire, ou quoi que ce soit d'autre, mais…

— Non, Sarah, je suis venu parce que je voulais te dire que…

— Pour être franche, Matt m'a ôté une épine du pied.

Je m'arrête net, en pleine confusion.

— Ah oui ?

Elle hoche la tête.

— Une partie de moi était soulagée quand nous avons rompu. Moi aussi, j'essayais d'enfouir des sentiments pour quelqu'un d'autre. Pas étonnant que ça n'ait jamais vraiment collé. Aucun d'entre nous n'a été honnête. Nous étions condamnés dès le départ. Mais j'imagine que je suis libre de faire ce que je veux maintenant.

Je sens mon cœur sombrer dans la tristesse. Bon sang, je me sens tellement bête. Je saute dans un train pour dire à Sarah que je l'aime, alors qu'elle était amoureuse d'un autre durant tout ce temps. Nous sommes déjà loin de la gare – au moins une heure avant le premier arrêt. *Foutrement génial.*

— Tu avais quelque chose à me dire ? s'enquiert-elle.

Je fais « non » de la tête. Je suis tellement stupide. Je n'arrive même pas à cacher ma déception. Si tant est que ça ait de l'importance.

— Oublie ça, marmonné-je, je n'avais pas conscience que tu étais… Enfin, je suis heureux pour toi. Et pour lui. J'espère que vous…

J'ai la chique coupée lorsqu'elle se penche en avant et m'embrasse, ses cheveux tombant contre mon visage.

—Il n'y a aucun *lui*, imbécile, dit-elle en écartant sa bouche de la mienne pour me regarder dans les yeux. C'est toi. Ça a toujours été toi, Nick.

—Alors pourquoi…

Je m'enfonce dans mon siège, mes lèvres picotant toujours à la suite de son baiser.

—Je ne pouvais pas me mettre entre Matt et toi. C'est ta famille. Et je ne savais pas que tu m'aimais bien aussi. Ce soir-là dans ta chambre…

Je souris. Pendant tout ce temps, nous avons tous les deux essayé d'épargner les sentiments de Matt alors que son cœur était ailleurs. Je marque un temps d'arrêt, m'efforçant d'intégrer toutes ces informations, mais je ne pense qu'à ce baiser.

—Je t'en prie. Dis quelque chose, implore-t-elle. Tu me fais poireauter. Encore.

—Eh bien, je suis venu ici pour te dire que je suis complètement, totalement, follement amoureux de toi, rétorqué-je, mais tu m'as un peu volé la vedette.

Elle pousse un petit cri et me saute dessus, m'embrassant comme si sa vie en dépendait. La femme trois sièges plus loin pousse un petit grognement désapprobateur, marmonnant que ce n'est ni le moment ni l'endroit. Le reste du wagon commence à applaudir, et les passagers les moins guindés se mettent même à siffler.

—Maman ?

Nous nous tournons et voyons Alfie assis là, visiblement confus. Nom de Dieu, j'avais presque oublié qu'il était là. La situation doit être tellement bizarre pour lui. Je me libère de Sarah, qui prend Alfie dans ses bras.

— Désolée, mon chéri, Nick et moi étions seulement en train de… euh… régler certains détails.

— Je sais ce que c'est qu'un baiser, maman.

— Oui… bien sûr que tu le sais, répond Sarah en rougissant. Quelle idiote je fais.

Il ne dit rien pendant un moment.

— Donc… ça veut dire que Nick revient ? Il n'est pas venu nous voir depuis des siècles.

Alfie me dévisage avec ses grands yeux marron, ce qui me rappelle la première fois où je l'ai vu. La culpabilité de l'avoir laissé tomber me noue l'estomac.

— Je suis désolé, Alfie. Tu as raison – j'aurais dû venir te voir, mon pote, mais je ne vais plus nulle part à présent. Je vais rester dans le coin, si tu es d'accord ?

Je lui souris, puis lève les yeux vers Sarah qui arbore un sourire radieux.

— Je peux te demander quelque chose ?

— Tout ce que tu veux ! Je sais que ce doit être perturbant et…

— Pourquoi Spot n'a que trois pattes ?

J'éclate de rire parce que Alfie ne semble pas perturbé le moins du monde par la situation.

— Tu sais, je crois qu'il est né comme ça. Certains chiens sont juste plus cool de naissance… tu comprends ?

En réalité, Spot a été renversé par une voiture dans un accident plutôt horrible qui lui a pulvérisé la patte, mais cette anecdote est un peu glauque, donc je décide de la garder pour moi.

Sarah repère le chariot du vendeur ambulant qui entre dans le wagon.

— Alfie, je vais te donner de l'argent pour t'acheter un sandwich. Tu veux bien le partager avec Spot ?

Alfie accepte et prend Spot en laisse, faisant fièrement les quinze pas jusqu'au chariot. Sarah pose sa main sur mon genou.

— Ce jour-là au café… pourquoi ne m'as-tu pas invitée à sortir ? Quand tu m'as demandé mon numéro… j'ai cru que c'était à toi que je le donnais.

Je jette un coup d'œil à Alfie pour m'assurer qu'il n'est pas à portée de voix.

— Pour la faire courte, quand Alfie est venu me voir en tant que Père Noël, il a fait le vœu que tu sois de nouveau heureuse.

— C'est pas vrai !

Les yeux de Sarah deviennent brillants et, presque aussitôt, des larmes roulent le long de ses joues.

Je hoche la tête.

— Il m'a fait promettre d'exaucer son souhait. Et je le voulais vraiment. Je me suis dit que Matt pourrait apporter un peu de bonheur dans ta vie – il est tellement fiable, sérieux et loy…

Je reformule mon dernier adjectif.

— … adulte. Alors que j'étais une épave, ce qui était la dernière chose dont tu avais besoin.

Elle s'approche de nouveau.

— Tu n'étais peut-être pas ce dont j'avais besoin, mais en tout cas, tu étais ce que je voulais, Nick.

— C'est plutôt sexy, fais-je remarquer, un grand sourire aux lèvres.

— Hi hi.

Elle s'approche encore et m'embrasse, plus lentement cette fois.

Alfie rapporte un sandwich au poulet qu'il partage joyeusement avec un Spot reconnaissant. J'ai l'impression qu'Alfie vient de trouver son meilleur ami.

— Maman, Nick vient chez mamie pour les fêtes ?

Elle me jette un coup d'œil en se mordant la lèvre inférieure.

— Je suis certaine qu'on pourrait lui faire de la place pour quelques nuits.

Je souris et sors mon téléphone.

Garde ces bières au frais, mon pote. Je serai là pour Noël.

Chapitre 38

Rencontrer les parents d'une fille est toujours une expérience stressante, mais se pointer à la porte sans invitation est tout bonnement terrifiant.

— Détends-toi, me dit Sarah tandis que nous approchons de la maison. Je les ai prévenus par message. Ils sont contents que tu sois là.

— Mais ils ne m'ont jamais rencontré, rétorqué-je en fronçant les sourcils. Et s'ils me détestent ? Et s'ils détestent mon chien ?

Sarah tend un billet de dix au chauffeur et lui dit de garder la monnaie.

— Essaie de le voir différemment : s'ils te détestent, ma mère a soixante-dix ans et mon père est en fauteuil roulant. Tu peux facilement les distancer.

Surpris, j'éclate de rire, tandis que Sarah sort du taxi et prend ses bagages dans le coffre. *Et merde.* Je n'ai même pas de brosse à dents ; tout ça est une très mauvaise idée.

La maison d'enfance de Sarah ressemble trait pour trait à ce que j'imaginais – absolument charmante. Un pavillon en brique claire au charme pittoresque et tout illuminé, avec des châssis de fenêtres bleus et un jardin soigneusement entretenu. Le village entier me rappelle un décor précatastrophe d'un drame de la BBC où la sage-femme conduit une moto, la femme du pasteur gère la boutique du village, et où personne ne se fait piquer sa bouteille de lait sur le pas de sa porte.

Alfie et Spot courent devant, avertissant de leur présence à grand renfort de cris et d'aboiements tout le long du chemin adapté aux fauteuils roulants ; détail qui doit sûrement ravir les voisins à 21 heures. Lorsque la porte s'ouvre, je vois une femme grande et mince vêtue d'une longue robe bariolée nous faire des signes.

— Oh, au fait, mes parents sont des vrais hippies, murmure Sarah. J'espère que tu aimes l'odeur du patchouli.

— Mon chéri ! s'exclame la mère de Sarah. Entre vite… oh, mais qui est ce mignon p'tit gars ?

— Spot, répond Alfie. Il a trois pattes.

— C'est toujours une de plus que moi, réplique-t-elle tandis qu'Alfie se précipite à l'intérieur. Et qui avons-nous là ?

— Salut, maman, dit Sarah en la serrant dans ses bras. Cet *autre* mignon p'tit gars est Nick.

— Linda, se présente-t-elle en me tendant la main. Nous avons tellement entendu parler de vous.

Ah bon ? Je lui serre maladroitement la main de la main gauche, tandis qu'elle relève ses lunettes pour inspecter mon tee-shirt maculé de sang et mon plâtre.

— Dites-moi, c'est ma fille qui a fait ça ?

— Maman ! s'écrie Sarah. Contente-toi de nous laisser entrer, il pèle !

Nous passons sous le porche puis directement dans le salon, où Alfie et Spot sont assis avec le père de Sarah. Alors que le salon des parents de Matt aurait tout à fait sa place dans un magazine de design d'intérieur, cet endroit est beaucoup plus bohème et chaleureux. Il y a des photos de famille partout, des jetés de canapé colorés, un sapin de Noël croulant sous le poids de décorations mal assorties, ainsi qu'une grande table basse recouverte de bougies de toutes formes et toutes tailles.

— Voilà ma fille chérie, dit le père de Sarah, son visage s'illuminant d'un coup. On dirait que la maison est bien remplie cette année.

— Salut, papa, claironne-t-elle en retour. Je te présente Nick – Nick, voici mon père, Stephen.

— Ravi de vous rencontrer, dis-je en traversant la pièce pour lui serrer la main. Je suis désolé de m'imposer. Tout ceci était très inattendu…

Je sens mes joues rosir légèrement en repensant à la bouche de Sarah sur la mienne. Tout dans cette journée était inattendu.

— Balivernes, réplique-t-il. Il était temps qu'on mette un visage sur un nom. Les amis de Sarah…

— … ont forcément un grain, entonnent Sarah et sa mère à l'unisson.

Je ricane quand Stephen leur fait un clin d'œil, avant de faire signe à Sarah de venir l'enlacer. Elle s'exécute, plaisantant sur le fait qu'il a besoin d'un bon coup de rasoir avant de lui demander comment il va et s'il a besoin de quoi que ce soit. Le lien qui les unit saute aux yeux, et elle est aussi douce avec lui qu'elle l'est avec Alfie.

J'aide Sarah à monter les bagages à l'étage, où elle pose les siens dans une jolie chambre rose avant de me montrer la chambre d'amis.

— Maman et papa ont une extension sur le côté de la maison, donc ils dorment là-bas. L'étage est à nous.

Elle allume la lumière et je suis instantanément accueilli par un panda géant en peluche perché au bout du lit simple. Qui aurait cru qu'il existait des couettes *La Bande à Picsou* ?

— Et ça, c'est ta chambre. De toute évidence, c'est Alfie qui dort ici d'habitude, dit-elle en allumant une petite lampe en forme d'étoile, mais… bon, je ne voudrais pas me précipiter au lit… enfin, en fait, si mais… oh bon sang, je ne suis vraiment pas douée pour ça, hein ?

J'affiche un large sourire.

— Écoute, c'est la maison de tes parents, je comprends. Ce n'est pas un problème. En plus, j'ai dormi dans des endroits plus bizarres que ça, et j'ai même eu des draps *Fraggle Rock* un jour… Pourquoi tu me regardes comme ça ?

Elle ferme la porte d'un coup de pied et m'embrasse fougueusement, tandis que ma main fonctionnelle l'empoigne par les cheveux.

— Quand nous rentrerons à Londres, souffle-t-elle, je te jure…

— Nick, est-ce que Spot peut avoir de ma banane ?

Je recule et appuie mon front contre celui de Sarah, riant doucement en entendant la petite voix d'Alfie résonner dans l'escalier.

— Oui, mon grand, mais pas trop. Je descends dans une seconde.

— Désolée, soupire-t-elle. Ce n'est peut-être pas le meilleur timing mais…

— C'est un peu un thème récurrent entre nous, hein ? rétorqué-je en lui embrassant le front.

Elle affiche un sourire en coin et essaie de lisser le nœud que j'ai réussi à faire dans ses cheveux en trois secondes d'étreinte passionnée. Je prends une bonne inspiration pour ralentir mon pouls galopant, dans l'espoir que le reste de mon corps suivra.

Nous redescendons et trouvons Alfie assis en tailleur devant la télévision, dévorant goulûment sa banane tue-l'amour. Spot claudique jusqu'à moi en poussant un petit grognement, signe que son heure de dîner est largement dépassée. Au-delà des vêtements et des affaires de toilette, voilà encore un détail auquel je n'ai pas pensé avant d'accepter de passer les deux prochains jours avec Sarah. Je crains.

— Est-ce qu'il y a un magasin dans le coin ? demandé-je à Sarah. Il a faim ; il faut que j'aille lui acheter de la nourriture.

— Tout est fermé, répond-elle, et le supermarché le plus proche est à des kilomètres. On pourrait...

— On passe à table dans vingt minutes, intervient Linda, et je n'ai jamais vu de chien qui n'aime pas le poulet. Ça lui ira très bien. Sarah, tu n'auras qu'à prendre la voiture demain pour aller chercher ce qu'il te faut au supermarché.

Acceptant d'attendre jusqu'au matin, nous prenons tous place à table pour savourer le buffet quelque peu étrange, néanmoins délicieux, que Linda a concocté pour nous. Un gros poulet rôti, une salade de pommes de terre, un rôti de noix avec une sauce salsa, des patates douces, un saladier rempli de riz et de haricots à œil noir, des grosses saucisses roulées dans du bacon, ainsi qu'une sauce curry sucrée qui ressemble à du vomi mais a un goût étonnamment bon.

— Ça nous a manqué de ne pas avoir de chien ici, commence Stephen en servant du poulet et du riz dans un bol pour Alfie. Nous avions un berger allemand autrefois… Tu te souviens de Lennon, Sarah ? Il dormait à côté de ton lit.

Sarah hoche la tête.

— Je me souviens qu'il a mangé toutes les pantoufles droites que j'ai jamais eues.

Le menton couvert de sauce curry, Alfie éclate de rire.

— J'envisageais d'en prendre un autre, mais maintenant que je suis dans ce truc, ce serait une trop grosse charge pour Linda.

— Foutaises, rétorque Linda, ta mobilité est réduite ; tu n'es pas tétraplégique. On pourrait prendre un petit chien. Je pourrais le porter dans mon sac à main et lui faire des coupes ridicules. Ooh, ça pourrait être drôle !

J'éclate de rire et prends une autre bouchée de ma patate douce. En dépit de ma réserve initiale, cette famille commence à me plaire. Ils sont complètement dingues.

Le lendemain matin, Linda propose de promener Spot avec Sarah, tandis qu'Alfie et moi allons faire des courses à Cirencester, le bourg d'à côté. Je ne compte rester qu'une nuit de plus, mais il me faut des vêtements, vu que je suis contraint de porter un des vieux pull-overs en laine marron de Stephen. Une fois passé sous l'œil expert de Linda, mon tee-shirt plein de sang a été jugé irrécupérable et jeté à la poubelle.

— Nous avons manqué le marché de Noël, m'explique Sarah en garant la voiture, mais le marché fermier devrait être encore en place, voire le marché d'artisanat ?

— Je croyais que nous allions à *Tesco* ou un truc dans le genre ?

— On va y aller, confirme-t-elle en aidant Alfie à remettre son bonnet, mais je me suis dit que ça plairait à Alfie de voir les éclairages de Noël. Ou de manger un morceau ?

— Tu veux dire qu'on ne fait pas cette sortie rien que pour moi ? m'enquiers-je en souriant, me sentant un peu ridicule. Ça a l'air sympa, en fait.

Nous traversons le parking en direction de la place du marché, où les bâtiments longent les rues d'une façon uniforme et terriblement civilisée, et où la moindre boutique semble avoir une maisonnée au-dessus d'elle. Pas de grands magasins de deux cents mètres de haut, ni d'échafaudages autour de la dernière tour de bureaux en construction – seulement de jolis bâtiments proprets, bien alignés, dans des jolies rues, actuellement saupoudrées d'une fine couche de neige.

En tournant sur la place du marché, je comprends aussitôt pourquoi Sarah voulait nous amener ici. Les décorations de fêtes à elles seules valent le détour, même en journée. D'immenses guirlandes lumineuses pendent au-dessus de nos têtes, tandis qu'un incroyable sapin de Noël se dresse devant la charmante église paroissiale, les stands à côté regorgeant déjà de clients.

— Donc c'est un rencard ? demandé-je à Sarah, pendant qu'Alfie s'intéresse à la fanfare qui reprend *Jingle Bells*.

— Ça y ressemble un peu.

Elle me prend par le bras en soupirant.

— Ce n'est pas mon genre de sortir avec des hommes qui s'habillent comme mon père… Alfie, ne touche pas au trombone du monsieur !

J'éclate de rire lorsqu'elle court retrouver Alfie, me disant que Matt avait bien tort de croire que le patinage était le rendez-vous romantique parfait, parce que ça ne pourrait pas être plus parfait que maintenant.

— Si on prenait quelque chose de chaud ? suggère Sarah en tirant Alfie par la manche. Voire à manger ?

— Bonne idée, acquiescé-je. Je suis presque sûr de sentir des donuts. Qu'est-ce que t'en dis, Alfie ?

Alfie, connu pour sa tendance à courir dans tous les sens à la seule mention d'un stand de nourriture, s'immisce entre Sarah et moi, nous prenant tous les deux par la main. Ça m'est égal qu'il tienne mon plâtre ; c'est adorable. Quand Sarah et moi nous regardons en souriant, ça finit par arriver : mon cœur explose de bonheur.

Chapitre 39

La nuit de neige ininterrompue fait tomber à l'eau mon projet initial de rentrer passer Noël à Londres avec Matt et sa famille. Je ne peux pas prétendre que je suis entièrement déçu. En dépit du fait que je suis habillé de la tête aux pieds en vêtements basiques de supermarché, je m'éclate. Entre le tourisme, les nouveaux endroits à faire explorer à Spot, et le pelotage passionné au-dessus de nos vêtements dès qu'Alfie a le dos tourné, je ne suis pas pressé de m'en aller.

— Mais il faut que tu reviennes, mec, insiste Matt, son visage se figeant quand la connexion de notre appel vidéo lâche une seconde. C'est le réveillon de Noël. Ma mère t'a acheté des gants de conduite.

— Me fais pas culpabiliser, dis-je, me demandant pourquoi sa mère croit soudain que j'ai une voiture. Tu sais que je me sens déjà mal, mais ils ont supprimé tous les trains. De toute façon, Karen vient avec toi, non ?

— Non, elle voit sa propre famille, répond-il, des rides d'inquiétude se formant sur son visage. Hum, je ne leur ai pas vraiment annoncé qu'on s'était remis ensemble pour le moment…

— Waouh ! m'exclamé-je alors que l'écran se fige de nouveau.

Il ressemble à un bébé hésitant.

— Ça promet une conversation intéressante.

Il éclate de rire.

— Pas aussi intéressante que celle où je leur annoncerai que tu les lâches pour passer Noël avec mon ex-petite amie…

— Exact.

— … ou celle où je leur raconterai pourquoi j'ai un œil au beurre noir.

C'est à mon tour d'avoir des rides.

— Putain, je suis tellement désolé… Tu as toujours mal ?

Il fait « non » de la tête.

— Seulement quand j'ai besoin de regarder quelque chose. Comment va ta main ?

Je brandis le plâtre, désormais décoré de la signature d'Alfie et de trois stickers de super-héros.

— Ça fait un mal de chien, avoué-je, mais les antidouleurs aident bien.

Il hoche la tête et se tait pendant un moment. Pourquoi a-t-il l'air inquiet ? Il n'est quand même pas en train de revivre le coup de poing ? Il va vraiment falloir que je passe les cinquante prochaines années à m'excuser ?

— Hum… comment va Sarah ? demande-t-il enfin. Est-ce qu'elle me hait ?

Soulagé, je souris.

— Elle va bien, et non, elle ne te déteste pas.

— OK, tant mieux. Super. Super nouvelle.

Je suis sûr que son soulagement doit se lire sur son visage, mais la caméra est de nouveau figée.

— Elle trouve que t'es un connard, mais ça lui passera.

Il éclate d'un rire franc.

— Pas de problème. Fais juste en sorte qu'elle sache que je suis désolé, d'accord ?

— Je le ferai… Souhaite un joyeux Noël à tes parents de ma part. Je leur ferai livrer des fleurs ou autre chose.

— Bonne idée, répond-il. Putain, tu as toujours été le fils le plus attentionné. On se rappelle plus tard…

La connexion coupe lorsque le Wi-Fi catastrophique des parents de Sarah finit par lâcher. Je serais prêt à parier que, quelque part dans cette maison, se cache un modem datant de 1998.

Je descends dans le salon où tout le monde est pelotonné devant *Elfe*. Allongé par terre, Alfie pioche du pop-corn par poignées dans un bol devant lui, remuant ses jambes et riant de contentement.

— On vient juste d'attaquer le vin chaud, Nick, annonce Stephen. Linda ! Attrape-lui un verre, chérie.

— Ça me semble parfait, merci, dis-je en m'asseyant à côté de Sarah qui est emmitouflée dans une énorme couverture verte, elle aussi équipée d'un saladier de pop-corn.

Elle en soulève une partie et me couvre les genoux.

— Papa a préparé des *crostini* aux pommes et au fromage de chèvre, m'explique-t-elle en pointant la table du doigt. Un délice.

— Des « *crostini* » ? C'est impressionnant ! m'exclamé-je en en posant un sur une serviette. Je sais à peine préparer des toasts.

— C'est rien du tout, dit Stephen avec dédain. Couper une baguette, verser un filet d'huile d'olive sur chaque côté, les passer au grill quelques minutes puis balancer des trucs dessus. Attendez d'avoir goûté les œufs diaboliques que je sers avec une mayonnaise épicée. Ils valent leur pesant d'or.

Linda me tend un grand gobelet de vin chaud.

— Il est très doué en cuisine. À l'époque où on s'est rencontrés, il préparait de succulents brownies à la marijuana. Nous étions pas mal défoncés pendant notre première année de mariage... Ah, c'était le bon temps.

— MAMAN ! s'écrie Sarah en riant. De jeunes oreilles nous écoutent.

Stephen éclate de rire.

— Tu as raison, ma chérie. Même pas le temps de dire « ouf » et il va devenir dealer. Nous voilà devenus des caïds de la drogue.

Nous rions tandis que Sarah jette un grain de pop-corn sur son père. Je me sens chanceux de partager ce moment, de rencontrer les gens qui ont élevé la femme dont je suis complètement dingue.

Je m'éclaircis la voix.

— C'est ringard, mais je tenais à vous remercier de me laisser passer Noël avec vous. Je ne suis pas sûr que la plupart des gens se seraient montrés aussi compréhensifs si leur fille était rentrée à la maison accompagnée d'un type avec un tee-shirt plein de sang qui exhibait fièrement sa main cassée, mais…

— Il l'a mérité, décrète Stephen, les yeux toujours rivés sur la télévision.

Je jette un coup d'œil à Sarah qui se mord la lèvre inférieure, m'indiquant qu'elle a craché le morceau.

— Eh bien, je ne suis pas fier de…

— Et vous occuper de mon petit-fils avec tant de patience et de douceur qu'il parle de vous constamment est une raison suffisante pour vous accueillir dans notre maison, poursuit-il. Les deux personnes les plus importantes de nos vies pensent le plus grand bien de vous, et ça nous suffit. Maintenant, buvez votre vin chaud avant que ma femme adorée se mette à pleurer.

Je vois Linda renifler bruyamment, puis Sarah se pencher vers sa mère et lui prendre délicatement la main.

— Je vais bien, insiste-t-elle. Je pensais seulement à…

Sarah arbore un grand sourire.

— Tu pensais à ces brownies, n'est-ce pas, maman ?

Je m'étouffe avec mon vin quand nous éclatons tous de rire.

— J'essaie de regarder *Elfe* ! gémit Alfie.

Mais il est déjà trop tard pour nous.

Avec un Alfie excité comme une puce enfin endormi, tout le monde se presse pour finir d'emballer les cadeaux et les disposer sous le sapin. Grâce aux étals du marché, je suis en mesure d'en ajouter trois moi-même : un panier garni composé de *chutneys* faits maison, de cornichons au vinaigre et de confitures pour les parents de Sarah, un nouveau Frisbee pour Alfie en remplacement de celui que Spot a détruit le premier jour, ainsi qu'un arbre de famille argenté avec douze petits cadres-photo en forme de médaillons suspendus aux branches. C'était le plus délicat à me procurer, et j'ai dû me précipiter de l'autre côté de la rue pendant que Sarah emmenait Alfie aux toilettes. À l'insu de Sarah, Linda m'a fourni des photos d'elle bébé, de Stephen, de Sarah et d'Alfie pour commencer la collection. Je pense qu'elle va l'adorer.

À 23 h 30, nous sommes tous crevés, à l'exception de Spot qui reste dressé sous le porche, couinant d'un air indigné.

— Je crois que quelqu'un a besoin d'un petit tour aux toilettes, dit Stephen en souriant. Vous pouvez le laisser sortir dans le jardin.

— Ou on pourrait aller le promener ? suggère Sarah. J'irais bien prendre l'air.

— « Prendre l'air » ? Il fait un froid de canard !

Sans me laisser le temps d'expliquer à quel point je suis épuisé après tout ce vin chaud, elle me jette un regard qui dit : « Enfin un moment d'intimité, imbécile. »

— Mais pourquoi pas, ajouté-je en me levant. Ça le fatiguera. Tu veux aller en promenade, Spot ?

Je vois Linda et Stephen échanger des regards. À l'âge combiné de cent quarante-trois ans, il va de soi qu'ils n'en croient pas un mot.

Spot attrape sa laisse suspendue au portemanteau et tourne sur lui-même d'excitation.

— Prenez une de mes polaires, offre Stephen, et faites attention aux trottoirs. Il arrive que les chasse-neige négligent notre petite rue.

Nous nous emmitouflons et sortons, regardant Spot glisser sur la rampe d'accès handicapé, la laisse toujours dans la bouche. Je souris lorsque Sarah referme la porte derrière elle.

— Il y a quelque chose de drôle ?

— Tu veux dire, hormis le fait que mon chien est débile ?

Nous traversons la pelouse pour rejoindre la route qui est nettement moins gelée, mais la neige qui tombe va bientôt changer la donne. Spot me laisse l'attacher avant de s'élancer aussi loin que la laisse le lui permet.

— En fait, je pensais au réveillon de Noël de l'an dernier, dis-je alors que nous déambulons au beau milieu de la rue silencieuse, un flot maîtrisé mais grandissant de neige recouvrant nos pas au fur et à mesure que nous marchons. Tu étais ici avec ta famille géniale, et j'étais seul, étalé par terre en pleine rue, après avoir échoué à avancer sur de la glace, encore une fois.

— Oh, pitié ! Tu me fends le cœur !

Sarah me prend par le bras, tout en veillant à ne pas aggraver l'état de ma main.

— Mais nous voilà maintenant… main dans la main… complètement seuls… des cibles idéales pour quelqu'un avec des envies de meurtre…

— Ouh là, c'est un peu morbide.

— Je sais, dit-elle en riant. J'ai écouté mille fois trop de podcasts sur des meurtriers.

— Ce n'est pas faux, cela dit, répliqué-je en baissant les yeux sur ma main. Entre un chien à trois pattes et ma main dans le plâtre, tu es pour ainsi dire toute seule.

Nous longeons la rue et tournons vers une petite pelouse, où Spot fait sa petite affaire avant de procéder à ses tours de la victoire du soir.

— Enfin, je me disais que peut-être, quand on sera rentrés…

— Shh, souffle-t-elle.

— Je veux dire, c'est probablement trop tôt, mais peut-être que tu pourrais venir à Oxford et…

Elle pose un doigt sur mes lèvres.

— Shh. Écoute…

À distance, j'entends les cloches de l'église sonner minuit, suivies de quelques cris festifs provenant de maisons alentour.

Sarah se tourne et enroule ses bras autour de mon cou.

— Joyeux Noël, Nick.

— C'est bizarre que ce truc avec « Shh » me fasse de l'effet ?

— Concentre-toi, Nick.

J'affiche un large sourire.

— Désolé. Joyeux Noël, Sarah.

Et sous un déluge de flocons de neige, nous nous embrassons comme si c'était la première fois, et je voudrais que ce moment ne s'arrête jamais.

Épilogue

— TU PENSES QUE ÇA FERAIT JOLI DANS LE SALON ?

Sarah attrape un gros coussin rouge pour l'inspecter de plus près. Depuis que nous avons acheté cet appartement à Oxford, elle est obsédée par la décoration d'intérieur.

— Euh, probablement, dis-je, faisant de mon mieux pour paraître intéressé. Prends-le si tu l'aimes bien.

Elle sourit.

— Je savais que tu dirais ça. Chéri, on est peut-être en couple depuis deux ans, mais vivre ensemble est une autre paire de manches.

— Je sais.

— Et parfois, voir tous les jours des coussins ou d'autres objets que tu n'aimes pas peut causer des tensions inutiles dans une relation.

— Tu fais allusion à ma tapisserie, non ?

— Ce n'est pas une tapisserie ; c'est une monstruosité vieille et moche qui ressemble à un torchon, et je la hais.

Nous continuons à faire le tour du marché, tuant le temps avant que je retrouve Matt. Les températures à Londres sont inhabituellement douces pour un mois de décembre, mais tout de même assez fraîches pour que Sarah porte son bonnet blanc à pompon. Bon sang, elle est tellement mignonne avec ce bonnet. Nous avons le week-end entier pour nous et je compte passer la majorité du temps tout nu.

— Bon, je te propose un marché, proposé-je. Je me débarrasse de la tapisserie, si tu te débarrasses de cette affiche flippante.

— Quelle affiche ?

— Celle dans le couloir.

— *Miss Fox* ? J'adore ce dessin. C'est…

— C'est un renard accoutré d'une chemise de nuit de l'époque victorienne qui brandit un canard ! C'est bizarre et franchement, un peu dérangeant !

Elle réfléchit un moment et finit par accepter de la mettre dans le grenier si j'abandonne la tapisserie.

— Mais si elle s'échappe et hante le loft par esprit de vengeance, ce sera ta faute.

Je ne suis pas certain qu'elle plaisante.

— Oh, Alfie m'a envoyé un message du téléphone de ma mère. Il dit que Spot s'éclate et te souhaite bonne chance !

— Ohh, c'est mignon, répliqué-je en prenant Sarah par la main, dans l'espoir qu'elle ne s'attarde pas trop sur le « bonne chance » du message.

Je vois bien qu'Alfie lui manque, mais le laisser à ses grands-parents quelques jours nous a permis de nous autoriser du repos bien mérité.

Elle hausse les épaules.

— Je ne sais pas pourquoi tu as besoin de chance, mais j'imagine que les propos d'un garçon de sept ans prennent tout leur sens au moment opportun. Écoute, après nos rondes de visites, on ne pourrait pas se contenter de rentrer se détendre à l'hôtel ?

— Service d'étage et émissions de télé pourries ?

— J'adore quand tu me dis des cochonneries.

Nous prenons le bus en direction du centre commercial *Southview*, endroit où je n'ai pas mis les pieds depuis que j'ai raccroché mon costume rouge il y a trois Noëls de ça. Je me suis arrangé pour retrouver Matt dans le bar d'à côté, permettant à Sarah de faire quelques cadeaux de dernière minute à Alfie, alors qu'il est déjà pourri-gâté chez ses grands-parents.

— Bon, il est 16 h 30, m'informe Sarah. Je n'ai pas besoin de grand-chose, donc envoie-moi un message quand tu as fini, et je viendrai te rejoindre.

J'accepte et lui fais un petit baiser sur la bouche avant de me frayer un chemin dans la neige.

Matt et moi ne nous sommes pas vus depuis des mois, mais nous nous embrassons comme si cela faisait encore plus longtemps. Il a l'air en forme. De toute évidence, le mariage lui réussit.

— Deux rhums-Coca, s'il vous plaît, commandé-je quand nous nous installons au bar. Pas de glace dans le mien.

— Putain, ça fait du bien de te voir, mec, dit Matt. Comment va la vie ? Le déménagement s'est bien passé ?

Je hoche la tête.

— Autant que possible quand t'emménages dans un nouvel appartement, mais ça va, on touche au but. On défait encore les cartons. Sarah est beaucoup plus près de ses parents, ce qui est super, et Alfie aime vraiment bien sa nouvelle école.

Matt a l'air enchanté.

— Et le nouveau boulot de Sarah ? Ça lui plaît d'enseigner ?

Quand Alfie et elle ont emménagé à Oxford, Sarah a décroché un poste pour enseigner l'art à la fac du coin. C'est taillé sur mesure pour elle : elle adore les étudiants et ça lui laisse du temps les après-midi pour travailler sur ses projets personnels.

— C'est dingue, ce retournement de situation. Tu arrives à croire qu'il y a trois ans, tu traînais tes guêtres jusqu'ici tous les jours pour faire le Père Noël ? demande Matt en secouant la tête.

— M'en parle pas. Mais ça a fait de moi l'homme que je suis aujourd'hui, même si ça m'a déclenché une addiction au chocolat. Et toi ? Je ne t'ai pas vu depuis que tu es revenu de ta lune de miel. Comment ça va ?

— Super bien. Même si Karen commence à être grosse.

Je manque de m'étouffer avec mon rhum.

— Putain, Matt, tu ne peux pas parler comme ça de…

J'arrête de le réprimander en comprenant ce qui se passe. Je pourrais y faire griller du pain, tant son visage irradie de chaleur lorsqu'il me tend fièrement l'échographie.

— J'y crois pas ! Oh, mon pote, félicitations !

— Quatorze semaines. Je suis survolté, c'est surréaliste.

— Bordel de merde. Je suis tellement content pour toi !

Nous trinquons, puis je siffle le restant de mon rhum et en commande un autre.

— Ralentis un peu, Oliver Reed, il est à peine 16 heures.

— Je sais, assuré-je. Y a pas d'heure pour les braves.

Je sors de ma veste un petit écrin en argent et le tends à Matt. Il l'ouvre et regarde fixement son contenu.

— Qu'est-ce que t'en dis ?

— Eh bien… je t'aime bien et tout, mec, mais je suis déjà pris.

— Arrête, putain, je suis hyper nerveux. Tu crois qu'elle va lui plaire ? Elle appartenait à ma mère.

Il referme l'écrin et me le rend.

— Nick, je suis sûr qu'elle va l'adorer. Pourquoi t'es nerveux ? Elle est dingue de toi !

— Je ne sais pas, avoué-je. Il se passe déjà beaucoup de choses dans sa vie en ce moment. Nouvelle maison, nouveau boulot…

Il fronce les sourcils.

— C'est parce qu'elle a déjà été mariée ?

Flûte, il me connaît vraiment bien. Je ne peux pas m'empêcher d'avoir peur que Sarah ne veuille jamais se remarier. Peut-être qu'une fois lui a suffi ? J'ai toujours hésité à aborder le sujet, et elle ne l'a jamais fait.

— Je ne veux pas qu'elle ait l'impression que ce que nous partageons ne me suffit pas, expliqué-je. Un peu comme si le père d'Alfie était le seul grand amour de sa vie et qu'elle pensait que j'essaie de le remplacer.

— Tu réfléchis trop. Écoute, elle vient juste de prendre un emprunt immobilier à taux fixe avec toi. C'est un engagement nettement plus fort que le mariage. Elle t'aime. Alfie t'aime.

— Je lui ai demandé sa permission, tu sais. Il est tellement excité ; il m'a même souhaité bonne chance.

— Tu vois, rien ne peut t'arrêter ! Qu'est-ce que tu attends ?

Je range la bague dans ma poche, descends mon deuxième verre et me lève du tabouret de bar.

— Tu as raison. Qu'est-ce que j'attends ?

— Tu veux dire, *maintenant* ? balbutie Matt tandis que je me dirige d'un pas décidé vers la porte du pub. Tu fais ça maintenant ?

— On revient dans un quart d'heure ! Prépare une autre tournée !

Je me précipite dans le centre commercial, balayant les lieux du regard pour trouver Sarah et son bonnet à pompon. Cette journée est potentiellement la plus belle ou la pire de ma vie. Boosté par l'adrénaline, je slalome entre les clients, vérifiant l'intérieur des magasins, avant d'atterrir enfin devant son vieux café, à l'autre bout du centre. Je la vois à travers la vitrine, assise à une table avec deux de ses anciennes collègues.

— Nick, c'est toi ?

Surpris, je me retourne vers cette voix familière et vois Izzy, en costume d'elfe, les mains sur les hanches et les sourcils froncés, comme si elle m'avait surpris en train de voler à l'étalage.

— Salut, Izzy ! Ça fait un bail.

— Je me disais bien que c'était toi. Ça me fait très plaisir de te voir.

— Tu es sûre ? Tu as l'air furieuse contre moi.

— J'en suis sûre.

— Toujours à répandre l'esprit de Noël, à ce que je vois, dis-je en désignant son costume.

Elle hoche la tête.

— Mais ce Père Noël n'est pas bien. Toujours le nez qui coule. Tu étais mieux... Pourquoi tu continues à regarder la vitrine ?

— Sarah est là-dedans ; je suis juste...

Elle jette un coup d'œil à l'intérieur.

— Ah, encore *elle*, celle avec le petit garçon ! Désolée, mais elle ne travaille plus ici.

— Oh, je sais, elle est seulement...

Izzy commence à rire. Je ne suis pas certain de l'avoir déjà vue rire avant.

— La première fois que tu es venu ici, tu la regardais comme un petit *cachorro* qui remuait la queue dès qu'elle t'adressait la parole. Maintenant tu reviens et...

Alors qu'Izzy continue à radoter, je repense au jour où Sarah a fait irruption dans la caverne pour trouver Alfie. La façon dont elle m'a regardé m'a coupé le souffle. Lorsque je la vois sortir du *Belle Blend*, je sais exactement ce qu'il me reste à faire.

— Izzy, dis-je, la coupant dans son élan, comment dis-tu « bonne chance » en espagnol ?

— *Buena suerte.*

— Merci !

Confuse, elle me regarde me précipiter sur Sarah et la prendre par la main pour l'entraîner vers la caverne.

— Allez, viens !

— Quoi ? Pourquoi ? Nick, je ne pense pas que tu aies le droit de...

— S'il te plaît, imploré-je. Fais-moi confiance.

Nous nous glissons sous la corde, et j'ordonne à Sarah de s'asseoir sur le trône.

Elle pose ses sacs par terre et s'installe, regardant un peu partout d'un air inquiet. Je vois le vigile à la porte s'arrêter net et nous regarder fixement. Je ne le reconnais pas. Je me demande ce qui est arrivé à Charles et à sa stupide barbe.

— Tu es assise à l'endroit précis où je me trouvais quand je t'ai rencontrée, commencé-je. Il y a trois ans, presque jour pour jour.

Son visage s'illumine et elle éclate de rire.

— Oh mon Dieu, tu as raison ! Je devais être dans un drôle d'état ; j'étais tellement paniquée d'avoir cherché Alfie partout.

Je secoue la tête.

— Je t'ai trouvée belle. Pas un jour ne passe sans que je me dise à quel point tu es belle.

— Ooh, chéri, c'est tellement mignon de… euh, Nick, le vigile rapplique par ici, on devrait probablement filer.

Je jette un coup d'œil derrière mon épaule et le vois se diriger droit sur nous. Et merde. Il va falloir faire vite.

— Sarah, je t'aime… en fait, ces mots sont bien loin d'exprimer ce que je ressens pour toi, poursuis-je en mettant une main dans ma poche. Je ne suis même pas sûr qu'il existe des mots…

— Monsieur, la caverne est fermée, vous ne pouvez pas rester ici.

Quand je pose un genou à terre, j'entends Sarah haleter.

— Sache juste que te rencontrer a changé ma vie et…

— David, fais un seul pas et je te tabasse à mort avec mes chaussures à bout pointu, *tú hijo de puta!* Tu veux gâcher le moment magique de mon ami ? Honte à toi !

À ma droite, je vois la minuscule Izzy se mesurer au vigile d'un mètre quatre-vingt-dix qui se tient devant la caverne. Il recule lorsqu'elle persiste à lui bloquer la route.

Sortant l'écrin de ma poche, je l'ouvre devant Sarah, qui rit et pleure en même temps.

— Oh, Nick, elle est magnifique.

— Sarah O'Brien. Voulez-vous m'épous…

— OUI ! s'écrie-t-elle sans me laisser le temps de finir la question. Putain, oui, je veux t'épouser !

Je glisse la bague à son doigt, quelques secondes avant qu'elle ne s'élance du trône, nous faisant trébucher tous les deux, sans parler du pingouin qui n'est toujours pas foutu de tenir debout pour sauver sa peau.

Et là, sur le sol de la caverne, j'embrasse ma future épouse tandis qu'une elfe espagnole, toujours en pleine dispute avec un vigile, couvre le morceau de Michael Bublé diffusé par la sono du centre commercial.

Décidément, j'adore Noël.

Remerciements

Je tiens à remercier les personnes suivantes, un peu comme aux Oscars, mais avec nettement plus d'émotions et de larmes contenues.

En premier lieu mon éditrice, Rachel Neely, parce que sans toi, il n'y aurait pas de livre. Mille mercis de m'avoir choisie pour écrire ta merveilleuse histoire !

Une grosse pensée à l'équipe des éditions Quercus avec laquelle c'est toujours un plaisir de travailler, au même titre que le personnel de Susanna Lea Associates, en particulier mon agent génial, Kerry Glencorse. Merci de continuer à me soutenir, même si je n'arrête pas de pester.

Un grand merci aussi à ma famille et mes amis fabuleux qui m'ont empêchée de perdre la tête lors du confinement. Je n'arrêterai plus de vous prendre dans mes bras dès qu'on aura le droit de se tenir à moins de deux mètres les uns des autres.

Enfin, un immense merci à ma magnifique fille, Olivia. Je t'aime tellement.

Aubin
IMPRIMEUR

Achevé d'imprimer en octobre 2021
par Aubin Imprimeur à Ligugé
N° d'impression 2107.0209
Dépôt légal, novembre 2021
Imprimé en France
38122188-1